Les Chasseurs d'âmes

tome 3 : mystique

Les Chasseurs d'âmes

tome 3 : mystique

alyson noël

Traduit de l'anglais (États-Unis)
par Maud Desurvire

Michel Lafon

Du même auteur, chez le même éditeur

Éternels
Tome 1 : *Evermore*
Tome 2 : *Lune bleue*
Tome 3 : *Le Pays des ombres*
Tome 4 : *La Flamme des ténèbres*
Tome 5 : *Une étoile dans la nuit*
Tome 6 : *Pour toujours*

Radiance
Tome 1 : *Ici et maintenant*
Tome 2 : *Éclat*
Tome 3 : *Au cœur des rêves*
Tome 4 : *Murmure*

L'été où ma vie a changé

Les Chasseurs d'âmes
Tome 1 : *Destinés*
Tome 2 : *Écho*

Titre original : *Mystic*

Première publication en langue originale par St Martin's Press en 2013

118, avenue Achille-Peretti – CS70024
92521 Neuilly-sur-Seine Cedex
www.lire-en-serie.com

À la mémoire de Shaun Daniel Winegar,

1966-2012

« On ne voit bien qu'avec le cœur. L'essentiel est invisible pour les yeux. »

Antoine de Saint-Exupéry
Le Petit Prince

Le temple de l'ombre et de la lumière

Un

Daire

Je me réveille brusquement dans une pièce à la luminosité aveuglante en entendant Axel m'appeler.

Debout près de la porte, il me laisse le temps de rassembler mes esprits et de sortir du sommeil paisible dans lequel j'étais plongée, puis vient à mon chevet, son approche précédée par le bruit de sa respiration légèrement ronflante et celui de ses pas feutrés sur les dalles de calcaire lisses.

Sa voix est une mélodie.

Ses mouvements, une chorégraphie instinctive.

Pourtant, lorsqu'il arrive et pose timidement la main sur mon épaule, je me recroqueville et ferme les yeux de toutes mes forces pour replonger dans mon rêve et m'accrocher au souvenir de mon étreinte avec Dace. Ses doigts qui effleurent ma peau… ses lèvres qui se collent aux miennes… Je suis prête à tout pour me perdre à nouveau dans son regard scintillant et kaléidoscopique, qui me renvoie mon reflet par milliers, préférant fantasmer sur de merveilleuses retrouvailles avec Dace à la Source enchantée qu'affronter la réalité vide de sens qui m'attend.

— Daire, s'il te plaît, je sais que tu es réveillée.

Axel garde un ton enjoué, sans paraître le moins du monde agacé par mon cinéma.

— S'il le faut, je resterai assis ici toute la journée.

Il se pose sur mon matelas et attend que je daigne réagir.

— Tu as la patience d'un saint, je ronchonne en abandonnant mon rêve à contrecœur, résignée à ce qu'il ne soit qu'une illusion.

J'écarquille les yeux en croisant le regard bleu lavande et anxieux d'Axel, surprise de le voir s'assombrir d'un reflet améthyste, puis redevenir aussi clair et lumineux que le jour de notre rencontre.

Ce jour où nous nous sommes parlé pour la première fois, où il m'a emportée à toute allure dans le ciel et où nous avons transpercé cette superbe toile de soie pour pénétrer un royaume baigné de lumière dorée.

L'expérience fut incomparable aux précédentes – la fois où j'étais au fond de l'eau ou sur cette place marocaine hantée – car à l'époque j'étais assez naïve pour croire aux coïncidences et ne pas tenir compte des événements.

— Je suis loin d'être un saint.

Il passe la main dans la tignasse blonde qui lui balaie le front et tombe en boucles lâches sur sa joue, geste que je l'ai vu faire des quantités de fois, mais qui n'en est pas moins charmant pour autant. Ses mèches blond platine se fondent en douceur dans sa peau lisse et diaphane, si bien que je ne peux m'empêcher de penser (et ce n'est pas la première fois) qu'entre ses yeux pastel et son teint de porcelaine, il a tellement l'air d'un ange à la beauté exquise et saisissante qu'il ne lui manque plus qu'une auréole et des ailes.

— Si tu n'es pas un saint, alors tu es peut-être un ange ?

La question reste en suspens, pesant lourdement entre nous, loin d'être aussi comique qu'on pourrait le penser. Ici, dans le Monde Supérieur, tout est possible, et je suis pressée de connaître la réalité de l'étrange situation dans laquelle je me trouve.

— Ou alors un guide spirituel ? Peut-être même *le mien* ?

Je le scrute attentivement tout en réfléchissant en silence aux questions que je garde pour moi :

Suis-je convalescente ou prisonnière ?

Sa protégée ou son esclave ?

À son regard fuyant, je devine qu'il a lu dans mes pensées aussi distinctement que si j'avais parlé tout haut.

— Si je te disais que je ne suis rien de tout ça ?

— Alors je te soupçonnerais de mentir, je réplique d'un ton énergique et assuré pour lui faire comprendre que, bien que je sois en position de faiblesse physiquement, dépendante de sa bonne volonté à veiller sur moi et à soigner mes blessures, ma détermination reste inébranlable.

Ma période de rétablissement touche à sa fin.

Il baisse le menton et une cascade de boucles blondes glisse sur son front puis sur l'arête finement sculptée de son nez avant d'atterrir sur la courbe parfaite de ses lèvres.

— Si tu tiens absolument à me coller une étiquette, et visiblement c'est le cas, disons que d'une certaine façon je suis un Mystique.

— Un Mystique ? je répète d'un ton aussi dur que mon expression.

Il acquiesce en étudiant longuement le tableau abstrait de Georgia O'Keeffe représentant un lac bleu éclatant, accroché sur le mur d'en face, puis tourne le regard vers le petit bassin en mosaïque dans lequel je me lave régulièrement, vêtue d'un simple peignoir blanc pendant qu'Axel rince la mousse sur mes épaules et dans mes cheveux.

— Définis « Mystique ».

Malgré mes tentatives à répétition, c'est la première fois que je réussis à lui soutirer une information, alors je compte bien l'exploiter au maximum.

— Un Mystique est une personne initiée aux mystères ésotériques.

Il se tourne vers moi, visiblement satisfait de son explication, ce qui est loin d'être mon cas.

— Tu veux bien développer ou tu fais exprès de rester vague ?

Je hausse le menton en arquant un sourcil, surprise de le voir accueillir mon sarcasme par un grand sourire lumineux. Un sourire si franc, gentil et sincère que je dois faire appel à toute ma volonté pour résister à l'envie de le lui rendre.

— Je l'avoue : je fais exprès de rester vague. Bon, maintenant, si l'interrogatoire est terminé, parlons de toi, plutôt.

Prenant à tort mon silence pour une reddition, il se penche vers moi.

— Comment te sens-tu ? s'enquiert-il en m'examinant d'un œil inquiet et d'une main fraîche qu'il pose successivement sur mon front et ma joue, à l'affût des symptômes de fièvre et de frissons qui m'empoisonnent la vie depuis mon arrivée dans cet endroit.

— L'interrogatoire n'est *jamais* terminé. Tu devrais le savoir depuis le temps.

Je m'écarte brusquement de sa main en m'efforçant de garder un ton sévère et l'expression qui va avec, bien décidée à obtenir au moins quelques réponses à mes questions.

— Qu'est-ce que c'est exactement, un Mystique ?

Il ferme les paupières en poussant un soupir.

— J'ai bien peur que cela dépasse de loin le champ de l'entendement humain.

— Dis toujours.

Les sourcils froncés, je lui lance un regard mauvais, prête à attendre aussi longtemps que nécessaire pour qu'il me donne une réponse digne de ce nom. Mais, au final, le seul résultat que j'obtiens, c'est un autre sourire.

— Allez, Axel ! je l'implore. Pourquoi tu ne veux pas me dire ce que ça signifie ? Est-ce que tous les êtres du Monde

Supérieur sont des Mystiques ? Et si c'est le cas, où sont-ils ? Pourquoi est-ce que, depuis le temps que je suis ici, je n'ai vu personne d'autre que toi ?

Il s'en tient à garder le silence, laissant toutes ces questions planer entre lui et moi.

— Comme tu voudras, je soupire, frustrée, mais ne va pas croire que j'en ai fini avec toi. Tu peux toujours m'esquiver, je finirai par savoir. Il n'y a pas que toi qui sois têtu ici.

Je fais de mon mieux pour résister à son charme mais en vain. Même quand il ne sourit pas, ne passe pas gauchement la main dans ses cheveux ou n'esquisse pas un de ces gestes bien étudiés tirés du *Manuel des attitudes désarmantes*, il dégage une telle profusion de bonté, de bienveillance et de charisme que je ne tarde pas à flancher.

— Alors par esprit de coopération – un concept auquel tu ferais bien de t'intéresser un peu, d'ailleurs – sache, en réponse à *ta* question, que ma fièvre est enfin retombée.

Je le regarde lever la main pour me palper la joue puis la reposer sur ses genoux, fascinée par la façon dont chacun de ses gestes répand dans son sillage un voile de lumière scintillante dépourvu de toute trace d'ombre ou d'impureté.

— Ah, et aussi, la mémoire me revient, j'ajoute, non sans remarquer la brève lueur d'inquiétude qui traverse son visage comme il reporte son regard sur le tableau.

— Et qu'est-ce que tes souvenirs te racontent, au juste ?

Son ton est calme mais mal assuré.

Je prends le temps de réfléchir à ce que je vais dire, partagée entre l'envie de prétendre en savoir long – au moins pour prendre un semblant de dessus sur lui – et celle d'admettre que je ne sais pas grand-chose dans l'espoir qu'il m'explique enfin comment cela se fait qu'il m'ait récupérée à l'agonie dans le Monde Souterrain, le cœur transpercé par la lame de ma propre dague au moment où Cade Richter s'apprêtait à s'emparer de mon âme.

— Je sais qu'il y a eu une bataille et que j'ai perdu. Pour le reste, j'espérais que tu combles les blancs.

Je fixe avec insistance son profil pour l'inciter à se tourner vers moi et à réagir mais, pendant un moment interminable, il me préfère le mur.

— OK, je tranche, continue tes cachotteries tant que tu veux, de toute façon je finirai par tout découvrir. Mais est-ce que tu peux au moins me dire si Dace va bien ? A priori, si je suis ici avec toi dans le Monde Supérieur, alors dans le Monde Intermédiaire tous me croient morte. Autrement dit, la prophétie a été déjouée, Dace est en vie… et j'ai réussi à le sauver. *N'est-ce pas ?*

Axel se pince si fort les lèvres que je dois me faire violence pour ne pas l'agripper par les épaules et le secouer comme un prunier pour lui arracher une vraie réponse. À mon plus grand agacement, il laisse traîner encore un bon moment avant de finalement réagir.

— Je ne te fais aucune cachotterie, Daire, simplement je ne vois pas l'intérêt d'évoquer le passé quand le présent attend.

— Mais c'est le passé qui m'a amenée ici !

Je regrette aussitôt ce ton hystérique. Je suis en train de craquer. Il faut que je me calme et que je garde mes forces. Ce genre de crises de nerfs n'engendre jamais rien de bon.

— Depuis combien de temps je suis dans cette chambre ? je reprends avec désinvolture comme si la réponse ne m'intéressait qu'à moitié.

À force, j'ai perdu le fil. Étant donné que je passe le plus clair de mes journées à dormir et que la lumière qui filtre à travers le rideau de la fenêtre n'a pas l'air de varier beaucoup, compter les jours relève de l'exploit.

— Le temps linéaire n'existe pas ici, répond Axel en haussant les épaules. Mais ça, tu le savais déjà.

Il approche la main de ma poitrine, désireux de passer à des questions plus vitales.

— Je peux ?

Hésitant, il suspend son geste en attendant que je l'autorise à aller plus loin, bien que, étant la seule personne à me soigner, ce ne soit guère la première fois qu'il l'accomplit.

Je blottis ma joue contre la pile de coussins moelleux recouverts de taies en soie qu'il a placée sous ma tête, gênée par l'afflux de sang qui me monte aux joues tandis qu'il écarte les pans de mon peignoir pour découvrir ma blessure.

— Ça cicatrise bien.

Du doigt, il effleure la vilaine entaille de chair rouge plissée et irrégulière qu'il a rafistolée à l'aide de son aiguille de platine et de sa bobine de fil d'or. Sa caresse se propage dans le lacis invisible de mes blessures secrètes et opère sa magie en recollant les morceaux de mon cœur brisé.

— Quand est-ce que je pourrai rentrer ?

Cette question, je la pose sans arrêt.

Mais comme toujours Axel remet son verdict à plus tard. Attrapant un petit bocal sur la table de nuit, il répète son habituel couplet du « pas tout de suite », tandis qu'il dévisse le couvercle et le pose sur la table en verre à côté de moi.

— Mais bientôt… très bientôt.

Plongeant le doigt dans le baume bleu parfumé, il s'apprête à en appliquer sur ma cicatrice quand je l'attrape par le poignet pour l'en empêcher.

— Je ne veux pas qu'elle s'estompe, j'explique, presque essoufflée par l'effort que ça demande de lui résister. Maintenant que j'ai retrouvé la mémoire, je ne peux pas me permettre d'oublier pourquoi j'ai fini ici.

Incrédule, Axel marmonne tout bas dans une langue archaïque aux voyelles indistinctes et aux consonnes dures que je ne comprends pas. Puis il repose le bocal, referme mon peignoir et soupire, résigné.

— Si tu nourris des envies de vengeance, je te conseille d'y renoncer. Tu ne feras que t'abaisser au niveau de Cade, saboter ton potentiel et t'imposer uniquement comme son égal. C'est ce que tu veux ?

— Ce n'est pas la vengeance qui m'anime, je me défends en serrant les poings, mes paroles trahies par ce geste, c'est l'amour. La seule personne dont je me préoccupe, c'est Dace.

À l'évocation de son nom, je sens mon cœur se serrer de douleur en imaginant le chagrin qu'il doit éprouver, sans qu'il ne connaisse toute la vérité sur ce qu'il s'est réellement passé cette nuit-là.

Mais bien que le déroulement précis des événements continue de m'échapper un peu, une chose est sûre : je lui ai sauvé la vie.

Je suis morte pour que Dace vive.

Sauf que je ne suis pas tout à fait morte.

Mais c'est ce qu'il croit.

— Mieux vaut que tu ne penses pas non plus à lui, rétorque Axel en se détournant pour clore le débat. Il faut que tu te rétablisses, c'est pour ça que tu es ici.

D'un geste mal assuré, il repousse ses cheveux en arrière.

— *Uniquement* pour cette raison ? je l'interroge en fixant son dos et en me redressant un peu sur mes coussins.

Le sujet me met mal à l'aise, mais il faut que j'en aie le cœur net une bonne fois pour toutes.

Pourquoi m'a-t-il sauvée et qu'attend-il en retour ?

— Qu'est-ce que tu veux vraiment savoir, Daire ?

Il se retourne et me décoche un regard si franc que je suis aussitôt réduite au silence, ne sachant plus trop comment formuler la question qui me taraude par-dessus tout.

Est-il un détraqué qui a profité d'un moment de faiblesse pour m'enlever, ou bien est-il vraiment un bon Samaritain, le

« Mystique » qu'il prétend être et qui n'a que mon bien-être à cœur ?

Bien qu'il se soit toujours montré gentil et respectueux, c'est plus fort que moi, quelque chose me dit que ses motivations ne sont pas totalement désintéressées.

Un silence de plomb très gênant s'installe entre nous. Le genre de silence qui, avant, m'incitait à sortir un truc absurde ou à raconter une blague stupide mais plus aujourd'hui. Je ne suis plus cette fille-là. La nouvelle Daire est une fille patiente.

Elle est prête à attendre.

Elle n'a pas le choix.

Sauf qu'en voyant Axel se diriger vers la porte, je regrette aussitôt d'avoir tant insisté. Il ne peut pas partir maintenant, si vite. Il n'est pas le seul ici à avoir une idée en tête.

Feignant de grimacer en respirant bruyamment, je me hisse sur les coudes jusqu'à ce que je sois presque complètement redressée et, pile comme je l'espérais, cinq secondes plus tard, il est de retour à mon chevet.

Patience. Tu peux y arriver. Fais comme Paloma te l'a appris : prends le problème à l'envers.

— Vas-y doucement, Daire.

Axel m'agrippe les épaules pour me rallonger doucement sur les oreillers.

— Ce n'est pas parce que la fièvre est tombée que tu es totalement guérie.

J'acquiesce d'un air de dire qu'il ne me viendrait jamais à l'idée de mettre en doute le bien-fondé et la justesse irréfutable de ses propos.

— Je crois que j'ai juste un peu la bougeotte, je prétexte en prenant une mine faussement dépitée que j'espère crédible. Je n'ai pas l'habitude d'être clouée au lit, c'est pour ça que je suis une patiente dure à supporter.

Cette fois, je feins un air coupable.

— Seulement, si je veux quitter cet endroit un jour, il va falloir que je pense à reprendre des forces, or plus je resterai allongée, plus mes muscles risquent de s'atrophier. Alors je pourrais peut-être essayer de marcher un peu, qu'est-ce que tu en dis ?

Retenant mon souffle, j'use de tous mes talents de comédienne pour lui adresser un regard plein d'espoir susceptible de le convaincre sans que ça ait l'air calculé.

Comme il ne répond pas assez vite à mon goût, je me démène encore pour me redresser, soufflant et serrant les dents jusqu'à ce que je me retrouve adossée à la tête de lit, les joues toutes rouges et à bout de souffle.

— Je t'en prie, Axel, j'ai besoin de sortir de ce lit et de me dégourdir un peu les jambes… juste un petit tour. Et j'ai besoin de ton aide car je n'y arriverai pas toute seule.

Je me force à avaler ce mensonge flatteur qui me laisse toutefois un goût amer dans la bouche.

— Tu devais me guérir et me remettre sur pied, c'est bien ce que tu avais promis, non ?

En le voyant froncer les sourcils d'un air boudeur, je comprends que j'ai gagné : il n'y voit que du feu, à savoir moi, en sueur, essoufflée et pâle, qui le sollicite d'une façon qui trahit mes capacités.

J'aspire une grande bouffée d'air en agrippant le côté du matelas, et tente de basculer les jambes au bord du lit.

— Visiblement, je n'arriverai pas à t'en dissuader, suppose-t-il en me voyant faire.

— Visiblement.

Je m'accorde un petit sourire en coin, tandis qu'il me prend fermement par la taille pour m'aider à me lever et m'appuyer contre lui.

Cette proximité avec lui me procure une force rassurante, mais qui me met mal à l'aise car elle me rappelle le moment où il m'a sauvé la vie et ce bouche-à-bouche qu'il m'a fait pour m'arracher de justesse à la mort.

La question est : pourquoi ?

Pourquoi moi ?

Et surtout, maintenant qu'il m'a sauvée, pourquoi me cache-t-il ?

Depuis le temps que je suis ici, je n'ai pas reçu une seule visite. Et souvent, quand il croit que je dors, je l'épie derrière mes paupières mi-closes pendant qu'il scrute entre les rideaux, les doigts tremblant nerveusement à l'idée qu'on le repère.

Axel a fait preuve de beaucoup d'attention et de dévouement envers moi, c'est indéniable, mais le fait qu'il rechigne à répondre à mes questions me pousse à croire que ses intentions sont loin d'être aussi honnêtes qu'il y paraît, qu'elles ne relèvent pas tant de sa morale personnelle mais plutôt du fait que, pour une raison que j'ignore, il ne supporterait pas de me perdre.

Comme s'il avait un intérêt personnel dans ma personne.

Comme si je comptais pour lui beaucoup plus que je ne le devrais.

Cette hypothèse me met encore plus mal à l'aise.

Mon cœur appartient à Dace, or si mes soupçons vis-à-vis d'Axel sont avérés, il a fait de ma vie une dette dont je ne pourrai jamais m'acquitter.

— Tu crois que tu pourrais faire apparaître une canne ?

J'ai beau l'avoir vu accomplir quantité de tours de magie, c'est une fois de plus avec un émerveillement non dissimulé que je vois une superbe canne sculptée d'ivoire apparaître dans ma main.

— J'espère qu'aucun éléphant n'a souffert de sa fabrication ? je m'inquiète en m'appuyant dessus de tout mon poids pour tester sa solidité.

— Elle vient des espaces célestes et elle y retournera dès que tu en auras fini avec elle.

Il me lâche la taille pour me faire un peu de place mais reste à proximité, prêt à me rattraper au premier signe de défaillance.

— Bon, maintenant que tu es debout, où est-ce que tu comptes aller ?

Une lueur indéchiffrable brille dans son regard.

Est-ce de l'amusement ? De l'orgueil ? Se pourrait-il qu'il ne soit pas dupe et voie clair dans mon jeu ?

— Il te faut un but, Daire. On ne peut pas atteindre un objectif si on ne sait même pas où il est.

— La porte, je décrète en désignant du menton la grande porte en bois à double battant richement sculptée, comme si l'idée venait de me traverser l'esprit.

Comme si je n'avais pas passé tous mes moments de lucidité à m'imaginer les mains plaquées dessus, poussant vers la liberté.

Lentement, je glisse un pied devant moi en faisant attention à bien répartir mon poids ; inutile de me blesser davantage uniquement pour prouver que je peux me débrouiller. Je sens Axel me suivre comme mon ombre et reproduire précisément chacun de mes gestes jusqu'à ce que je chancelle et que mes jambes se dérobent sous moi en guise de protestation. Il me rattrape alors par la taille et m'appuie contre lui.

— Tu y arriveras, Daire, ne t'en fais pas, me rassure-t-il.

Frustrée, je pousse un soupir et laisse mon corps s'affaisser en signe de capitulation, tandis qu'il me rallonge dans mon lit de malade et m'enveloppe dans les couvertures.

— Ça va prendre un peu plus de temps que tu le voudrais, c'est tout.

Docilement, je lui fais oui de la tête puis ferme doucement les paupières en faisant mine de m'endormir, bercée par le chuchotement de sa promesse : *bientôt, très bientôt…*

Mais dès que la porte se referme derrière lui, je me relève d'un bond.

DEUX

DACE

L'obscurité.

Le mot résonne dans ma tête, bourdonne dans mes oreilles, me tire brutalement de ma délicieuse torpeur comateuse pour me renvoyer sous la lumière crue de la lucidité.

Telle la goutte d'un robinet qui fuit, il s'immobilise, se reforme et tombe encore, comme un couperet.

L'obscurité.

C'est le premier mot que j'entends depuis… combien de jours ? Aucune idée. Au-dessus de moi, pas la moindre trace du soleil ou de la lune pour me repérer dans le temps, uniquement une triste voûte de vase grisâtre et moite.

Toutefois, je suis bien content d'avoir de la compagnie et de ne plus avoir à me débrouiller seul dans ce territoire à la fois étranger et étrange.

Je tente d'ouvrir un œil pour voir qui m'a rejoint, mais une épaisse couche de crasse me colle les paupières et m'oblige à me frotter les yeux de mes doigts couverts de sang pour y voir quelque chose.

— Qui est là ? je lance d'une voix rauque et bizarre due aux plaies suppurantes dans mon cou. Montrez-vous !

Je roule sur le côté gauche pour scruter les alentours : personne. Alors je roule sur ma droite mais c'est le même constat.

Il n'y a que moi.

Je suis seul.

Seul avec ce paysage désolé et aride pour unique compagnie.

L'obscurité.

Je pousse un profond soupir et retombe sur le dos, tenté de me moquer de ma bêtise sauf que je n'ai tout simplement pas le cœur à rire. Ma joie est morte avec toutes les autres vertus que je tenais autrefois en haute estime.

Des choses comme la foi, l'espoir, la charité et l'amour n'ont pas leur place ici.

Quoique, étonnamment, l'amour s'est montré tenace. Il s'est bien défendu.

Longtemps après que les autres eurent disparu, l'amour, lui, a résisté.

Il était résolu à se cramponner bien après que mon cœur fut devenu froid et amer, comme pétrifié.

Longtemps après que mes souvenirs de Daire se furent ligués contre moi et transformés en un ennemi ayant pour seul but de me torturer, un adversaire malin et fourbe avec de la patience à revendre, prêt à attendre le bon moment – celui où l'épuisement cède au désespoir – pour frapper vite et bien. Un rival capable de vous anéantir au moyen de quelques images de bonheur qui, au début, vous font du bien – des instantanés de Daire tout sourire et amoureuse –, puis qui passent en avance rapide directement au moment où son regard s'est empli de crainte quand elle a vu que j'avais changé. Ce moment où, à raison, elle a deviné la nature honteuse du choix imprudent que j'avais fait, celui de sacrifier mon âme pour tenter de la protéger en devenant comme Cade.

Pourtant, c'est à son visage que je me suis raccroché quand la mort est venue me chercher.

C'est son visage qui a amorti ma chute.

Mais maintenant que je ne suis plus chez moi auprès des vivants et que je n'ai pas ma place parmi les morts, c'est son visage qui me hante.

Daire est partie.

Elle est morte.

En essayant de la protéger, je l'ai déçue. Et à présent, là où mon âme s'épanouissait jadis, seuls des regrets subsistent.

L'obscurité.

Je me mords les joues, plaque mes mains maculées de sang séché sur mes oreilles. Mais en vain, le mot continue de résonner.

C'est là que je comprends.

Le mot ne vient pas de l'extérieur, c'est mon esprit qui le conçoit.

Il se répète, de plus en plus insistant chaque fois, à mesure que la gravité de la situation dans laquelle je me trouve devient de plus en plus claire.

L'obscurité dont il s'agit est celle qui vibre en moi.

Je glisse la main sur mon torse à la recherche de la profonde entaille ensanglantée que je me suis infligée en m'enfonçant l'athamé de Daire dans le ventre, prêt à sacrifier ma vie pour mettre fin à celle de mon frère. Un geste de martyr dont j'ai, en fin de compte, été privé quand, à la dernière seconde, le coyote s'est interposé, a attrapé dans sa gueule l'âme de Cade qui était en train de le quitter et la lui a restituée de force tout en laissant la mienne partir à la dérive...

Cependant, le lien qui nous unit tenant du miracle, une chose est sûre : si Cade a survécu, alors moi aussi.

Du moins, façon de parler.

L'obscurité.

Inutile de se voiler la face. Personne ne me retrouvera. Je vais moisir dans cet endroit et ce sera bien tout ce que je mérite.

Je ferme les yeux, croise les mains sur la poitrine et attends qu'une nouvelle vague comateuse m'emporte.

TROIS

DAIRE

J'ai à peine posé le pied par terre que je suis prise de vertiges et des étoiles se mettent à tourbillonner devant mes yeux, si bien que je suis obligée de m'agripper à la table de nuit en attendant que ça passe, consternée de me retrouver presque aussi impotente que je l'étais avec Axel. Il faut croire qu'il y avait une part de vrai dans mon cinéma.

Toutefois, ce n'est pas ça qui va m'arrêter. Pas question de laisser la douleur m'influencer. Poussée par le besoin urgent de m'échapper d'ici et de rentrer m'assurer que Cade est bien hors d'état de nuire, je persévère jusqu'à ce que j'aie mis une bonne distance entre le lit et moi.

Celui qui a dit que la douleur était un grand maître était vraiment perspicace. J'ai plus appris en quelques jours ici que ces seize dernières années.

Je me dirige vers l'armoire, à l'autre bout de la pièce, en espérant que mes vêtements s'y trouvent encore, mais mis à part une robe blanche légère et transparente à fines bretelles, encolure carrée et brodée de fines arabesques de perles sur le devant, le placard est vide.

D'un geste brusque, j'attrape la robe sur le cintre en fronçant les sourcils. Son style est tellement à des kilomètres de mon look habituel à base de jean slim, boots plissés et débardeur moulant sous une veste militaire que j'adore, que j'hésite à la passer. Généralement, c'est le genre de robe qu'on garde pour un bal des débutantes ou un mariage, ce qui n'est pas pour atténuer mes craintes concernant les intentions d'Axel.

De toute évidence, il l'a laissée là à mon attention ; il n'y a personne d'autre que moi ici.

Reste à savoir pourquoi.

Est-ce qu'il comptait réellement faire de moi sa fiancée ?

Faute de choix, j'ôte mon peignoir et enfile la robe en tirant sur l'étoffe soyeuse jusqu'à ce qu'elle effleure mes hanches, virevolte sous mes genoux et retombe en voltigeant sur mes chevilles. Puis, poussant un profond soupir, je jette un coup d'œil dans le miroir et suis alors sidérée de voir le reflet sévère qu'il me renvoie. Axel a pris grand soin de me tenir éloignée de toute surface réfléchissante et, jusqu'à présent, je n'étais pas curieuse de me voir. Mais maintenant que j'ai commencé, je ne peux plus m'arrêter et je me demande si ma famille et mes amis remarqueront à quel point j'ai changé.

Mes cheveux ont foncé, la carnation de mes lèvres aussi, ce qui, à l'inverse, accentue la pâleur de mon teint. Et si mes joues sont plus saillantes, beaucoup plus creuses et dessinées qu'elles ne l'étaient avant, au final ce sont mes yeux qui m'interpellent le plus. Leurs iris se sont intensifiés en un vert émeraude sombre où luit désormais la soif de vengeance.

Bien que j'aie certifié à Axel que l'amour était ma motivation première, l'envie de me venger, je l'avoue, n'est pas loin derrière.

Poursuivant l'inventaire, je constate que mon corps amaigri est également plus fragile, quoique loin d'être aussi amoché qu'à mon arrivée. Hormis la cicatrice rouge vif qui ressort du décolleté plongeant de la robe, il ne reste aucune trace des coups que Cade m'a infligés. Un acte odieux qu'il n'aura plus jamais l'occasion de perpétrer. J'apprendrai de mes échecs, et les leçons tirées m'inspireront mes victoires. Mais *quoi qu'il arrive*, je me vengerai de Cade et veillerai à ce qu'il souffre.

Mes rêveries sont interrompues par des petits bruits de pas assourdis de l'autre côté de la porte ; je me fige sur place, redoutant la réaction d'Axel s'il me surprend debout dans cette tenue.

Si mes intérêts lui tiennent réellement à cœur, je suppose qu'il sera extrêmement blessé de découvrir que je lui ai joué la comédie.

Sinon…

L'instant d'après, le bruit s'évanouit ; je me remets en vitesse à chercher mes affaires et retrouve avec soulagement la petite bourse en daim que Paloma m'a offerte, ainsi que le long cordon noir auquel est suspendue la clé symbole de mon amour pour Dace. En revanche, la doudoune noire de Django, un des rares souvenirs tangibles que je gardais de mon père, a malheureusement disparu, oubliée dans le Monde Souterrain ou alors tellement abîmée suite à ma bagarre avec Cade qu'Axel l'a jetée avec le reste de mes affaires.

Je passe la petite bourse autour de mon cou et vérifie que tous mes talismans s'y trouvent – la pierre en forme de corbeau, la plume noire, l'ours totem de Django, l'aigue-marine glanée à la cascade et le petit cœur en turquoise polie que Dace m'a offert comme cadeau de Noël surprise –, même si je doute qu'ils détiennent encore un quelconque pouvoir magique.

Paloma a toujours insisté pour que je veille précieusement sur cette bourse et la garde en permanence à portée de main ; selon elle, personne à part moi ne devait voir son contenu, au risque sinon qu'il perde toute sa valeur.

Non seulement elle avait disparu depuis la nuit de mon arrivée ici, mais en plus je suis prête à parier qu'Axel a jeté un coup d'œil dedans à la première occasion.

Malgré tout, je la glisse sous la robe, puis cache la petite clé dorée en dessous, savourant la fraîcheur âpre du métal sur ma peau et la façon dont elle se colle, froide et étrangère, à la longue cicatrice qui me barre la poitrine.

Encore un souvenir de tout ce que j'ai perdu.

Habillée et plus prête que jamais, je file à la fenêtre pour regarder furtivement derrière les rideaux et m'assurer que la voie est libre, puis repars vers la porte à double battant et pose les mains à plat dessus tel que je me suis imaginée le faire des milliers de fois.

Sauf qu'au moment où je pousse un bon coup, la porte reste obstinément figée.

Je pousse encore.

Et encore.

Je me plaque de tout mon long contre son bois richement sculpté, mais finis par comprendre qu'elle est verrouillée de l'extérieur.

Alors je me précipite à la fenêtre en y cherchant un loquet mais n'en trouve aucun.

J'attrape une cruche en céramique et la balance violemment contre le carreau mais constate, dépitée, que c'est du verre incassable.

Je cours aux quatre coins de la chambre en cherchant désespérément une issue… sans succès : il n'y a aucun moyen de s'échapper.

Je suis coincée.

Séquestrée.

Mes pires craintes se confirment.

Axel est à la fois mon sauveur et mon geôlier.

Il était le seul à pouvoir m'aider… et désormais il est le seul à pouvoir me libérer.

Abattue, je m'écroule par terre. Je n'ai plus qu'à renfiler le peignoir, retourner au lit et reprendre mon petit manège en attendant de trouver un meilleur plan. Un plan que je mettrai peut-être des jours, voire même des semaines à élaborer. Néanmoins, vu que je n'ai pas le choix, je me relève péniblement, attrape la robe par l'ourlet et commence à la faire passer au-dessus de ma tête tout en entraînant ma petite bourse avec, jusqu'à ce que je sente l'onde de chaleur que cette dernière laisse dans son sillage.

C'est un signe, j'en suis certaine. Ce ne serait pas la première fois que mes amulettes cherchent à attirer mon attention.

Je rajuste rapidement la robe en tirant dessus ici et là, puis agrippe fermement la bourse entre mes doigts, consciente que mon cœur meurtri bat la chamade tandis que j'invoque les esprits de plusieurs générations d'ancêtres Santos. J'en appelle à la sagesse collective de Valentina, Esperanto, Piann, Mayra, Diego, Gabriella, Alejandro et Django puis, silencieuse et immobile, j'attends qu'ils manifestent leur présence.

Leur message me parvient aussitôt par le biais de chuchotements effrénés qui résonnent dans ma tête.

Ce qui t'entoure ne peut résister à la force qui t'anime. Tu dois être prête à accomplir ce dont tu te crois incapable.

Bien que le sens du message soit clair, le problème, c'est que je ne sais plus trop ce dont je suis capable ou pas.

Je pensais pouvoir déjouer la prophétie – et peut-être que j'ai réussi – mais le fait qu'Axel refuse d'en parler m'inquiète un peu.

Je pensais aussi être prête à tuer Cade – fin prête et parfaitement capable de le faire – mais bien que mes souvenirs de la scène soient encore flous, je ne peux pas nier avoir hésité au moment où j'ai plaqué la dague contre sa gorge. Le voir saigner par ma faute n'était pas du tout ce que j'avais imaginé. Ça ressemblait moins à un sacrifice animal qu'au meurtre bien réel d'un être humain.

C'est une erreur que je ne commettrai plus.

Une chose est claire, cependant : si je veux rentrer à Enchantment, il va falloir que je m'active et, quoiqu'il soit tentant d'opter pour une stratégie moins hostile et d'essayer de persuader gentiment Axel de me relâcher, je ne peux pas courir le risque d'échouer.

Il me faut un plan solide et infaillible.

Un plan qui ne dépende pas du bon vouloir d'Axel.

Tu dois être prête à accomplir ce dont tu te crois incapable.

Alors j'attrape la grosse chaise en bois qui fait face au bureau pour la tirer jusqu'à la porte, puis m'adosse contre le mur et attends.

J'attends en envisageant mon plan d'action du début à la fin et en m'imaginant l'exécuter sans hésitation ni le moindre regret, résolue coûte que coûte à m'évader de cette prison.

QUATRE

DACE

Lorsque l'obscurité se substitue à la grisaille, machinalement j'ouvre grands les bras pour l'étreindre tel un sauveur.

Je meurs d'envie de m'abandonner, de disparaître en elle.

Après tout ce temps et toute l'angoisse que m'ont infligée mes souvenirs, j'ai du mal à croire que ce soit enfin l'heure de la délivrance.

Ma respiration ralentit. Mon pouls faiblit. Mon âme m'ayant déjà quitté, mon corps et mon esprit ne vont pas tarder à suivre.

Mais en voyant l'obscurité au-dessus de moi s'amenuiser et vaciller, je comprends mon erreur : ce que j'ai pris pour mon salut n'est qu'une ombre.

C'est drôle, pile quand je perds l'espoir qu'on me retrouve, quelqu'un arrive.

— Ça alors. On dirait ce jeune Dace Whitefeather. C'est bien toi, n'est-ce pas ?

Cette voix me dit quelque chose mais le visage est indistinct.

— Alors, c'est là que tu te cachais depuis tout ce temps. J'aurais dû me douter que tu n'étais pas mort.

Je me frotte le front, me redresse subitement en position assise et dresse l'inventaire. L'individu porte un costume noir bon marché, une chemise blanche sévèrement amidonnée et effilochée au niveau du col et des manchettes, et une cravate noire ultrafine ridicule.

— J'aurais dû me douter qu'elle mentait, maugrée-t-il en faisant claquer sa langue.

Baissant les yeux vers ses pieds, je remarque des chaussures usées qui, bien qu'elles aient reçu un récent coup de cirage, sont criblées d'éraflures dans tous les sens.

— Le problème était censé être réglé depuis des semaines. Maintenant toute l'opération est retardée. Elle va me le payer. Ça, je te le garantie, elle ne s'en tirera pas comme ça. Une place attitrée l'attend dans les flammes de l'enfer.

Cette dernière phrase actionne le lever de rideau dans le théâtre de mon esprit et, lentement, le diaporama d'une époque lointaine commence à défiler. Le visage dont je me souviens n'est plus vraiment en adéquation avec celui qui se dessine face à moi, mais tout de même reconnaissable à son long nez tordu qui pend comme un crochet vers une bouche mesquine et blême que les années ont rendu plus cruelle encore. Mais le plus fascinant, ce qui n'a absolument pas changé, c'est ce regard toujours aussi dément, farouche, évocateur du fanatisme déchaîné qui menace sous la surface.

Suriel Youngblood, père de Phyre et prédicateur fou de son état.

— Ne jamais confier un travail d'homme à une femme.

Agacé, il passe la main dans ses cheveux soigneusement gominés et coiffés en arrière, puis fait glisser de son épaule un gros baluchon noir qu'il dépose par terre et s'agenouille à côté dans un concert de craquements articulaires. D'une main, il en sort une Bible flambant neuve reliée par une couverture en cuir blanche, et de l'autre un pieu en fer ainsi qu'un autre objet qu'on ne peut décrire que comme un énorme maillet.

Je reste sans bouger et me contente de l'observer avec un intérêt tout ce qu'il y a de plus modéré, tandis qu'il approche avec son curieux assortiment d'outils. À cet instant, je prends subitement conscience de l'être étrange que je suis devenu.

Une personne normalement constituée ne resterait pas là à attendre tranquillement que ça se passe.

Un simple coup d'œil la pousserait soit à se battre, soit à fuir cet illuminé.

Oui mais voilà : je ne suis plus *normal.*

Je n'ai plus rien d'humain.

Je suis vide.

Insensible.

Et s'il est ici pour mettre un terme à mon existence, je ne compte pas l'en empêcher.

— J'ai passé la journée à chasser les démons, raconte-t-il comme si je méritais une explication à son irruption inattendue. Généralement, c'est pas ce qui manque dans le coin. On est rarement déçu dans cette dimension du Monde Intermédiaire. Plus on s'enfonce, plus le paysage est sinistre et la traque, fructueuse. Ça fait des années que je leur cours après par intermittence. Cette zone fait partie des meilleurs champs de bataille que je connaisse. Quoique, la journée a été calme aujourd'hui. J'ai dû parcourir des kilomètres avant de tomber sur toi.

Il secoue la tête puis retrousse les lèvres et lâche un gros crachat qui s'écrase par terre pile entre nous.

— Dès que je t'ai vu, j'ai compris exactement ce qui m'avait amené ici. Décidément, Ses voies sont vraiment impénétrables. Ça Lui ressemble bien de présenter une trouvaille aussi prodigieuse d'une façon aussi merveilleusement simpliste !

Bien que je ne comprenne rien à ce qu'il raconte, je n'ai pas plus envie que ça de lui demander de développer. Je m'en tiens à le regarder sans broncher tandis qu'il se penche, le visage tordu par la folie et la ferveur de ses convictions, et me plaque sa Bible sur le torse en la maintenant en place à l'aide de la pointe acérée du pieu. Un pieu crasseux, couvert d'une épaisse croûte de ce qui ne peut qu'être les restes de ses précédentes chasses.

— Vous me prenez pour un vampire ?

Les paupières mi-closes, je le scrute, amusé par cette idée. J'ai toujours su que cet homme était vraiment atteint, mais j'étais loin d'imaginer que c'était à ce point.

Prenant bien soin de centrer la grosse tête du maillet à plat contre le pieu, il renverse la tête en arrière et se lance dans un sermon enflammé qui retentit dans toute la campagne. Un discours apocalyptique plein d'ardeur, dans la même veine de ceux qu'il prêchait au coin de la rue quand j'étais petit, époque à laquelle les passants roulaient des yeux d'un air moqueur à sa vue ou bien préféraient passer rapidement leur chemin.

Je suppose que je n'ai jamais été suffisamment attentif pour comprendre que, depuis le début, c'était à moi que s'adressaient ces sermons.

Persuadé que ma naissance a marqué le début de cette fin des temps qu'il a prédit toute sa vie ou presque, il a passé ces seize dernières années à planifier ma mort.

— Vampire, démon, sorcier, porteur de peau : qu'est-ce que ça change ? vitupère-t-il en levant les yeux au ciel, comme s'il s'adressait à un ami invisible. Satan, Lucifer, le diable, le Malin, le déchu, Belzébuth, Méphistophélès : tout ça ne sont que des noms, des appellations. C'est aux actes qu'on reconnaît le Mal. Inutile de faire des distinctions. Sache seulement que les derniers jours approchent. Les signes sont partout ! Par deux fois déjà, une volée de corbeaux a dégringolé du ciel – ce même ciel qui, il y a tout juste quelques jours, a déversé un torrent de feu.

Je ferme les yeux en étouffant un grognement. Si seulement il pouvait la fermer et en finir. Mais comme il continue à radoter en pestant contre les chats à six orteils et tout un tas d'idioties superstitieuses, c'est plus fort que moi, je finis par intervenir :

— Désolé de casser votre délire, Suriel, mais tous ces signes que vous venez d'évoquer ne sont rien d'autre que mon frère faisant étalage de son impressionnant répertoire de tours de magie.

Il m'a sûrement entendu mais préfère feindre le contraire, haussant de plus en plus la voix jusqu'à ce qu'elle éclipse la mienne.

— Le règne glorieux est arrivé ! Les pécheurs brûleront en enfer et les justes s'élèveront ! Mais pour que ce règne vienne, le Mal doit être vaincu, autrement dit, mon garçon, tu dois mourir… !

Il repositionne le pieu de sorte qu'il soit en plein milieu de ma poitrine, la pointe plantée dans ce livre sacré qu'il a complètement interprété de travers, et lorsqu'il brandit le maillet et le rabat violemment, je le regarde faire, fasciné, comme si tout ça arrivait à quelqu'un d'autre.

Le pieu s'enfonce dans le bouquin dans un crissement assourdi puis, laborieusement, creuse un trou dans la couverture en cuir blanche, progressant entre les lettres dorées, jusqu'à ce qu'il passe au travers et commence à déchirer les pages à l'intérieur.

Patiemment, j'attends que la pointe acérée me transperce la peau, mais quelques centimètres de papier s'étirent encore entre moi et l'instant de ma délivrance. Les choses avancent beaucoup moins vite que je ne pensais.

Il s'écarte et repositionne sa main, tandis que je ferme les yeux, impatient d'être bientôt libéré même si je ne sais pas du tout où je vais atterrir ensuite. Quel genre d'endroit pourrait accueillir quelqu'un d'aussi détestable et inhumain que moi ?

Malgré tout, je me cramponne à des rêves de rédemption et de retrouvailles avec Daire en son lieu de repos.

Le genou enfoncé dans ma cage thoracique, il me cloue au sol comme si j'allais peut-être essayer de m'enfuir, puis reprend sa sinistre affaire à coups de pieu répétés, le front perlant de sueur sous l'effort à mesure que son bras devient de plus en plus tremblant et son geste, de moins en moins assuré.

— Vous pouvez y arriver, je l'encourage tout bas, supposant que ça ne lui fera pas de mal. Je vous comprends parfaitement et je n'opposerai aucune résistance.

Il enfonce le pieu de plus belle. Haussant la voix, les yeux exorbités, il s'écrie :

— Le Bien triomphera du Mal ! Je transpercerai ton âme de cette parole mais ne te fais pas d'illusions : il est trop tard pour la sauver. Les blasphémateurs de ton espèce ne méritent aucune grâce !

Mais oui, si tu veux. Maintenant, abrège. Daire est quelque part pas loin et j'aimerais bien aller la rejoindre…

Je soulève un peu le torse dans l'espoir d'accélérer le mouvement, ravalant un grand sourire en ressentant enfin un pincement au moment où le métal aiguisé commence à me transpercer la peau.

Il n'y en a plus pour longtemps à présent…

Le pieu continue de s'enfoncer violemment, ralentissant un tout petit peu sa course en buttant contre mes os, et, les dents serrées, je me livre à la douleur et me prépare à mourir. Un dernier coup devrait régler l'affaire.

Le souffle aigre de Suriel déferle sur mes joues, tandis qu'il saisit une poignée de mes cheveux et attire brutalement mon visage vers le sien.

— Regarde-moi, pécheur ! s'époumone-t-il dans une rafale de postillons. Laisse-moi contempler de près le visage du Mal et voir la vie s'éteindre dans tes yeux de démon !

Une fois de plus, je m'exécute dans l'espoir d'accélérer les choses, mon regard misérable croisant le sien devenu fou, mais il se remet à hurler :

— Où diable est-elle passée ?

Il me tire la tête plus haut en m'arrachant une bonne touffe de cheveux au passage.

— Qu'est-ce qui lui est arrivé ? Qu'en as-tu fait ? exige-t-il de savoir en collant son nez au mien.

— Je ne comprends pas de quoi vous parlez, je gémis, frustré et essoufflé en sentant un filet de sang chaud ruisseler de mes côtes.

Je soulève encore mon torse avec effort en le tendant bien haut pour qu'il s'empale davantage sur le pieu.

S'il refuse d'en finir, je vais m'en charger pour lui.

— Ton âme ! braille-t-il en agitant négligemment le maillet au-dessus de moi. Qu'as-tu fait de ton âme ? Où est-elle ? Qu'est-ce que tu en as fait ?

Ah… ça.

Capitulant, je ferme les yeux et me laisse retomber par terre.

— Je n'en ai plus. Je l'ai perdue. Elle m'a quitté au moment où j'ai poussé mon dernier soupir. Mais ensuite, je me suis remis à respirer et…

À quoi bon lui expliquer ? Inutile de lui parler de mon lien avec Cade et de lui raconter que le simple fait que son coyote ait sauvé son âme m'a permis de survivre sans la mienne. Collant ma joue contre le sol, je conclus :

— J'ignore où elle est passée.

Suriel grommelle en basculant le poids de son corps d'un côté et se relève en marmonnant un long chapelet de jurons avant de flanquer ses outils dans son sac et de s'en aller.

— Attendez, ne partez pas comme ça ! je m'écrie en fixant anxieusement la silhouette qui s'éloigne déjà. Terminez ce que vous avez commencé ! Vous n'allez pas renoncer maintenant… si près du but !

— C'est ton âme dont j'ai besoin. Tu ne m'es d'aucune utilité à présent, m'annonce-t-il avec un regard dédaigneux. La fin des temps approche dangereusement et rien ne m'arrêtera, mais si je ne peux pas anéantir ton âme, je me débrouillerai avec celle de Cade. Vous êtes tous les deux issus des forces du Mal : pour moi, vous ne faites qu'un.

Il m'abandonne là, tandis que mon corps se vide de son sang et que mon cœur perd tout espoir. En un claquement de doigts, mon rêve de retrouver Daire s'évanouit.

Suriel est peut-être fou, mais il est plus malin que la plupart des gens ne le pensent et capable de voir ce que presque tout le monde préfère refuser d'admettre : le lien occulte qui m'unit à mon frère.

Je pivote sur le côté en croisant les mains sur ma plaie.

J'étais si près du but. Tellement près, bon sang.

Pourtant, cette fin a beau ne pas être celle que j'espérais, c'est rassurant de savoir que ce n'est maintenant plus qu'une question de temps.

Quand Cade partira, je partirai avec lui.

Alors, peut-être je trouverai le repos… et retrouverai Daire.

Cinq

Xotichl

— Ça me gêne.

— Qu'est-ce qui te gêne ?

Renonçant temporairement à chercher la place de stationnement idéale, Auden tend le bras pour me serrer l'épaule d'un geste rassurant.

— Ça… aller au Terrier du Lapin, je réponds en agitant la main vers le pare-brise. Après tout ce qui s'est passé, ça me gêne de retourner dans ce bar.

— On peut partir, si tu veux…

Le geste d'Auden est doux mais son intonation trahit son inquiétude.

— Mais je croyais que tu voulais venir ici justement pour pouvoir surveiller ce qui s'y passe ?

— Tu as raison, je reconnais en soupirant. Et je continue de penser que c'est important de montrer qu'on est là, mais sans Daire et Dace, c'est plus pareil.

Un sanglot vient subitement me briser la voix et me nouer la gorge. Ça m'arrive souvent ces derniers temps, chaque fois que je pense à mes amis portés disparus, autrement dit, à chaque instant de chaque jour, pour ainsi dire.

Disparus.

C'est le seul mot que j'arrive à employer.

Une disparition, c'est terrible, il n'y a pas à dire, mais la mort, c'est encore pire.

Le soir où il a neigé grâce à Daire, lors du réveillon de Noël, j'ai eu la certitude qu'elle était partie pour de bon. Les flocons tombaient dans un arc-en-ciel de couleurs si scintillantes que j'ai supposé que c'étaient ses derniers adieux et pris ça comme une élégie.

Mais maintenant je n'en suis plus si sûre. Plus qu'une simple impression et plus fort qu'une intuition, c'est comme si je sentais au fond de moi-même que Daire et Dace étaient toujours là, quelque part. C'est le genre de prémonitions que j'ai appris à développer et auxquelles désormais je me fie. Mais comme je n'ai aucune preuve tangible, je n'ai pas trop envie d'en parler. Les rares fois où je m'y suis risquée, ça s'est soldé par des petites tapes gênées sur mon bras, suivies de quelques encouragements vides de sens : on veut tout de suite rassurer la pauvre petite aveugle qui ne peut pas voir ce qui, aux yeux de tous les autres, est si évident.

Les gens présument que je vis dans un monde de ténèbres et de solitude mais ils ont tout faux. J'ai beau ne pas voir les choses de la même façon que ceux qui voient, je suis capable de capter un certain nombre d'informations qui, pour la plupart, restent imperceptibles. Bien plus riche et animé qu'ils ne l'imaginent, l'univers est une sphère qui vibre de puissantes gerbes de couleurs et palpite de grands tourbillons d'énergie.

Les pensées, les émotions, la musique, les individus, les animaux, les objets inanimés : tout est constitué d'énergie. La physique moderne a démontré ce que les mystiques de l'Antiquité savaient depuis des siècles, et grâce à mes séances régulières avec Paloma j'ai pu le constater par moi-même.

C'est ma mère qui a eu l'idée de solliciter l'*abuela* de Daire. Sa réputation de guérisseuse l'impressionnait, alors elle s'est dit que ça valait le coup d'essayer et de voir si elle pourrait soigner la cécité dont j'ai été frappée enfant. Et bien que Paloma n'ait pas été en mesure de me rendre la vue, elle m'a appris à me servir de ma perception résiduelle, qu'on appelle aussi la vision aveugle, et après des mois de travail pour très peu de progrès, c'est le jour où elle a demandé à Auden de se joindre à nous que tout a pris forme.

Je me souviendrai toujours de cet instant où elle m'a fait poser la main à plat contre une enceinte qu'elle avait raccordée à la guitare d'Auden, puis ce dernier a gratté quelques accords et aussitôt une magnifique explosion de couleurs a surgi devant moi.

Auden s'amuse souvent à dire qu'il a été le premier à m'aimer, qu'il est tombé amoureux à la seconde où il est entré dans le bureau de Paloma et m'y a vue. À cet instant précis, il a compris qu'il allait devoir se surpasser pour me séduire, alors il m'a draguée en chanson et a joué avec ses tripes dans l'espoir que je percevrais ce qu'il ressentait pour moi.

On peut dire que ça a marché puisqu'on ne s'est plus quittés depuis.

C'est drôle comme les gens cherchent toujours à me persuader qu'il est vraiment, vraiment adorable. Comme si je ne m'en rendais pas compte toute seule.

Comme si je n'avais jamais remarqué que son amour pour moi scintille d'un éclat pourpre sincère, que chacune de ses paroles se traduit par un orange intense et véritable, et que lorsqu'il m'embrasse des bulles pétillantes rose et rouge argenté surgissent et tourbillonnent juste au-dessus de nous.

Peu de temps après, j'ai commencé à voir d'autres choses aussi. Au début c'était déroutant, mais très vite j'ai compris que les mensonges étaient toujours enrobés de jaune foncé visqueux qui collait à la bouche de leurs auteurs longtemps après qu'ils se furent tus. Quand il est sincère, le compliment, lui, propage un vif éclat argenté qui illumine autant celui qui le reçoit que celui qui le fait. Mais ces derniers jours, c'est avec beaucoup d'inquiétude que j'ai vu la tristesse de Paloma au sujet de la disparition de Daire et de Dace assombrir son énergie bienveillante d'ordinaire bleu chatoyant en un gris foncé et boueux.

— Malheureusement, ce ne sera plus jamais pareil, ma belle.

Auden donne un coup de volant pour se garer, coupe le moteur et m'attire contre lui en m'étreignant si fort que les côtes de son gros pull en laine s'incrustent sur ma joue. Ses lèvres chatouillant mon oreille, il murmure tout bas :

— Pourtant on doit continuer à vivre. Que ça nous plaise ou non, il faut qu'on s'adapte.

Il m'embrasse sur la tempe, la joue, la bouche.

— Et Cade ?

La question est assourdie contre son épaule mais je sais qu'il a entendu.

— Si jamais il débarque ? Qu'est-ce qu'on fera ?

Je glisse la main sous son pull et la pose à plat contre un coin de peau chaude.

— À ta place, je ne m'inquiéterais pas pour ça.

Penché vers moi, Auden effleure mes lèvres.

— Personne ne l'a revu depuis ce fameux soir. Mais même s'il revenait, on serait prêts à l'accueillir, non ?

Le visage penché, je m'écarte un peu pour l'observer, soulagée de voir une traînée orange filtrer de ses lèvres. Il n'essaie pas simplement de m'amadouer, il le pense vraiment.

— Ce n'est pas parce que *nous*, on ne l'a pas revu que c'est le cas de tout le monde, je renchéris d'un ton sûr de moi bien que je ne dispose d'aucune preuve qui le justifie. Je parie au moins que son sinistre coyote sait où il est. Et étant donné que son père, Leandro, n'a pas l'air plus inquiet que ça, je suppose qu'il a forcément eu de ses nouvelles aussi. En outre, n'oublions pas qu'en plus d'être un psychopathe, Cade est aussi un égoïste fini qui ne se priverait jamais d'une occasion de jubiler. C'est un de ses plus grands plaisirs. Il ne vit presque que pour ça.

Auden s'apprête à argumenter mais un coup au carreau côté conducteur l'interrompt, suivi d'une voix de fille :

— Coucou. Vous avez de la place pour que je vous tienne la chandelle ?

L'instant d'après, une portière s'ouvre et se referme tandis que l'énergie de Lita envahit la banquette arrière de la voiture.

— Bon sang, il caille dehors ! observe-t-elle en frottant ses mains couvertes de mitaines. C'est à se demander s'il va s'arrêter de neiger un jour.

Je pousse un soupir, Auden acquiesce en marmonnant, puis plus personne ne dit rien.

Depuis le réveillon de Noël, il neige en continu, et même si on aime bien s'en plaindre, ainsi que de tous les inconvénients qui vont avec, au fond on redoute le jour où ça s'arrêtera. Tant que les flocons continuent de tomber, on garde un lien avec Daire, mais si elle n'est pas revenue d'ici à ce que la Terre se réchauffe, que la neige fonde et que le printemps surgisse… qu'est-ce qui se passera ?

— Alors, quoi de neuf à propos de… je sais pas… *tout* ? questionne Lita qui, en réalité, n'ose pas poser tout haut les questions auxquelles tout le monde pense tout bas : *Qu'est-ce qui s'est passé ? Où sont-ils ? Est-ce qu'on les reverra un jour ?*

On a passé des heures et des heures à étudier de près les détails les plus infimes de cette fameuse soirée pour essayer d'assembler les morceaux et de découvrir un indice caché qui nous aurait échappé à première vue. Mais le fait est qu'on a tous été témoins de la même scène : Daire déboulant dans le club pour nous dire de fuir et de partir le plus loin possible du Terrier du Lapin. Un déluge de flammes déchirait le ciel. La prophétie était en marche. « Je vais arrêter ça. Tout arranger. Me battre jusqu'au bout. » C'est la dernière chose qu'elle m'a dite avant de partir. Ensuite, elle s'est écartée brusquement pour que je lâche son bras, elle a filé en direction du vortex et personne ne l'a revue depuis.

Je secoue la tête pour chasser ce souvenir tout en me tournant vers Lita.

— Rien de neuf depuis la dernière fois qu'on s'est vues il y a deux heures.

Je fais de mon mieux pour accompagner cette réponse d'un sourire, mais il a du mal à venir.

Alors elle pousse un soupir qui en dit long et qui me rappelle aussitôt combien elle a changé, qui plus est en très peu de temps. Il n'y a encore pas si longtemps, elle était la reine incontestée du lycée Milagro. La pimbêche snob et ultra populaire que tout le monde admirait et craignait ouvertement. Le genre de fille à qui il ne viendrait même pas à l'idée d'adresser la parole à quelqu'un comme moi. Mais c'est alors que Daire a fait son apparition et nous a tous réunis. Son arrivée à Enchantment a peut-être poussé Cade à passer à l'action, mais elle a aussi changé nos vies de façon positive à bien des égards.

— Alors qu'est-ce qu'on fait ? Comment on gère ? reprend Lita.

La question est suivie par le petit bruit sec du poudrier qu'elle est en train d'ouvrir, puis par le glissement poisseux du bâton de gloss qui parcourt ses lèvres.

— C'est toi la reine du lycée, qu'est-ce que tu suggères ? Auden me prend la main.

— *Ex*-reine. J'ai rendu ma couronne, je te rappelle.

D'un geste vif, Lita referme le poudrier et le jette avec son gloss dans les profondeurs de son sac à main.

— Et regarde un peu qui la porte à présent… fait remarquer Auden.

À son intonation et au changement d'atmosphère soudain, je comprends que Phyre est dans les parages.

Lita renifle, rassemble ses affaires et ouvre la portière.

— Grand bien lui fasse, qu'elle la garde, assure-t-elle en descendant. Si elle veut qu'on la remarque, elle peut compter sur moi. Je n'ai absolument pas confiance en cette fille et, à partir de maintenant, je vais surveiller ses moindres faits et gestes. D'ailleurs, pour info, Daire aussi se méfiait d'elle. Alors ne serait-ce que pour honorer sa mémoire, je ferai tout mon possible pour découvrir ce que Phyre manigance et pourquoi elle est revenue à Enchantment.

— Ne va pas jouer les casse-cou, avertit Auden.

— Une casse-cou, moi ? répète Lita, amusée, en faisant le tour jusqu'à ma portière. Tu viens, ma belle ? On a du repérage à faire.

— Hé, il n'y a que moi qui ai le droit de l'appeler comme ça ! s'insurge Auden en m'attirant contre lui pour me déposer tendrement un baiser sur le front.

— Ça vaut sans doute mieux, plaisante Lita, ça m'a fait un peu bizarre. Bref, *vámonos* si on ne veut pas rater le spectacle maintenant que la vedette est arrivée.

— On te suit.

Auden et moi sortons de la voiture et suivons Lita dans le tourbillon d'énergie surréaliste du Terrier du Lapin.

Six

DAIRE

Ça me fait mal de l'admettre mais je ne suis pas du genre patiente.

Même si au début ça démarre plutôt bien, très vite je ne tiens plus en place et une fois que je commence à gigoter, ça me monte rapidement au cerveau. Tout un tas de pensées défaitistes se mettent à défiler dans ma tête pour que je doute de mes capacités et de ma stratégie, que je m'inquiète d'avoir peut-être jugé Axel trop sévèrement, et que je commence à croire que je suis parano et me suis trompée sur toute la ligne.

Après tout, il m'a bel et bien sauvée la vie.

Il a empêché Cade de me voler mon âme.

Sans compter qu'il m'a soignée sans avoir jamais rien demandé en échange.

Malgré tout, chaque fois que je dresse la longue liste des fausses idées que j'ai pu me faire, il me suffit de jeter un œil à l'espèce de robe de mariée sinistre que j'ai sur le dos pour que d'un coup je sois à nouveau résolue à mettre mon plan à exécution.

Repensant à un des nombreux conseils de Paloma, selon lequel la patience va de pair avec la sagesse, je reprends mon attente et en profite pour réexaminer chaque détail, car je sais que si je rate mon coup, je n'aurai pas de seconde chance. Si j'hésite ou faiblis ne serait-ce qu'une fraction de seconde, tout sera fichu.

Axel est plus grand et plus fort, et ses pouvoirs surpassent de loin les miens.

Je n'ai pas le droit à l'erreur.

Bruits de pas sur le gravier de l'autre côté de la porte.

Le verrou coulisse dans un grincement.

Je me plaque contre le mur en serrant la chaise de toutes mes forces et regarde Axel entrer et traverser les dalles de calcaire pour s'approcher de mon lit.

Il murmure mon prénom en secouant doucement la longue bosse qu'il croit être moi, sans se douter que j'ai recyclé mon peignoir et la pile de serviettes propres qu'il m'avait laissée dans la salle de bains pour en faire un monticule ressemblant à moi en train de dormir, qui finit par s'affaisser sous ses secousses.

Il se retourne, ses yeux bleu lavande s'écarquillant de confusion quand il me découvre tapie dans son dos, brandissant la chaise.

— Daire ?

C'est le dernier mot qu'il prononce avant que j'abatte violemment la chaise sur sa tête. Fonçant déjà vers la sortie alors qu'il s'écroule comme une masse à mes pieds, j'accorde un dernier regard à son corps inerte, m'excuse en silence puis verrouille solidement la porte derrière moi.

SEPT

XOTICHL

Après avoir fait le tour du club je ne sais combien de fois, Lita revient à notre table, flanque son sac à main sur un tabouret libre et s'installe en face d'Auden et moi.

— Aucun signe de Cade, annonce-t-elle d'entrée de jeu, et croyez-moi, j'ai cherché partout. Y compris dans le bureau de Leandro, ce qui était assez gênant vu qu'il était là. J'ai même vérifié dans les toilettes – après tout, Cade est bien capable d'espionner sous les cabines. Mais non, *nada*, *niente.*

— Et Phyre ? je demande en me penchant pour mieux l'entendre dans le brouhaha.

— Phyre… elle est là, fidèle à elle-même. Cette fille est très belle et tout, je sais, mais elle est aussi hyper bizarre et pas du tout digne de confiance. Vraiment, je ne comprends pas pourquoi tout le monde est sous le charme.

— À mon avis, on est un peu les seuls à la trouver *bizarre*, je présume tandis qu'Auden tapote nerveusement du pouce sur le mien, signe infaillible que son rendez-vous avec le producteur de disques le stresse plus qu'il ne veut bien le montrer.

— D'accord mais regarde : il n'y a encore pas si longtemps, Daire était nouvelle et personne ne l'aimait, poursuit Lita.

Et sans me laisser le temps de réagir, elle ajoute :

— Remarque, c'était en grande partie ma faute puisque j'avais ligué presque tout le lycée contre elle. Bref, ce serait vraiment cool que des petits nouveaux débarquent dans cette ville. Vous devez en avoir tellement marre que je sois toujours dans vos pattes !

Auden et moi commençons à nier en chœur mais Lita s'empresse de nous faire taire.

— C'est bon, pas la peine de mentir. Je suis la première agacée, je vous assure. Croyez-moi, je voudrais bien que ça change, malheureusement on est à Enchantment, autrement dit il n'y a pas un seul garçon potable à des kilomètres à la ronde.

Elle pousse un soupir mélancolique.

— Vous savez ce que c'est ? relance-t-elle en marquant une pause qui n'a pas pour but de nous laisser deviner mais plutôt de créer un effet théâtral : c'est mon karma ! révèle-t-elle en plaquant les paumes sur la table.

— Ton karma pour *quoi* ?

Je me rapproche d'Auden pour poser la tête sur son épaule et essayer d'apaiser gentiment son trac.

— Pour avoir été une énorme garce et catalogué tous ceux que je n'appréciais pas comme des losers ringards !

— Tu me trouvais ringard ? lâche Auden en feignant la consternation.

— Eh bien… le fait d'être le leader du seul groupe digne de ce nom de cette ville te donnait un certain avantage mais… Bref, regardons les choses en face : j'étais une vraie peau de vache.

— Ça, tu peux le dire, je confirme car je ne vois pas l'intérêt de nier ce qu'on sait tous déjà.

— Et je suis quasiment certaine qu'aujourd'hui je paye pour toutes mes vacheries.

— Tu plaisantes ? je glousse.

C'est plus fort que moi. Je crois dur comme fer aux conséquences du karma mais ça, ce n'est pas franchement le meilleur exemple !

— Tu trouves ça drôle ? rétorque Lita sur la défensive dans une flambée d'énergie. C'est vrai, ce que je dis : tout finit par se payer, c'est bien connu.

— Donc si je résume, selon toi, s'il n'y a pas de nouveaux garçons en ville, c'est parce que tu as été odieuse avec tous ceux que tu jugeais indigne de toi ? Ça n'a rien à voir avec le fait qu'Enchantment soit une ville peu attrayante, où le prix de l'immobilier est en baisse et les opportunités de carrières intéressantes, proches du néant, ni avec le fait qu'une famille de coyotes malveillante tient la barre de tout ça ?

— Forcément, vu comme ça, on dirait plus une question de narcissisme que de karma, reconnaît Lita. À croire que je me prends pour le centre du monde.

— Du monde, non. Juste d'Enchantment, nuance Auden.

— C'est vrai qu'avant c'était le cas. Il n'y a encore pas si longtemps, je considérais Dace comme un énorme abruti, je détestais Daire, et Cade Richter me faisait craquer. Mais maintenant que j'ai ouvert les yeux, j'ai vraiment le sentiment d'être passée à côté de quelque chose en refusant de donner une chance à des personnes comme toi, Auden et Dace. J'étais tellement obsédée par mon image, ma cote de popularité et le reste…

Sa voix s'estompe tandis qu'elle change de position, mal à l'aise.

— Ça me fait mal de l'admettre, mais j'étais tellement occupée à préserver ma relation avec Cade que je ne pensais qu'à ça. C'était comme si j'étais possédée. D'ailleurs, c'est vraiment étrange : j'étais complètement dingue de lui et, du jour au lendemain, je n'en ai plus rien eu à faire.

Je reste silencieuse, le temps de réfléchir à ma réponse.

— En réalité, c'est moins étrange que tu le crois… je relativise, prenant le risque de lui dire la vérité.

Auden se raidit à côté de moi et me pince le pouce pour m'inciter à faire attention à ce que je vais dire. Daire a toujours tenu à cacher la vérité à Lita pour la protéger et elle insistait pour que j'en fasse autant. Mais Daire n'est plus là et, sans elle, on est bien obligés de se débrouiller seuls. Autrement dit, plus il y aura d'habitants qui connaîtront la face cachée de cette ville et de la famille qui en tient les rênes, mieux ce sera.

Aux variations de son énergie et au grincement de son siège, je devine que Lita se penche vers moi en s'accoudant sur la table.

— Ne t'arrête pas maintenant, souffle-t-elle, je suis tout ouïe.

— D'accord mais écoute : plutôt que de commander un autre Coca, ça te dirait d'aller ailleurs ?

— Comment tu savais que j'allais en reprendre un ?

— Je t'ai entendu sortir des billets de ton portefeuille.

Je hausse les épaules, amusée que ce soit si facile pour une aveugle d'épater ceux qui voient.

— Décidément, cette histoire de vision aveugle me dépasse ! Enfin bref, ça me va. Cet endroit me fiche la trouille de toute façon. Il est trop chargé de souvenirs, et des mauvais pour la plupart. Alors où est-ce que vous m'emmenez, du coup ? Parce que c'est pas comme si on avait l'embarras du choix…

— Tu es sûre de ce que tu fais ? intervient Auden, la question enveloppée d'une ombre brun-rouge réprobatrice que je dissipe d'un rapide hochement de tête.

— Bon. Je vous aurais bien accompagnées mais j'ai un rendez-vous. Alors, Lita, je compte sur toi pour veiller sur ma princesse et la ramener à bon port.

Il me plante un long baiser sur la bouche tandis que Lita fait cliqueter ses clés d'un air embarrassé, ses démonstrations publiques d'affection étant les seules qu'elle tolère.

— Alors ? insiste-t-elle en m'éloignant d'Auden, où est-ce qu'on va ? On se fait une virée entre filles, c'est ça ?

— En quelque sorte…

Je sors du club à ses côtés.

— Puisqu'il est encore tôt, je me disais qu'on pourrait aller chez Paloma. Quitte à ce que tu apprennes toute la vérité sur cette ville, autant que ce soit de la bouche de la personne la mieux placée pour te l'expliquer.

HUIT

DAIRE

Aussitôt que la porte se referme entre Axel et moi, je me sauve en courant.

Seul problème : je ne sais pas vraiment où aller.

Bien que le plan se soit déroulé comme prévu et sans le moindre accroc, je n'ai jamais vraiment réfléchi à ce que je ferais une fois que j'aurais franchi cette porte.

Mis à part que j'ai traversé un voile de lumière et me suis réveillée dans un lit de malade, je ne me souviens de rien hors de cette chambre dans laquelle Axel me retenait prisonnière. Je ne sais pas du tout par quel chemin on est arrivés ici, et encore moins lequel me permettrait de repartir.

Tels des éclats d'améthyste disséminés sur le sol, une allée de cailloux pourpres roule et se dérobe sous mes pieds tandis que je cours vers un petit pont rouge vif débouchant sur un bosquet de jacarandas aux fleurs gigantesques. Je m'appuie contre un des troncs et prends quelques instants pour souffler. Il faut vite que je m'éloigne d'Axel, c'est sûr, mais il faut aussi que j'économise mes forces. Courir partout comme une dératée ne servira à rien, à part à m'épuiser.

Reprenant tant bien que mal mon souffle, j'observe les alentours, frappée de constater que le paysage du Monde

Supérieur est tel que Paloma l'avait décrit : enchanteur, impressionnant, baigné d'une splendide lumière dorée.

Le Monde Souterrain puissance dix mille.

Paloma m'avait aussi dit qu'il était bien plus difficile d'accès, même pour les Chasseurs les plus doués.

Bon, grâce à Axel, pour ce qui est d'y accéder, ça a été du gâteau. Maintenant, reste à savoir comment repartir.

Fermant les paupières, je m'immobilise pour tenter de trouver la réponse au fond de moi. Si le Monde Supérieur est réellement un lieu d'amour, de lumière, de bienveillance et de magie comme Paloma l'affirmait, alors j'ai sûrement encore quelques pouvoirs.

En sentant l'arrière de ma robe se mettre à voltiger et me pousser doucement en avant, je prends ça comme le signe que le vent est à mon côté. Toutefois, je jette quand même un rapide coup d'œil dans mon dos pour m'assurer que c'est bel et bien mon élément qui me guide et non le souffle d'Axel se ruant vers moi.

Si c'est effectivement un être mystique, il ne restera pas à terre bien longtemps. C'est à la fois une bonne et une mauvaise nouvelle, car d'un côté ça signifie que je ne l'ai pas tué, mais de l'autre il se lancera sûrement à mes trousses dès qu'il aura repris connaissance.

Aiguillée par ma robe qui tourbillonne avec insistance autour de mes genoux, je jette un coup d'œil dans mon dos vers l'endroit d'où je viens, et découvre avec stupeur qu'au-delà de la superbe prairie au pont rouge et au sentier d'améthyste… il n'y a rien.

Aucune trace d'une petite maison avec une grande porte à double battant verrouillée et des fenêtres aux vitres blindées.

L'endroit où j'ai été enfermée plusieurs jours est introuvable. Il a disparu comme s'il n'avait jamais existé.

Est-ce Axel qui l'a fait disparaître ou l'a dissimulé afin d'être le seul à pouvoir le trouver ?

Cette seule idée m'incite à m'éloigner rapidement des arbres pour me diriger vers un autre petit pont ravissant, celui-ci d'un bleu cobalt éclatant, sur lequel je croise les premières personnes que je vois depuis mon évasion.

J'envisage un instant de leur demander de l'aide, puis y renonce très vite. On dit le Monde Supérieur accueillant, mais le fait est qu'ici je suis une étrangère en territoire inconnu. Je ne connais pas les règles. Je ne peux pas courir ce risque. Alors je rentre le menton et passe devant eux d'un bon pas, mais soudain j'entends l'un d'eux lancer :

— Doucement, la nouvelle ! Inutile de courir !

Et l'autre de s'esclaffer.

Comment ça, « la nouvelle » ?

Mais comme je ne peux pas me permettre d'engager la conversation avec eux, je passe vite à autre chose.

Mon cœur est encore fragile et ma résistance faiblit. Il faut que j'utilise le peu de forces qu'il me reste pour filer d'ici avant qu'Axel reprenne connaissance.

Sondant ma mémoire pour essayer de déterrer quelque chose que j'aurais pu oublier concernant mon arrivée, je me remémore le moment où Axel m'a prise dans ses bras… puis celui où on est partis comme des flèches dans le ciel… et la sublime toile de soie qu'on a traversée avant de pénétrer en trombe dans un monde baigné de lumière dorée…

Et ensuite…

Ensuite, quoi ?

Entre cette lumière vive que j'ai entraperçue et le moment où je me suis réveillée dans le lit, il n'y a qu'un énorme trou noir. Cela dit, ce souvenir est peut-être perdu à jamais mais une chose est sûre : si je me suis envolée vers le ciel pour venir ici, il faudra que je redescende pour rentrer.

Je concentre donc mes recherches sur quelque chose qui descende, n'importe quoi, une échelle, un toboggan, un gros arbre avec de longues racines. À peine quelques secondes plus tard, le vent se lève et me pousse doucement vers un beau rayon de lumière incandescent sur ma droite, qui ressemble beaucoup à la toile dorée par laquelle je suis arrivée.

Sans hésiter, je fonce, persuadée d'avoir trouvé la sortie – et tellement fascinée par les vibrations engageantes du faisceau que je manque de ne pas voir le groupe de filles qui croise mon chemin.

— Hé, doucement ! me lance l'une d'elles, mais je continue sans m'arrêter, tête baissée.

Alors que j'ai réussi à m'éloigner un peu, elle m'interpelle encore :

— Daire ?

Mon cœur fatigué se met à palpiter plus fort et je pousse sur mes jambes pour accélérer le pas.

Plus que quelques mètres et j'y suis…

— Daire Lyons-Santos ?

Je fais mine de ne pas entendre. Si elle connaît mon nom, c'est forcément mauvais signe. Ça signifie peut-être qu'elle connaît Axel.

Elle accourt dans mon dos. Plus leste et plus rapide que moi, elle m'attrape par l'épaule et me fait pivoter face à ses yeux perçants qui me rappellent la couleur de l'océan au lever du soleil, un regard rose argenté si saisissant que je ne remarque pas tout de suite sa jolie peau bronzée, ses anglaises brunes et son grand corps souple vêtu d'une robe assez semblable à la mienne, si ce n'est qu'au lieu d'être d'un blanc austère, la sienne resplendit des mêmes reflets que ses yeux.

— C'est bien toi, n'est-ce pas ? insiste-t-elle, l'air sincèrement étonnée de me croiser ici.

Mais quoiqu'à l'évidence elle me connaisse, pour ma part je n'ai aucune idée de qui elle est.

— Qu'est-ce que tu fabriques ici ? Où étais-tu passée ? Je t'ai cherchée partout… j'ai perdu ta trace dans toute cette agitation. Et pourquoi tu portes ça ? Qui te l'a donnée ?

s'étonne-t-elle en tirant doucement sur la fine bretelle de ma robe.

D'un mouvement brusque, je me dérobe et recule d'un pas. Je ne comprends rien à ce qui se passe ni en quoi la façon dont je suis habillée la regarde, mais je me garde bien de lui répondre.

Je risque un bref coup d'œil par-dessus mon épaule, plus que jamais pressée d'atteindre ce faisceau chatoyant, mais regrette la manœuvre dès qu'elle me surprend en train de regarder dans cette direction.

— N'y pense même pas, dit-elle en comblant d'un pas leste la distance qui nous sépare. J'ignore comment tu es arrivée ici, Daire, et même comment ça a pu se produire, mais tu ne peux pas retourner là-bas. Ni maintenant, ni jamais.

Ses amies l'interpellent pour savoir si elles doivent l'attendre, mais elle leur fait signe de partir et reporte son attention sur moi.

— Viens, Daire. Suis-moi.

Elle m'agrippe par le poignet sans me quitter des yeux.

— Je suis là pour t'aider. Tu n'as rien à craindre. On va tirer ça au clair.

J'acquiesce en faisant mine d'être sincère, allant même jusqu'à lui rendre son sourire pour essayer de gagner sa confiance. Je suis sûre qu'elle est pleine de bonnes intentions mais le problème, c'est qu'elle n'a pas idée de la situation et de ce qui est en jeu chez moi.

Elle ne sait rien des agissements d'Axel et je ne suis pas d'humeur à l'éclairer.

Tournant les talons, elle m'entraîne à sa suite en me tirant par le bras et je feins de la suivre docilement. Devant mon empressement à lui obéir, elle relâche un peu sa poigne, assez pour que je puisse me libérer d'un coup sec et piquer un sprint vers le voile lumineux en usant de toutes les forces qu'il me reste.

Je l'entends crier dans mon dos d'une voix haut perchée et désespérée, insistant pour que je revienne.

Mais il est trop tard pour ça.

J'ai déjà pris mon élan et transpercé la toile.

Aux prises avec la pesanteur, je dégringole vers la Terre.

LE SACRIFICE

Neuf

Xotichl

Après avoir frappé plusieurs fois à la porte de chez Paloma, Lita et moi décidons de faire le tour par le jardin où nous la trouvons en train de s'occuper d'un étrange massif de plantes hybrides florissant en toute saison.

Le menton levé, je hume l'air à pleins poumons pour emplir mes narines de leur riche parfum avant de manifester notre présence.

— Je suis venue un jour plus tôt et avec de la compagnie, j'annonce en désignant Lita d'un signe de tête. Ça ne vous dérange pas, j'espère ?

Si je pose la question, c'est plus par politesse que par véritable souci de voir Paloma nous congédier. Elle aime bien qu'on lui rende visite ; pour elle, on est un peu comme un lien avec Daire, tout comme elle pour nous.

Elle ramasse son panier de fleurs de cactus médicinales et se relève péniblement. La scène se déroule sous mes yeux dans un flot d'énergie trouble et maussade contrebalancé par un éclat lumineux à l'extrémité de ses doigts.

— Laissez, je vais le porter.

Lita se précipite auprès d'elle dans une traînée orange vif qui se mêle à la grisaille apathique de Paloma, un contraste qui me rappelle amèrement que Paloma a beaucoup décliné ces derniers jours.

Même si elle ne s'est jamais totalement rétablie depuis qu'elle a récupéré son âme et si, bien sûr, la disparition de Daire nous a tous ébranlés, il est évident que c'est elle qui en est le plus affecté.

Elle a beau savoir d'expérience que la vie de Chasseur n'est pas sans dangers, elle se considère responsable de la disparition de sa petite-fille. Et j'ai beau lui répéter que la prophétie était en marche et que personne ne pouvait l'arrêter, ça n'apaise pas vraiment son sentiment de culpabilité.

Lita prend le panier et l'accompagne jusqu'à la porte de derrière, tandis que je les suis à l'intérieur. On traverse la cuisine qui embaume l'odeur d'un bon petit plat cuisant dans le four, puis on passe devant les crépitements continus de la cheminée et remonte la rampe menant à son bureau où elle nous installe à sa vieille table en bois avant de retourner nous chercher un petit quelque chose à manger.

— Je pourrais vite m'y habituer, s'amuse Lita lorsque Paloma pose devant elle une tasse fumante de thé au gingembre et un petit gâteau bio à la cardamome. Si on disait demain, même endroit, même heure, même goûter ?

Nous rions toutes un peu plus longtemps que la plaisanterie ne le mérite, cherchant avidement un prétexte pour alléger le poids qui pèse sur nos cœurs.

— Vous n'en prenez pas ? s'étonne Lita une fois que Paloma nous a rejointes à table.

— Je jeûne jusqu'à son retour, explique-t-elle. Ce sont les gâteaux préférés de Daire. J'en prépare une fournée tous les jours, comme ça quand elle reviendra, ils seront tout chauds.

Lita ne dit plus un mot et s'affaire avec son gâteau et son thé pendant que je me penche vers Paloma.

— Je vous ai amené Lita, car je crois qu'il est temps qu'elle sache la vérité sur cette ville et je me suis dit que vous étiez la personne la mieux placée pour la lui dévoiler.

Au frottement sourd de son doigt tournant en rond sur le bord de sa tasse, je comprends que je vais devoir faire mieux pour la convaincre.

— Comme Daire a *disparu*…

Une boule dans la gorge, je marque une pause pour me ressaisir. J'ai beau le répéter sans cesse, le mot passe toujours aussi mal.

— Comme il n'y a aucun Chasseur pour prendre sa place, je poursuis, on va tous devoir s'impliquer et contribuer. Seulement, on ne peut pas veiller les uns sur les autres si certains d'entre nous ne savent même pas d'où vient le danger.

Paloma reste si longtemps sans rien dire que je suis à deux doigts de l'implorer quand elle répond enfin :

— Tu as sans doute raison.

À l'image de son énergie, sa voix est lasse mais résignée.

— Alors par quoi je commence, d'après toi ?

— Pourquoi pas par le début ? suggère Lita. Quelque chose me dit que l'histoire de cette ville n'est pas du tout celle qu'on nous enseigne à l'école.

Paloma acquiesce, se cale dans son siège et entame un récit si étrange que je surveille de près l'énergie de Lita pour déchiffrer sa réaction mais, à ma surprise, elle est loin d'être aussi choquée que je ne l'aurais imaginé.

— Je le savais ! s'exclame-t-elle dès que Paloma a terminé.

Elle tape à deux mains sur la table, ce qui de mon point de vue s'apparente à une traînée orange bien nette se mêlant à un flux marron stagnant.

— J'en étais *sûre* et *certaine*, insiste-t-elle en accentuant lourdement chaque mot. Bon, je ne savais pas vraiment que tous les membres de la famille Richter, aussi connue comme le clan des Coyotes, étaient mauvais jusqu'à la moelle, ni que

Cade pouvait littéralement se transformer en monstre car il est la progéniture d'un démon et le fruit de la magie noire, ni même que cette ville abritait quantité de portails secrets ou de vortex ou quel que soit le nom que vous leur donnez…

— Et donc, qu'est-ce que tu savais, au juste ? je glisse sans pouvoir dissimuler un grand sourire.

— Eh bien, je savais que Cade était une mauvaise fréquentation et qu'il avait un côté très noir. Honnêtement, j'ai envie de vomir chaque fois que je repense à toutes ces choses que je… qu'on a…

Elle inspire un grand coup pour se calmer, passe lentement les paumes à plat sur la table, puis reprend :

— Bref, pour ce qui est de ce coyote de malheur, je l'ai déjà croisé très souvent. D'ailleurs, la première fois que j'ai vu ses yeux devenir rouge vif, j'ai crié comme une hystérique et je suis partie en courant. Mais ensuite, Cade m'a raconté un pipeau comme quoi il l'avait trouvé dans la rue quand il était tout bébé et qu'il avait décidé de le recueillir, de le dresser et de le garder comme animal de compagnie et… pff. Vous n'imaginez même pas à quel point je me trouve nulle de m'être laissé embobiner par tout ça. Je n'en reviens pas d'y avoir vraiment cru.

— Ne sois pas si dure envers toi-même.

Paloma s'écarte un peu de la table, les pieds de sa chaise raclant bruyamment le carrelage.

— Les Richter savent y faire quand il s'agit de manipuler les gens. Ils ont altéré ta perception comme celle de presque tous les habitants de cette ville.

— Tous sauf Xotichl.

Lita pivote vers moi.

— Comment ça se fait que tu ne sois jamais tombée dans le panneau ?

— Cade ne peut pas m'atteindre.

Je baisse la tête pour prendre une petite gorgée de thé.

— Ni aucun Richter. C'est l'avantage d'être aveugle.

— Tu es en train de me dire qu'il m'a *ensorcelée* ? s'insurge Lita d'une voix haut perchée à la limite du glapissement. Il m'a regardée droit dans les yeux et hypnotisée comme font les vampires à la télé ?

La façon dont son énergie s'enflamme et crépite le prouve : elle est partagée entre fascination et indignation.

— Pas exactement, nuance Paloma. Ils se servent de ta vue pour modifier la manière dont tu perçois les choses. C'est une pratique occulte que très peu sont capables de maîtriser. À ce qu'on raconte, avant de découvrir par hasard les secrets de cette technique, les Richter étaient des citoyens ordinaires, voire respectables. Du moins, avant que le pouvoir ne commence à les pervertir. Ils sont devenus incroyablement avides, cupides, grisés par leur propre autorité. Quels que soient les dégâts qu'ils font, les gens continuent de les considérer comme une famille digne d'admiration et de respect. Ils ne demandent pas mieux que de trimer pour leurs divers intérêts et dépensent tout leur salaire en buvant et mangeant dans leurs établissements. C'est un cercle vicieux à cause duquel ils resteront perpétuellement endettés. Tu connais le proverbe « le pouvoir absolu corrompt absolument » ? Les Richter en sont un excellent exemple.

— Et Cade est le pire d'entre eux, sachant qu'il a passé toute l'année à voler des fragments d'âme aux habitants, qu'il donnait ensuite à manger à ses macchabées d'ancêtres pour qu'ils ressuscitent et obéissent à ses ordres, j'ajoute, histoire que Lita sache que bien qu'elle n'était pas entièrement responsable de ses sentiments pour Cade, que la vérité est encore pire que ce qu'elle croit.

— Tu n'es quand même pas sérieusement en train de me dire qu'il s'est servi de mon âme pour nourrir un fichu *zombie* ?

Moi qui trouvais qu'elle avait pratiquement glapi tout à l'heure, ce n'était rien comparé à maintenant.

— Pas dans son intégralité, juste un bout.

Aussitôt je regrette ce manque de tact. Ça fait beaucoup à encaisser d'un coup, il faut que j'y aille plus doucement avec elle.

— Tu as récupéré l'intégralité de ton âme le jour des Morts, quand Daire a persuadé la Gardienne des ossuaires de les libérer, explique Paloma. Tu as sans doute remarqué quelques changements depuis.

— C'est le jour où j'ai rompu avec Cade, réalise Lita d'une voix haletante.

Et d'ajouter, comme si elle venait seulement de percuter :

— Attendez, *la Gardienne des ossuaires*, c'est quoi ça ?

Le glapissement atteint cette fois des sommets.

— Maintenant, vous êtes en train de me raconter qu'il existe aussi une Gardienne des ossuaires ?

— Elle a le visage d'une tête de mort, elle se nourrit d'étoiles et porte un corset en cuir noir, des bottes à talons aiguilles et une grande jupe de serpents, je décris. Enfin, d'après la légende, en tout cas. Mais Daire a confirmé.

— Alors quoi… c'est une gothique ?

— Oui, probablement la toute première, j'acquiesce en riant. Quant aux serpents de sa jupe qui ondulent autour de sa taille et de ses jambes, ce sont des vrais. Ce sont eux qui ont récupéré les âmes en plongeant dans la gorge des Richter et…

Je m'interromps en voyant l'énergie de Lita s'étioler et pâlir de façon épouvantable. Pour ce qui était d'y aller mollo avec elle, c'est raté.

— OK, donc en résumé, les Richter sont des gens malveillants, Dace et Daire, des gens bien, les animaux totems ne sont pas une superstition, ils existent vraiment, tout comme il existe trois mondes, le Souterrain, le Supérieur et celui-ci, l'Intermédiaire, et…

Lita s'arrête, hésitant à aller jusqu'au bout.

— Et mon ex a volé une partie de mon âme qu'il a ensuite utilisée pour ressusciter un cadavre, jusqu'à ce qu'un serpent la libère et qu'elle réintègre mon corps… c'est bien ça ?

— En gros, oui, je confirme d'une petite voix désolée.

— Eh bé. Quand je pense que j'ai vécu toute ma vie ici sans jamais me douter une seconde de ce qui se tramait…

— La plupart des gens ne voient que ce qu'ils veulent bien voir, ajoute Paloma. Ce n'est que lorsqu'ils ne peuvent plus se le permettre qu'ils affrontent la réalité en face.

— Est-ce qu'il y a autre chose que je devrais savoir ? questionne Lita. Par exemple les vampires, les loups-garous… et puis les fées, tiens : où est-ce qu'ils se placent dans le tableau ? Est-ce qu'ils existent aussi ?

— Ça, je n'en ai pas la preuve, par contre je peux te dire que c'est Daire qui a fait venir la neige le soir du réveillon.

Je souris à ce souvenir en imaginant le sentiment de triomphe qu'elle a dû éprouver quand les flocons ont commencé à tomber après tant de tentatives ratées.

— Et Cade est à l'origine du déluge de flammes, ajoute Paloma.

Je ne m'attendais tellement pas à ça que je me penche brusquement vers elle.

— Logique, grommelle Lita de son côté.

— Comment est-ce possible ?

Perplexe, j'écoute attentivement Paloma tandis qu'elle se lève de table, se dirige vers un vieux placard fermé à clé et en sort un gros volume qu'elle revient poser au milieu de la table.

— Le codex, je devine tout bas d'une voix empreinte de respect mêlé de crainte, tandis que les couleurs vives de son énergie resplendissent sous mes yeux.

— Le *codex* ? C'est quoi, un codex ?

Lita nous observe tour à tour, perplexe.

— Un codex est un texte ancien. Celui-ci a été rédigé par Valentina…

— La première Chasseuse de la famille Santos, explique Paloma. Elle a enduré beaucoup d'épreuves pour rassembler le savoir contenu dans ces pages afin qu'un jour, peut-être, il profite à ses successeurs.

— Tu avais déjà vu ça ? me demande Lita qui s'empresse de se reprendre : je veux dire, tu étais au courant de l'existence de ce livre ?

— Oui, et je l'ai *vu*, on peut le dire, je réponds en souriant. Je ne peux pas réellement voir les pages mais je peux déchiffrer son énergie.

— Et que te dit son énergie, maintenant ?

Paloma fait glisser le vieil ouvrage relié de cuir jusqu'à moi.

Je place les mains au-dessus de la couverture.

Aussitôt, une impression très forte retient mon attention mais j'hésite à leur en faire part.

Ça ne peut pas être vrai.

C'est impossible.

Et si je me risque à le dire tout haut et qu'en fin de compte j'ai tort ?

— Qu'est-ce que tu vois ? me presse Paloma d'un ton qui sous-entend clairement qu'elle n'est pas dupe et sait que je cache quelque chose.

— Oui, dis-nous, insiste Lita. Ne te gêne pas pour moi.

Je prends une profonde inspiration puis m'éclaircis la voix et annonce :

— La prophétie a changé.

— C'est-à-dire ?

Paloma rapproche sa chaise de la mienne.

— Vous aviez raison pour Cade. C'est lui qui a causé l'embrasement du ciel… pour que la prophétie se réalise. Il était impatient, convaincu que s'il réussissait à la déclencher, il pourrait accélérer l'avènement de son règne. Sauf qu'il y a certaines choses qu'on ne peut pas forcer et dorénavant la prophétie est, disons… *en sommeil…* faute d'un meilleur terme.

L'énergie de Paloma se dégonfle comme un ballon tandis qu'elle se laisse retomber au fond de sa chaise.

— J'ai bien peur que tu aies raison, admet-elle. La nuit où Daire a disparu, Chay était ici et il a vu comme moi les mots s'effacer de la page. Je ne t'en ai pas parlé avant car je ne savais pas trop quoi en penser, mais je suis certaine que tes impressions sont justes. Cade est immature, impatient, alors il a provoqué les signes avant l'heure. Mais j'ai beau vérifier le codex tous les jours, la page sur laquelle on pouvait lire la prophétie reste obstinément vierge.

— Et aujourd'hui, vous avez regardé ? je hasarde, sans trop savoir si je dois exprimer l'incroyable sentiment qui m'envahit.

— Oui, ce matin. C'est la première chose que je fais quand je me lève.

— Regardez encore, je suggère. Juste pour être sûre, vous voyez ?

Je m'efforce de garder un ton léger comme si j'espérais simplement qu'elle y consente pour me faire plaisir, inquiète de trop en dire et de lui donner espoir alors que j'ai peut-être tout faux.

Les joues gonflées, je retiens mon souffle tandis qu'elle rabat la couverture sur la table dans un bruit sourd et mat et commence à tourner une par une les pages de papier vélin défraîchies. C'est finalement dans un sifflement que je relâche mon souffle en l'entendant haleter de stupeur, ce petit cri confirmant à lui seul ce que je pressentais. Les vieilles pages jaunies par le temps et encore vierges ce matin portent à présent en elles l'espérance d'une nouvelle donne.

— Qu'est-ce que ça dit ? s'enquiert Lita.

— Je ne sais pas.

Quoique mal assuré, le ton de Paloma révèle un enthousiasme que je n'avais pas entendu chez elle depuis des jours.

— Les symboles sont flous, imprécis…

Je m'apprête à me pencher sur l'ouvrage pour voir si je peux en déduire quelque chose quand, soudain, je sens le vent se lever discrètement, une altération de l'atmosphère très subtile qui aurait pu passer totalement inaperçue sans cette irruption de couleurs vives accompagnée d'une vague de chaleur et de chants célestes mélodieux.

Cette mélodie, je l'ai déjà entendue un jour.

Harmonieux, entraînant, le tempo finit par s'élever en un crescendo si puissant que je n'y tiens plus et me lève d'un bond en m'écriant :

— Vite, le portail !

Une fois sûre d'avoir toute leur attention, j'ajoute :

— Allez l'ouvrir pour laisser entrer Daire. Elle est revenue !

DIX

DAIRE

Les yeux fermés, je m'arrête dans l'entrée pour savourer l'arôme des bûches de prosopis qui brûlent dans la cheminée et celui du thé au gingembre qui se répand dans l'air, ainsi que les douces effluves de gâteaux à la cardamome, d'huile de lavande, de parfum à la vanille et de savon à la menthe poivrée : l'odeur de chez moi, de ma famille, de mes amis.

— *Nieta !*

Paloma me serre si fort dans ses bras que je sens les os de ses épaules saillir d'une façon dont je n'avais pas souvenir.

— *Nieta*, que t'est-il arrivé ? Où étais-tu passée ?

Elle recule, me caresse le front du dos de la main puis pose les paumes en coupe sur mes joues. Les yeux grands ouverts, elle m'observe sans ciller, comme si l'idée de me perdre de vue une seconde de plus lui était insupportable.

— C'est une longue histoire, je réponds, pressée d'aborder des questions plus urgentes telles que Dace.

Je m'apprête d'ailleurs à lui demander où il est, quand je remarque les rides de souci désormais bien installées autour de ses yeux marron pleins de sagesse ainsi que les nouvelles mèches argentées qui entrelacent tristement sa longue natte brune. Elle a les traits tirés, le corps plus frêle que jamais. De toute évidence, ma disparition l'a durement touchée.

Portant alors mon attention sur mes amies, je me rends compte qu'elles restent à l'écart, trop intimidées pour approcher – Xotichl, avec ses cheveux châtains, ses yeux gris clair et son joli visage en forme de cœur, et Lita avec ses grands yeux noirs magnifiques et sa longue crinière brune, dont les pointes récemment teintes semblent avoir trempé dans un pot de peinture rouge. Moi qui n'ai pas l'habitude d'être entourée d'amis, je dois reconnaître qu'elles m'ont énormément manqué. Cependant, si je me suis autant démenée pour rentrer chez moi, c'est pour une bonne raison : il faut que je sache si oui ou non Dace va bien.

— Où est Dace ? je questionne en les regardant tour à tour. Il faut absolument que je le voie pour lui dire que je vais bien…

Mais soudain ma voix et celle de Xotichl se chevauchent quand elle m'interrompt en désignant ma cicatrice :

— Tu es blessée ! s'écrie-t-elle, le visage décomposé. Je le sens d'ici !

— Bon sang, mais qui t'a fait ça ? s'épouvante Lita en plaquant une main sur sa bouche.

— C'est Cade, je réponds en haussant les épaules.

Paloma m'emmène m'assoir sur le canapé, elle m'enveloppe dans une couverture, puis abaisse les fines bretelles de ma robe pour examiner la plaie.

— Il m'a tuée, j'explique, stupéfaite que les mots sortent aussi facilement. Mais ensuite Axel m'a sauvée.

Axel.

Je ferme les yeux en repensant à lui, puis les rouvre très vite. Ce n'est pas le moment de culpabiliser. Il n'y a pas de place pour les remords. J'ai agi par nécessité. Il ne m'a pas laissé le choix.

— Axel ? Personne ne m'a parlé d'un dénommé Axel, s'étonne Lita qui a horreur de ne pas être dans le coup, scrutant Paloma et Xotichl.

— Axel, c'est…

J'hésite. Je ne sais pas du tout comment le définir.

C'est mon sauveur et mon ravisseur.

Aux dernières nouvelles, il était étalé par terre, sans connaissance.

— Axel vit dans le Monde Supérieur, je reprends en me disant qu'il vaut mieux que je m'en tienne aux faits. C'est lui qui a recousu la plaie et qui a empêché Cade de voler mon âme.

— Et… il était comment ? Mignon ? s'enthousiasme Lita en se penchant, les yeux écarquillés.

— Franchement, Lita ! intervient Xotichl, atterrée. T'es hallucinante, parfois !

Elle marmonne quelque chose d'inintelligible, puis replace une mèche derrière son oreille.

— Alors ? Il était comment ? Raconte ! insiste Lita sans se démonter. Étant donné la pénurie de mecs canons dans les environs, je me disais que peut-être…

— *Quoi ?* Que tu allais emménager dans le Monde Supérieur pour pouvoir mater des beaux gosses ? présume Xotichl en faisant semblant d'être totalement exaspérée.

Mais très vite, elle ne peut résister à l'envie de sourire.

— Dit comme ça, forcément…

Lita croise les bras en fronçant les sourcils et toutes deux continuent de se chamailler comme un vieux couple marié. Elles semblent si à l'aise l'une avec l'autre que j'en viens à me demander combien de temps au juste a duré mon absence et si j'ai loupé beaucoup de choses.

— Pour répondre à ta question, il avait les cheveux blond platine, le teint clair et les yeux bleu lavande.

— T'es sérieuse ?

Une moue au coin des lèvres, Lita cligne des yeux en essayant vraisemblablement de reconstituer cette description dans sa tête.

— Tu as rencontré ton guide spirituel ?

Les plis autour des yeux de Paloma s'accentuent.

— Je n'en suis pas sûre. Il n'a jamais rien dit de tel. Il s'est présenté comme un Mystique, c'est tout ce que j'ai réussi à lui faire dire. En revanche, il s'est bien gardé de m'expliquer ce que c'était.

Paloma prend un air songeur.

— Le Monde Supérieur est peuplé de Mystiques, pense-t-elle tout haut. De guides spirituels et de Mystiques qui parfois ne sont qu'une seule et même personne. Mais les seconds ont la réputation d'être encore plus puissants que les premiers. Les récits de leurs pouvoirs sont légendaires.

Elle tend le bras pour attraper la petite bourse et la clé pendues à mon cou, bien décidée à les ôter pour pouvoir mieux m'ausculter, mais j'agrippe sa main avant qu'elle n'ait le temps d'aller plus loin.

— Laisse-les où ils sont, s'il te plaît. Je suis restée trop longtemps sans.

Elle acquiesce en silence, puis arrange les cordons de façon à ce que les talismans pendent dans mon dos.

— La blessure est profonde, murmure-t-elle ainsi que quelques mots bien choisis en espagnol que je ne comprends pas.

— Et encore, tu n'as pas vu les dégâts à l'intérieur. Il m'a pratiquement ouvert le cœur en deux. J'étais vraiment à deux doigts d'y passer avant qu'Axel m'emmène dans le Monde Supérieur et se serve de ses pouvoirs « légendaires » pour me recoller en un seul morceau.

Lançant un regard à mes amies, je remarque que Xotichl est penchée vers moi, tout ouïe, et que Lita m'écoute d'un air à la fois horrifié et fasciné. Je ne saurais pas dire ce qui les trouble le plus : mon ignoble cicatrice ou la façon détachée que j'ai de raconter les événements.

— Je vais préparer un cataplasme, décide Paloma. Ça permettra à la cicatrice de s'estomper plus facilement.

Elle se lève difficilement pour partir dans son bureau.

— C'est pas la peine, je t'assure. Je préfère garder la cicatrice.

Elle me lance un regard. Les filles aussi. Trois paires d'yeux trahissant le même degré de préoccupation.

— Crois-moi, tu seras plutôt contente qu'elle disparaisse, objecte Lita. Moi qui ai le souvenir de Cade gravé dans la mémoire, je peux te le dire : si je pouvais l'effacer, je le ferais.

— Non, je préfère ne pas oublier. Au moins, ça me rappellera de ne plus jamais rester dans une position vulnérable en présence d'un Richter.

— Tu crois réellement que tu as besoin de ça pour t'en souvenir, après tout ce que tu as enduré ? intervient Xotichl en levant le menton vers moi.

— OK, dans ce cas, je m'en servirai pour ne pas oublier ma victoire, je rétorque, persuadée que l'argument est imparable. Ça me rappellera qu'en dépit de ce que Cade m'a fait, j'ai quand même réussi à déjouer la prophétie et à épargner la vie de Dace.

À la seconde où je termine ma phrase, elles détournent soigneusement les yeux pour regarder n'importe où sauf vers moi. Lita examine ses mains pendant que Xotichl rentre le menton et tripote le bord de son pull. Quant à Paloma, au bout de quelques secondes de silence, elle pose sur moi un regard profondément peiné.

— Quoi ? je fais en haussant le ton avec méfiance. Qu'est-ce qu'il y a ? Vous allez me dire ce qui s'est passé, à la fin ? Où est Dace ?

— *Nieta*… commence Paloma.

Mais Xotichl l'interrompt :

— Daire, ce n'était pas la prophétie.

— Mais bien sûr que si !

Je les dévisage comme si elles étaient toutes devenues folles.

— Je sais exactement ce que disait la prophétie. Je m'en souviens au mot près ! « Passé minuit, un présage par trois fois annoncé se réalisera. Prophète, ombre et soleil se rassembleront. D'ici seize hivers, la lumière sera éclipsée. Et les ténèbres émergeront sous un ciel embrasé. »

Je récite la prédiction si vite que les mots s'entrechoquent de façon déroutante.

— Si *ça*, c'était pas la prophétie, alors je ne vois pas ce qui peut l'être ! Dace, Cade et moi sommes tous les trois nés le même jour, *peu après minuit*, il y a exactement *seize ans*. Le prophète, l'ombre et le soleil, en décodé : *c'est nous*. Le ciel s'est embrasé durant l'hiver de nos seize ans, le soir du réveillon de Noël. Et à la fin, Cade m'a tuée. Sauf qu'il a manqué son coup. Il *croit* qu'il a réussi, c'est tout.

Je marque une pause pour reprendre mon souffle, puis continue de plus belle :

— Le ciel s'est embrasé ! Je sais que vous l'avez vu ! C'est impossible autrement !

— On l'a vu, c'est vrai, concède Xotichl. Le problème, c'est que ce n'était pas un événement naturel.

Je leur lance des coups d'œil nerveux sans comprendre.

— Le moment était bien choisi, ajoute Paloma d'un ton froid, calme et autoritaire. Mais Cade était trop impatient pour laisser le destin agir, alors il lui a forcé la main. C'est lui qui a fait jaillir ces flammes dans le ciel.

— Je… je ne comprends pas.

Ma voix semble lointaine, comme si c'était quelqu'un d'autre qui parlait.

— Je ne comprends pas, je répète.

Alors qu'en vérité *si*, je commence à comprendre.

Un recoin oublié de ma mémoire vient de s'éclairer pour me rappeler une phrase que Cade a prononcée lors de notre ultime face-à-face dans le Monde Souterrain, après que je me suis moquée en lui disant qu'il fallait être vraiment taré pour bombarder sa propre ville.

« C'est la prophétie, Daire… Il fallait simplement que quelqu'un la mette sur les rails. »

— Cade a déclenché la prophétie pour pouvoir mettre son plan en marche.

Paloma s'efforce de rester de marbre, mais la lueur sinistre dans ses yeux trahit ses pires craintes.

— Peut-être, je persiste, obstinée, pour me raccrocher à tout prix à *ma* vérité. Mais moi, j'y étais et je peux vous dire que ça s'est déroulé exactement comme c'était écrit.

— *Nieta*, le soir de ta disparition, quand la neige s'est mise à tomber, la prophétie a disparu du codex. Chay et moi avons vu les mots s'effacer des pages.

— Mais maintenant que tu es revenue, ils ont réapparu ! s'exclame Lita en indiquant du pouce le bureau où Paloma garde le précieux volume, l'air excité et complice, comme quelqu'un qui aurait été fraîchement admis dans un club clandestin après en avoir été trop longtemps exclu.

Apparemment, Xotichl et Paloma l'ont mise au courant des secrets les plus sombres d'Enchantment.

— Et qu'est-ce que ça dit ? je demande d'un ton las, un peu étourdie par tout ce que je viens d'apprendre.

— C'est…

Lita s'interrompt en se mordillant la lèvre, puis lance un regard à Paloma et Xotichl pour leur faire comprendre qu'elle ne peut pas.

— C'est en transition, dit alors Xotichl. Le texte est flou, ce qui me porte à croire qu'il est malléable… et que c'est peut-être à toi de décider de la suite.

Interloquée, je les regarde fixement, consciente que si ce qu'elles disent est vrai, si ce n'était pas réellement la prophétie, alors il est plus que probable que ma mort fictive n'ait en fait rien déjoué du tout.

Ce qui signifierait que…

— Où est Dace ?

Je lance un regard insistant à chacune d'elles en prenant subitement conscience que jusqu'ici elles ont brillamment esquivé cette question.

— *Où est-il ?*

D'un bond, je me lève du canapé à défaut d'être rassurée par leurs trois visages affligés.

La voix tremblante, je les supplie :

— Répondez-moi vite parce que là, je suis en train d'imaginer le pire !

Je continue de leur lancer des regards éperdus ; au bout de quelques instants, Paloma se lève pour me faire rasseoir dans le canapé et, chose étonnante, je la laisse faire.

— Personne ne sait où il est, *nieta*, m'annonce-t-elle en serrant ma main entre les siennes.

— Comment ça, personne ? Et Chepi, Leftfoot, Chay ? je rétorque, consciente que la question est idiote car les anciens ont sûrement été en contact tous les jours.

— Personne ne l'a revu depuis le soir de ta disparition.

La voix de Paloma est aussi tendre que l'étreinte de ses mains.

— Et ça remonte à quand ? Combien de temps j'ai été absente ?

— Quelques jours. Tu as disparu le soir du réveillon de Noël, précise Xotichl.

Quelques jours. Pas autant que je le craignais, mais quand même plus que je l'avais espéré.

— Et Cade ?

Mon cœur s'arrête comme s'il refusait de battre tant qu'on ne m'aurait pas répondu.

— Dites-moi que quelqu'un l'a vu, pitié ! Les jumeaux sont liés : si Cade meurt, Dace aussi, mais uniquement si Cade est sous son apparence humaine. S'il est sous sa forme démoniaque, alors Dace peut mourir indépendamment de lui…

Mon explication semble confuse et n'avoir de sens que pour moi.

— En fait… je crois savoir que quelqu'un l'a vu, se risque Lita.

Xotichl et Paloma se tournent brusquement vers elle, stupéfaites.

— … Et si c'est vrai, cette personne prétend que Dace serait mort.

— C'est *faux* ! je conteste aussi sec. Dace n'est pas mort, c'est impossible !

Mais juste après avoir dit ça, je prends conscience que mon instinct est le seul argument que j'ai pour prouver ce que j'avance. Pourvu qu'il ne me trahisse pas.

Xotichl se penche vers Lita d'un air furieux comme ça lui arrive parfois.

— On peut savoir pourquoi tu nous en parles seulement maintenant ?

Haussant les épaules, Lita souffle sur sa longue frange en biais pour dégager ses yeux.

— C'est pas comme si c'était moi qui l'avais vu. J'ai juste entendu Phyre en parler au Terrier du Lapin. Je ne vous l'ai pas dit parce que j'ai supposé qu'elle racontait des histoires pour faire son intéressante et je ne voulais pas vous faire de la peine, à Auden et toi, car à mon sens c'était sûrement qu'une rumeur. Bref, d'après ce que j'ai pu entendre, Phyre affirme avoir croisé Cade il y a quelques jours et c'est lui qui lui aurait appris la nouvelle. D'après elle, c'est pour cette raison qu'il se fait discret. Bien que son frère et lui n'aient jamais été proches, il est le premier surpris d'être touché par sa disparition. Il dit que c'est sûrement dû à l'étrange lien qui unit les jumeaux… bla-bla-bla. Ah, et tout le temps où elle racontait son histoire, Phyre en a bien rajouté des tonnes. Elle a fait celle qui avait beaucoup de chagrin mais vous pouvez me croire : c'était rien que du cinoche.

Elle secoue la tête en se renfrognant, puis en voyant l'absence de réaction de Xotichl et Paloma, elle ajoute :

— Quoi ? Je ne vois pas l'intérêt de tourner autour du pot. Daire est une Chasseuse… un peu amochée, certes, mais elle incarne quand même notre dernier espoir. Lui mentir ne profiterait à personne. Franchement, entre Cade et Phyre qui affirment que Dace est mort, ça ne vous met pas la puce à l'oreille ? Vous pensez pas qu'ils sont de mèche tous les deux ?

— Je ne crois pas à la mort de Dace, récuse Xotichl. Peu importe ce qu'ils disent. Je crois que je l'aurais senti.

— Et moi je *sais* que je l'aurais senti, je renchéris en essayant tant bien que mal de me relever.

— *Nieta*, je t'en prie, me retient doucement Paloma en m'incitant à rester sur les coussins, tandis que Lita lance un coup d'œil dubitatif à ma robe.

Ah oui, tiens. Je l'avais oubliée celle-là.

D'un geste ferme mais affectueux, Paloma me prend par les épaules et me regarde droit dans les yeux en me disant :

— Écoute, *nieta*, je comprends que tu sois bouleversée et tu as toutes les raisons de l'être. Le problème, c'est que là, ce sont tes émotions et tes peurs qui dictent ta conduite et ça, ça ne te mènera jamais nulle part. Si tu veux retrouver Dace et l'aider, il va falloir que tu mettes tes sentiments de côté le temps de prendre des mesures appropriées et de trouver un plan.

— Et quelles mesures tu proposes ? je demande, surprise par l'effet apaisant de son contact, de sa voix et de ses conseils incontestablement judicieux.

— D'abord, le temps que je prépare un cataplasme et un repas léger, tu vas en profiter pour reposer ton corps épuisé et apaiser ton esprit angoissé. Ensuite, quand tu auras mangé un peu et que je me serai occupée de ta blessure, je m'attèlerai à quelques préparatifs pour ton voyage.

— Mon voyage ?

Je la dévisage sans comprendre.

— Si tu veux retrouver Dace, tu vas devoir retourner au dernier endroit où tu l'as vu. Je présume qu'il s'agit du Monde Inférieur, n'est-ce pas ?

Je hoche tout doucement la tête.

— Alors je te conduirai au vortex, conclut-elle. Mais d'abord, prenons les choses dans l'ordre.

Paloma tourne les talons et s'éclipse dans son bureau.

— Je pars avec toi, déclare Xotichl.

— Moi aussi, ajoute Lita. Je vais même tout de suite aller déblayer la neige autour de la Jeep.

Sans qu'on ait le temps de la retenir, elle fonce vers la porte, puis me lance un regard juste avant de sortir :

— À ce propos, à l'occasion, est-ce que tu pourrais faire cesser la neige, s'il te plaît ? Maintenant que tu es revenue, ça fait un peu double emploi.

ONZE

DAIRE

Bringuebalant sur le chemin de terre défoncé et mal éclairé de la réserve, la vieille Jeep blanche de Paloma coupe à travers champs pour rejoindre le bosquet de genévriers tordus qui marque l'entrée du vortex.

— Il est encore temps de faire demi-tour, les filles.

Je me tourne vers mes amies blotties sur le petit plateau à l'arrière du véhicule pour leur donner une dernière chance de changer d'avis.

— Franchement, si vous êtes un peu malignes, ne venez pas.

— Je suis un peu bête, moi, tu sais, ironise Xotichl avant de se tourner vers Lita.

— Moi aussi, l'imite cette dernière en inspectant activement l'état de ses pointes. Je suis même bête comme mes pieds, en fait.

En lançant un regard à Paloma, je la vois approuver d'un signe de tête.

— Bon, OK, mais qu'on soit bien d'accord : le voyage est particulièrement désagréable. Et Xotichl, tu vas devoir laisser ta canne pour descendre un tunnel étroit et très profond. La traversée n'est pas très longue, mais la première fois on a l'impression que c'est interminable. On suffoque, on voit rien… oh et je vous ai parlé des vers de terre ?

— Non, vas-y, réplique Xotichl d'un ton provocateur en rejetant sa queue-de-cheval en arrière.

— Tu me prends vraiment pour une princesse ? se défend Lita en me regardant dans les yeux. J'ai rien contre l'idée de mettre les mains dans le cambouis de temps en temps, figure-toi.

Paloma se gare non loin des arbres puis se tourne vers moi.

— J'attendrai ici jusqu'à votre retour.

Je tente de protester, de lui dire que j'ignore combien de temps ça va prendre et que sa mine affaiblie m'inquiète beaucoup, mais elle ne veut rien savoir.

— Ne t'en fais pas pour moi, *nieta*. Reste concentrée sur ton objectif. Le Monde Souterrain a changé depuis la dernière fois que tu l'as vu. Cela dit, n'oublie pas que, tout comme Xotichl, tu n'as pas besoin de tes yeux pour voir.

Elle me prend dans ses bras et, malgré sa constitution fragile, son étreinte m'emplit de force, assez pour conduire mes amies vers les arbres d'un pas plus assuré que je ne le suis.

— Suivez-moi et faites exactement comme moi, je leur lance. Et même si vous êtes très tentées de le faire, surtout n'essayez pas de freiner votre chute, ou pire, de vous hisser à nouveau jusqu'en haut. Ça ne marche jamais et ça ne fera que ralentir votre progression. Laissez-vous tomber naturellement sans résister et dès que vous apercevrez une pointe de lumière au bout du tunnel, essayez de vous mettre bien en boule, ça vous aidera à amortir l'atterrissage qui est parfois un peu rude.

Je jette un coup d'œil dans mon dos et, voyant qu'elles ne sont pas du tout déstabilisées par mes mises en garde, je m'élance. Une par une, on dégringole, toutes trois englouties au centre de la Terre avant d'atterrir sur un talus de neige verglacé, Lita battant l'air dans un enchevêtrement de bras et de jambes et Xotichl ressortant la dernière dans une roulade comme je l'avais conseillé.

— Tu plaisantais vraiment pas sur la profondeur du tunnel ! s'exclame Lita en s'essuyant les mains sur les genoux avant de se mettre à retirer des cailloux, des brindilles et toutes sortes de débris de ses cheveux.

— Ni au sujet des vers, ajoute Xotichl en rajustant son blouson tandis que je l'aide à se relever. J'en ai senti un me frôler la joue mais heureusement il a déguerpi avant que je pique une crise.

Les yeux plissés sous la lumière éblouissante, j'inspecte les alentours sans parvenir à identifier l'endroit où on a atterri, tous mes repères habituels étant recouverts d'une épaisse couche de poudreuse, qui continue de s'accumuler à chaque minute. Paloma avait raison : c'est sans comparaison avec ma dernière visite. Avec un peu de chance, l'incantation que j'ai formulée juste avant de partir pour mettre fin aux chutes de neige prendra effet sous peu.

— Voilà, je vous présente le Monde Souterrain, je lance à mes amies. Qu'est-ce que vous en dites ?

Lita plante les mains sur ses hanches et regarde attentivement autour d'elle.

— Eh bien, je suis sûre que c'est très joli mais… pour l'instant il y a tellement de neige que ça ressemble beaucoup à Enchantment.

— Crois-moi, sans la neige, c'est bien plus beau qu'Enchantment.

Je fourre les mains sous mes aisselles pour essayer de les réchauffer en continuant de scruter les environs, consternée de ne pas voir un seul animal, ni même mon corbeau qui d'ordinaire est là pour m'accueillir.

Les animaux ont-ils été obligés d'hiberner à cause de la neige ?

— C'est toujours comme ça ? s'enquiert Xotichl.

— Non, je fais en fronçant les sourcils, contrariée par ce spectacle. Je ne suis jamais venue en plein milieu de l'hiver, mais je suis sûre que cet endroit ne change pas en fonction des saisons. Avant que Cade le corrompe, c'était pour ainsi dire le printemps éternel. Les fleurs étaient toujours écloses et l'herbe, bien verte, comme un terrain de golf mais en mieux.

Le souvenir m'arrache un soupir.

— Cela dit, Cade a beau en avoir fait un champ de bataille, la dernière fois que je l'ai vu, le paysage reprenait lentement mais sûrement ses airs printaniers.

— Puisque nos animaux totems vivent ici, tu crois qu'on aura une chance de les croiser ? questionne ensuite Xotichl.

Son visage s'égaye à l'idée de rencontrer la chauve-souris qui la guide depuis qu'elle est née, et ça m'embête beaucoup de la décevoir.

— J'espérais qu'ils guetteraient notre arrivée. D'habitude c'est le cas, je réponds. Mais avec ces températures et cette neige, je présume qu'ils sont entrés en hibernation.

Et s'ils hibernent, ils ne pourront pas nous guider, ce qui, forcément, n'est pas une bonne nouvelle.

Néanmoins, je prends soin de garder mes craintes pour moi. Inutile d'inquiéter mes amies pour des suppositions.

— Donc normalement, mon opossum devrait être dans le coin ? en déduit Lita en enroulant une longue mèche sur son doigt.

Je lui fais signe que oui mais, à vrai dire, je suis tellement occupée à essayer de décider dans quelle direction partir que je percute à peine sa question.

— Alors s'il était là, je pourrais réellement le rencontrer et il n'essaierait même pas de me mordre ? insiste-t-elle comme si ça lui paraissait impossible.

— Exactement, Lita. Toi et ton opossum aux yeux rouges iriez gambader dans la forêt comme dans un Walt Disney, plaisante Xotichl.

— Tu parles d'un conte de fées, râle Lita. Je ne pourrais pas avoir un totem plus mignon que ça ? Une petite boule de poils trop chou comme un lapin par exemple, ou bien un truc cool, genre un renard ?

Soudain elle prend conscience de ce qu'elle vient de dire, lance un regard autour d'elle et se reprend :

— Je disais ça pour rire ! lance-t-elle à tue-tête. Ne le prends pas mal ! Je t'adore, opossum !

Je pars devant, espérant dissimuler le fait que je suis un peu perdue. Tout semble si différent comparé à ma dernière venue… La main en visière, je scrute attentivement les environs pendant qu'elles bavardent bruyamment derrière moi. Je meurs d'envie de leur dire quelque chose que je regretterais sûrement toute ma vie mais, finalement, je m'oblige à tenir ma langue et tente de me mettre à leur place.

Chaque personne gère le stress à sa façon. Certaines se renferment, comme moi, d'autres extériorisent, comme elles. Et malgré les circonstances pénibles auxquelles on fait face, elles doivent être plutôt excitées de quitter temporairement la réalité qu'elles connaissent pour découvrir un monde dont la plupart des gens ignorent jusqu'à l'existence. C'est l'ampleur de la tâche qui me rend grognon, pas elles, sans parler de toute cette neige et de ce froid glacial qui commencent à me mettre à cran.

Suis-je vraiment à l'origine de tout ça ? Ma dernière volonté a-t-elle été exaucée à un point ridicule ?

— Cette neige qui n'en finit pas de tomber est un peu pénible, mais la beauté sauvage et paisible qu'elle laisse derrière elle vaut quand même le détour, vous ne trouvez pas ?

La voix de Xotichl dérive jusqu'à moi et me tire brusquement de mes réflexions.

Lita et moi faisons volte-face et nous écrions en chœur :

— Tu la *vois*, Xotichl ?

Un grand sourire vient illuminer son joli visage.

— T'es sérieuse ? insiste Lita, figée, sans oser y croire.

— T'emballe pas, tempère-t-elle en lui donnant un petit coup sur le bras pour qu'elle se remette en route. Je ne vois pas les choses de la même façon que vous mais, pour la première fois, j'arrive à discerner les contours, les courbes, les formes et les ombres. Jusqu'ici je n'ai jamais distingué que les ondes colorées que les gens et les objets dégagent. Mais là, la sensation est… complètement différente.

— Contente de savoir que cet endroit a réussi à préserver sa magie, je me réjouis en échangeant un regard agréablement étonné avec Lita.

Sur ce, je repars péniblement devant, tandis que Lita se met à cuisiner Xotichl pour qu'elle lui décrive tout ce qu'elle voit dans les moindres détails.

Quelques mètres plus loin, je m'arrête à nouveau pour essayer de m'orienter, et Lita me rejoint.

— Ça t'agace pas, au moins, qu'on discute au lieu de t'aider à chercher Dace ? s'enquiert-elle, ses grands yeux marron plissés d'un air gêné. C'est juste que… je trouve ça fantastique que Xotichl arrive à distinguer des choses et tout.

Je la rassure d'un signe de tête puis continue d'observer les environs.

— Mais alors, qu'est-ce qui ne va pas ? s'inquiète-t-elle. On est encore loin ?

Les lèvres serrées, je réprime un soupir car je n'ai aucune envie que mes amies comprennent qu'en réalité on est complètement perdues.

— Est-ce que tu sais seulement où on est ?

Lita me lance un regard plein d'espoir.

— On se dirige vers le dernier endroit où je l'ai vu, c'est-à-dire la Source enchantée.

— Et qu'est-ce qu'on fera une fois là-bas ?

Je tente de prendre un air plus confiant que je ne le suis réellement puis me retourne face à elles :

— J'espère que l'énergie laissée par l'incident permettra à l'une de nous d'avoir une intuition.

— Je ne suis pas sûre de comprendre, avoue Lita d'un air penaud.

— Tout est constitué d'énergie, explique Xotichl. C'est Paloma qui me l'a appris, mais tu l'apprendras aussi en cours de physique. Et l'énergie est éternelle. Rien ne peut la détruire.

— Non, mais on peut la transformer, je nuance en les regardant. C'est comme ça que j'ai fait venir la neige. Simple question d'alchimie et de transfert d'énergie.

Je repars en déviant légèrement sur la gauche, croisant les doigts pour être sur la bonne voie.

— *Simple* ? Pour vous peut-être, mais pas pour moi, bougonne Lita en se traînant derrière moi.

— Détrompe-toi, assure Xotichl. C'est pas aussi compliqué que ça en a l'air, il suffit de capter l'idée. Disons simplement que comme l'énergie ne meurt jamais, en théorie il devrait en être de même pour celle que dégagent les événements et les lieux.

— Et c'est Paloma qui te l'a enseigné ?

— Elle m'a appris tout un tas de choses, mais surtout à déchiffrer les vibrations des objets inanimés et de l'ensemble des êtres vivants.

— Ça veut dire que depuis qu'on se connaît tu peux interpréter les ondes que je dégage ? s'étonne Lita, et à son ton, on devine qu'elle ne sait pas trop comment elle doit le prendre.

— Exactement, et si tu veux tout savoir : le spectacle vaut souvent le détour, la taquine Xotichl.

— Bref, j'interviens, pressée de revenir à nos moutons, l'idée, c'est que chacun de nos actes laisse une empreinte permanente sur le lieu d'action en question, et bien sûr, ceux qui ont suscité beaucoup d'émotions, qui sont chargés de colère, de peur, de tristesse ou même d'amour, laissent une trace d'autant plus marquante. Donc, en l'occurrence, l'endroit où Cade m'a tuée – et quel que soit ce qui s'y est passé ensuite – devrait être très marqué.

— Mais comment on le saura, au juste ? questionne Lita en courant pour me rattraper. Est-ce qu'on verra la scène se dérouler comme un hologramme géant ou quelque chose comme ça ?

— Peut-être, je soupire. Je ne peux rien affirmer vu que je n'en ai jamais fait l'expérience. Tout ce que je sais, c'est que si les mystiques de l'Antiquité et les scientifiques des temps modernes ont raison, des traces de l'événement devraient subsister de façon palpable.

— Il existe autant de façons de voir les choses que d'individus sur Terre, ajoute Xotichl. Même si certaines personnes ne verront jamais rien.

— Mais comment, par exemple ? questionne Lita, de plus en plus fascinée.

— Ça dépend, répond Xotichl. Ça peut se manifester par des images concrètes ou par des couleurs qui symbolisent ces images ; ça peut être par des voix et des sons. L'important, c'est de se débarrasser de ses préjugés et de ses doutes et de lâcher prise.

— Mais en admettant qu'on arrive à voir quelque chose, comment savoir si c'est réel ? Je veux dire, comment avoir la certitude qu'on est face à un événement réel qui est en train de se reproduire et non face à une énorme hallucination, un mirage ou une illusion ? Est-ce qu'il n'arrive pas parfois qu'on soit si occupé à se souvenir du passé qu'on commence à imaginer des choses qui n'ont pas vraiment existé ?

— Bonne question, admet Xotichl.

— Pour laquelle tu as une réponse toute trouvée aussi, n'est-ce pas ? plaisante Lita.

— Absolument !

Xotichl sourit.

— Un mirage est provoqué par la réfraction de la lumière ou sa *distorsion*, si tu préfères. Une hallucination, c'est quand on a l'impression de voir quelque chose qui n'existe pas, alors qu'une illusion, c'est un peu comme un tour de magie, une apparence trompeuse.

— D'accord, mais si on s'en tient à ces définitions, alors rien de ce qu'on perçoit n'existe vraiment.

— Justement : la plupart des gens ne voient jamais la réalité. Ils s'arrêtent aux apparences sans jamais regarder au-delà.

— Et si on regarde pas, on risque pas de voir quelque chose ! je glisse en conclusion.

— Vous essayez de m'embrouiller, là ?

Xotichl éclate de rire.

— En tout cas, si jamais ça donne rien, j'essaierai une autre technique à laquelle je me suis entraînée avec Paloma : la psychométrie.

— Ça consiste en quoi ?

— À déchiffrer les empreintes énergétiques des objets. Ça peut être assez violent. J'essaierai avec un caillou ou quelque chose dans ce genre, on verra bien.

Lita secoue la tête, puis me lance un regard.

— Toi aussi, tu connais cette technique ?

Je m'arrête devant un bosquet d'arbres aux troncs arides et aux branches nues que je reconnais uniquement à leur disposition.

— La chose la plus importante que Paloma m'ait enseignée, c'est qu'un Chasseur doit apprendre à s'orienter dans l'obscurité et à se fier à ce qu'il ressent au fond de lui.

Une main posée sur la hanche, Lita me scrute, sceptique.

— Donc en gros, ce que tu dis, c'est qu'en dépit de ton arsenal de pouvoirs magiques, en fin de compte tu marches à l'instinct ?

— C'est la meilleure boussole que je connaisse !

Je me hisse sur la pointe des pieds pour essayer de voir ce qui se trouve de l'autre côté du bosquet.

— Si t'as dit ça pour me rassurer, c'est réussi. Parfois vous êtes un peu intimidantes toutes les deux avec votre sixième sens ultra développé...

— Tout le monde possède un don extrasensoriel, dit Xotichl. Il faut simplement y croire, s'y fier et le développer.

Lita s'apprête à répliquer mais je la coupe :

— Je crois qu'on y est.

Je passe en trombe devant elles, les semelles de mes bottes laissant de grosses empreintes dans la neige, tandis que je me faufile tête baissée entre les arbres et m'enfonce dans la clairière, suivie de près par mes amies. Xotichl se met aussitôt au travail en me rejoignant. Frottant ses mains, elle se penche vers le sol à la recherche de cailloux et de pierres, quelque chose qu'elle serait susceptible d'analyser, pendant que Lita se tient toute frissonnante à côté de moi.

— Où ça s'est passé, exactement ? questionne Xotichl en ramassant une pierre.

Elle la fait osciller au centre de sa paume, puis la jette pour en prendre une autre.

Je m'avance vers l'endroit où Cade m'a planté l'athamé dans le cœur et écarte grands les bras.

— C'était plus ou moins dans cette zone.

Je ferme les yeux pour essayer de mieux m'imprégner de l'espace qui m'entoure et c'est là que, pour la première fois depuis notre arrivée, je prends conscience que mon corbeau n'est pas le seul absent. Il n'y a pas un brin d'air, à croire que le vent m'a lui aussi abandonnée.

Néanmoins, la Source enchantée est toujours là. La neige a rafraîchi ses eaux, mais avec un peu de chance elle a conservé sa magie. Je m'agenouille au bord et plonge les mains dedans pour recueillir un peu d'eau et tamponner ma cicatrice. Les murmures de mes amies s'effacent peu à peu à mesure que je cible mon objectif en silence car, comme me l'a souvent dit Paloma, cette étape est l'ingrédient le plus précieux de la magie.

Mon objectif est de me rétablir et d'en ressortir plus forte.

Mon objectif est de découvrir la vérité sur ce qui s'est passé ici après mon départ et que cette vérité me conduise jusqu'à Dace.

Une fois que Dace sera en sécurité, alors mon objectif sera d'affronter Cade et de le tuer pour de bon.

Xotichl m'appelle, coupant court à mon recueillement :

— Daire… tu devrais venir voir !

DOUZE

DAIRE

Xotichl se tient devant moi, le manche d'une dague ensanglantée dans les mains.

Mon sang.

Ma dague.

Celle que Cade a retournée contre moi.

Ses mains commencent à trembler, et très vite son corps tout entier. Le spectacle de sa tête oscillant de gauche à droite arrache un cri de panique à Lita :

— Qu'est-ce qu'elle a ? On devrait pas faire quelque chose ?

Elle m'interroge du regard, attendant impatiemment mes instructions.

— Ne la touche pas, je conseille en m'approchant lentement de Xotichl, tandis que Lita s'écarte rapidement. Il ne va rien lui arriver. Elle a des visions, c'est tout.

Je serre nerveusement les lèvres en priant pour que ce soit bien le cas.

Le souffle de Xotichl devient de plus en plus agité. Son corps tremble violemment. Mais au moment où je m'apprête à intervenir, la dague lui glisse des doigts et tombe à nos pieds dans un bruit sourd et mat.

Lita pousse un cri perçant.

Xotichl relève le visage vers moi.

— Tout est résumé là-dedans, déclare-t-elle d'une voix calme. Je pourrais te le raconter si tu veux mais, à mon avis, tu devrais le voir de tes propres yeux.

Paume vers le sol, je tends le bras au-dessus de l'athamé et me concentre sur le manche mais en vain, la dague ne bouge pas d'un pouce. Je suppose que je suis un peu rouillée en télékinésie à force d'être restée alitée pendant des jours. Faute de quoi je la ramasse à l'ancienne, c'est-à-dire en me baissant et en l'attrapant par le manche. Aussitôt, une tempête de souvenirs se lèvent dans ma tête au contact du bois.

Mon affrontement avec Cade s'efface pour laisser place à l'arrivée de Dace. Sauf qu'il n'était plus le même. Privés d'éclat, ses yeux ressemblaient exactement à ceux de Cade : un abîme terne et insondable qui absorbait la lumière au lieu de la réfléchir.

— Ne t'en fais pas, c'est temporaire, m'avait-il soutenu.

Il l'avait fait pour nous, pour me sauver.

Me sauver *moi.*

Alors que depuis le début, c'était moi qui étais censée le sauver *lui.*

Comme la plupart des âmes, la mienne comporte une part d'ombre et une autre de lumière, mais celle de Dace, elle, est d'une pureté exceptionnelle.

C'était lui qui était condamné à mourir.

Pinçant les lèvres, je resserre le manche et me prépare à la scène suivante. Ce moment où tout a basculé. Entre Cade, qui avait revêtu sa forme démoniaque et son coyote, qui avait doublé de volume, Dace et moi ne faisions plus le poids.

Seulement cette fois, au moment où Axel m'emporte dans le ciel, je peux assister à l'épisode que j'ai manqué.

Mon corbeau s'élance à notre poursuite dans les airs et nous suit pendant un bon moment jusqu'à ce qu'il tombe sur une sorte de barrière invisible et soit obligé de faire demi-tour.

Sans hésiter une seconde, Dace se plante l'athamé dans le ventre, prêt à faire le sacrifice de sa vie pour empêcher son frère de détruire le monde.

— Ne la laisse pas le lâcher ! Ce n'est pas fini !

C'est seulement en entendant Xotichl hurler et en sentant les mains de Lita serrer les miennes que je prends conscience que j'ai crié.

Et maintenant que Lita tient la dague avec moi, elle est en mesure d'assister elle aussi à la scène.

Dace et Cade s'écroulent à terre tandis que leurs âmes respectives les quittent, mais le coyote rattrape dans sa gueule celle de son maître et la remet de force à sa place, laissant celle de Dace partir à la dérive.

Cade reprend connaissance en crachotant et se tourne aussitôt vers son frère.

— Fais-le partir d'ici ! ordonne-t-il au coyote. Emmène-le dans le recoin le plus sombre du Monde Intermédiaire, là où personne ne pourra le retrouver. Il ne me sert plus à rien désormais.

Lita le maudit tout bas tandis qu'on regarde le coyote attraper Dace par le col et l'emmener, pendant que Cade, grièvement blessé mais en vie, rampe péniblement jusqu'à la Source enchantée, se laisse rouler dans ses eaux et en ressort comme neuf.

Lita lâche la dague et je me retrouve seule à la tenir.

— Et maintenant… qu'est-ce qu'on fait ? chuchote-t-elle d'une petite voix bouleversée.

Je rouvre les yeux et laisse retomber mon bras le long de mon corps.

— D'abord on retrouve Dace, ensuite on récupère son âme et une fois que ce sera fait, je trouverai le moyen de régler son compte à Cade une bonne fois pour toutes.

TREIZE

DAIRE

De retour à Enchantment, je découvre avec surprise que le soleil est déjà levé et que Paloma est toujours là mais cette fois en bonne compagnie. Tous les anciens nous attendent : Chay, Chepi, Leftfoot et Cree, son apprenti. Leurs camionnettes, Jeeps et chevaux agencés en cercle autour du site, ils veillent sans interruption, blottis les uns contre les autres pour s'abriter du froid.

Paloma m'appelle dès qu'elle me voit émerger du bosquet mais c'est Chepi, la mère de Dace, qui accourt en premier. Les yeux rougis, la mine pâle et fatiguée, elle semble avoir pris vingt ans en l'espace de seulement quelques heures.

— Tu l'as trouvé ? Dis-moi que oui, je t'en prie, implore-t-elle en m'agrippant fort par les épaules et en refusant de lâcher prise jusqu'à ce que Leftfoot pose les mains sur les siennes et les décolle gentiment.

— Laisse-lui le temps d'arriver, souffle-t-il.

Dans un geste solidaire, il glisse le bras dans son dos pour tenter de l'apaiser.

— Ça va, je le rassure avant de reporter mon attention sur Chepi : je suis désolée mais on ne l'a pas vraiment retrouvé. Pas encore, en tout cas.

Je m'oblige à soutenir son regard malgré son expression accusatrice.

Elle me tient pour responsable. Du moins, en partie. C'est évident, je le sais à cette lueur sévère dans son regard : elle est persuadée que son fils ne courait aucun danger avant que je ne débarque en ville et que le chaos éclate. Et c'est vrai, mon arrivée a été une sorte de déclencheur. Mais le lien qui unit Dace à Cade est une menace qui pèse sur sa vie depuis le jour de sa naissance.

Elle se rapproche pour ne laisser qu'un souffle de distance s'étirer entre nous.

— Qu'est-ce que tu veux dire par « pas encore » ?

— Je sais que Dace est quelque part dans une autre dimension du Monde Intermédiaire, seulement j'ignore où. Mais il est en vie, c'est une certitude.

Soulagée, elle relâche d'un coup ses épaules et je devine sans mal ce qu'elle se dit à cet instant, *tant qu'il y a de la vie, il y a de l'espoir*, car c'est à cette idée que je me raccroche moi aussi.

— Mais il faut aussi que vous sachiez qu'il a perdu son âme, j'ajoute en grimaçant.

Ça m'embête d'avoir à lui annoncer cette mauvaise nouvelle, mais elle mérite de connaître toute la vérité.

— Donc il faut vite que je le retrouve...

Je me tourne vers Leftfoot, Cree, Paloma et Chay qui affichent tous les quatre le même air alarmé.

— ... et ensuite que je retrouve son âme.

— Il va mourir si tu ne te dépêches pas ! s'écrie Chepi. Regarde ce qui est arrivé à Paloma quand elle a perdu son âme ! Qu'est-ce que tu attends, plantée là ? Pourquoi n'es-tu pas déjà partie à sa recherche ?

— Il ne va pas mourir, je réponds calmement, même si je suis consciente qu'on ne devrait jamais faire une telle promesse à une mère dévastée de chagrin.

Il est toujours difficile de présumer du fragile équilibre entre la vie et la mort. Néanmoins, c'est une promesse que je nous fais à toutes les deux.

— Ça n'a rien à voir avec ce qui est arrivé à Paloma. D'après ce que j'ai vu, Dace est grièvement blessé, donc il va s'affaiblir, c'est certain. Mais les jumeaux sont liés, alors tant que Cade sera en vie, Dace le sera aussi. Tant que Cade respirera, Dace respirera aussi. Difficilement, peut-être, mais il respirera.

Je m'interromps pour lui laisser le temps d'assimiler et de comprendre mon raisonnement jusqu'à ce qu'il gagne suffisamment de poids dans son esprit pour qu'elle s'y cramponne.

— Cependant, cela signifie aussi, et ça, il faut que tout le monde le comprenne, que ma décision d'éliminer Cade Richter est suspendue jusqu'à nouvel ordre. Personne ne l'approche tant que je n'ai pas d'abord réglé le reste, j'ajoute les dents serrées, frustrée par cette cruelle réalité. Je n'aurais pas cru dire ça un jour, mais on doit tout faire pour maintenir Cade en vie. Le surveiller et s'assurer qu'il se tienne tranquille, oui, mais surtout pas le tuer. Quand Dace sera sain et sauf, et seulement à ce moment-là, rassurez-vous, je me chargerai de son frère. Mais pas avant.

Chay laisse échapper un sifflement tout bas.

— Tu as une idée d'où chercher ? demande Leftfoot.

— Le coyote l'a abandonné quelque part dans les tréfonds du Monde Intermédiaire : a priori un recoin sombre et isolé où personne n'a la moindre chance de le retrouver. Personne sauf moi, j'entends.

— Et moi ! s'exclame Xotichl.

Histoire de ne pas être en reste, Lita renchérit aussi.

Je me tourne vers mes amies, tentée de leur répondre « merci mais ça ira » et de leur rappeler que ce n'est pas à elles de gagner ce combat, mais le fait est que *si*, nous sommes tous concernés. Chaque personne ici présente risque sa peau. Ce n'est pas parce que je suis la seule Chasseuse et peut-être la seule qui sois véritablement en mesure de mener cette mission à bien que je dois refuser un peu d'aide.

— Vous n'avez qu'à venir avec moi au Terrier du Lapin ce soir, je leur propose.

Chepi me lance un regard dédaigneux.

— Le bar abrite un accès à une dimension très reculée du Monde Intermédiaire, j'explique dans l'espoir de la rassurer, et je vais avoir besoin de quelqu'un pour me couvrir pendant que je m'y faufile. Mais d'abord, il faut que je rentre pour rassembler mes affaires et élaborer un plan. Après tout, on ne peut pas atteindre un objectif si on ne sait même pas où il est, pas vrai ?

J'esquisse un sourire, mais très vite réalise en frissonnant que je viens de citer Axel.

QUATORZE

XOTICHL

Remuant nerveusement la jambe, le genou rebondissant contre la portière de la voiture de Lita, je cherche la meilleure manière de formuler ce que je m'apprête à dire. Finalement, je décide de ne pas y aller par quatre chemins :

— Tu vas peut-être trouver que c'est de la folie…

Je n'ai pas le temps d'en dire plus que Lita me coupe.

— Ça, j'en doute ! Avec tout ce que je viens de découvrir, le mot « folie » vient de prendre un tout nouveau sens à mes yeux. Si je m'étais doutée qu'il se passait tous ces trucs de dingues sous mon nez ! Et quand je pense au temps que j'ai perdu avec Cade…

— Arrête, Lita, je m'empresse de l'interrompre avant qu'elle recommence à se lamenter. Il faut que tu lâches prise, sérieusement. C'est terminé, oublié ! En plus, ce n'était pas ta faute. Il t'avait littéralement jeté un sort.

— T'es en train de me dire que je devrais tourner la page, c'est ça ? comprend-elle d'un ton amusé.

— Non, le fait que tu l'aies quitté prouve que tu l'as déjà tournée. Ce que je te dis, c'est : arrête de t'en vouloir et consacre plutôt ton énergie à des actions utiles.

— J'aimerais bien, gémit-elle en poussant un soupir exagéré, mais Daire nous a interdit de tuer Cade !

On éclate toutes les deux de rire, remontées par la conviction que le pire est derrière nous. Daire est revenue. Elle est en vie. Quoi qu'il arrive dorénavant, ça nous paraîtra forcément dérisoire.

— Blague à part, je reprends plus sérieusement, je pensais à un truc…

— Je t'écoute.

— Bon, c'est là que ça va te paraître dingue mais… tu sais cette église où prêche le père de Phyre ?

— Je t'arrête tout de suite, ça ne m'inspire pas du tout.

Son énergie s'altère et devient de plus en plus agitée tandis qu'elle gigote sur son siège, et comme je suis encore imprégnée de la magie du Monde Souterrain, je perçois des courbes et des ombres mouvantes plus ou moins « en forme de » Lita, qui se contractent et se dilatent en continu. Mais ça, je me garde de le dire ; je veux d'abord voir si ça dure avant de révéler la nouvelle à mes amies.

— Écoute-moi jusqu'au bout, au moins.

En tournant la tête vers la fenêtre, je vois défiler une succession de formes claires semblables à des boîtes, qui à mon avis sont les maisons d'adobe dans lesquelles vit la majorité d'entre nous.

— Je comprends que l'idée te déplaise mais je crois qu'on devrait y aller.

Lita ralentit pour amorcer un virage.

— T'es pas sérieuse, quand même ?

Je ne réponds pas.

— Tu veux réellement aller dans cette bicoque qu'il appelle une église ?

Son effarement propage un flux d'énergie si bariolé que je dois ravaler une envie de rire.

— Pourquoi tu me demandes de faire ça, hein, pourquoi ? Au fond tu me détestes, c'est ça ? C'est ta façon à toi de te venger de toutes ces années où j'ai été une garce même si, comme je l'ai récemment découvert, ce n'était pas entièrement ma faute ? Je pensais vraiment que tu étais au-dessus de ça, Xotichl.

Elle s'arrête pour reprendre son souffle et, juste quand je m'apprête à répondre, elle repart de plus belle :

— Sans blague, on parle de Suriel Youngblood, là ! Cet espèce de fanatique et d'adorateur de serpents ! Le fou furieux qui prêchait toujours l'Apocalypse, Armageddon, la fin des temps et je ne sais quoi encore quand on était petites. Un jour, il m'a fichu la trouille de ma vie en faisant irruption dans le salon de coiffure où j'étais en criant que la vanité était un des sept pêchés et en mettant le feu à tous les magazines de mode. Résultat, cette journée spéciale mère-fille qui était censée nous rapprocher m'a donné des cauchemars pendant des années. Alors même que les flics l'embarquaient, ce cinglé continuait de prêcher. C'est dire s'il est atteint ! Tout ça pour te dire, Xotichl, que je suis désolée mais ce sera *sans moi.* Pas question que j'aille là-bas. Sûrement pas. Ce type est complètement dingue et me fiche la frousse.

— OK, je comprends…

Je pousse un soupir comme si j'avais déjà renoncé.

— Je me disais juste que… enfin, non, laisse tomber.

— Quoi ? Qu'est-ce que tu te disais ?

— Eh bien, que tout pourrait être lié. Tu sais, le fait que Phyre ait refait surface à ce moment-là, quelques jours avant cet affrontement entre Daire, Dace et Cade. Et l'obsession maladive de son père…

Lita tripote nerveusement le volant.

— Tu crois que c'était pas une coïncidence ?

— Je ne crois pas aux coïncidences. C'est lié, j'en suis persuadée. Non seulement je n'arrive pas à cerner cette fille, ce qui est déjà assez bizarre en soi, mais en plus je suis sûre à deux cents pour cent qu'elle cache quelque chose. D'ailleurs, c'est bien toi qui pas plus tard qu'hier rabâchais que tu t'en méfiais comme de la peste, que Daire aussi, et que tu comptais bien tirer ça au clair… non ?

— Si, et je le pensais du début à la fin. Seulement, je ne vois pas en quoi assister à un des sinistres sermons de son père nous aiderait.

— Je ne sais même pas si ce sera l'heure de son prêche. Je pensais juste faire un saut là-bas, maintenant, et…

— Maintenant ? s'étrangle Lita. C'est encore pire que ce que je pensais ! On est toutes crasseuses et crevées, quel intérêt d'y aller tout de suite ?

— Je voulais me faire une idée des lieux et voir ce qu'il prône exactement.

— Il prône les mêmes foutaises que celles qu'il a toujours prônées : l'Apocalypse, Armageddon, la fin des temps et le Jugement dernier, je viens de le dire !

— Mais est-ce qu'il en fait toujours une obsession ? Et le cas échéant, quels sont les détails ? J'ai besoin d'en savoir plus : noms, lieux, dates. Comment, d'après lui, le monde va-t-il prendre fin ?

— Tu crois qu'il est de mèche avec les Richter ?

Je fais non de la tête.

— Je pense qu'il agit pour son propre compte. Il est aussi vaniteux et égocentrique qu'eux, mais je suis certaine qu'il manigance un truc avec sa fille et, à mon avis, ça implique Dace et Cade.

— OK, mais alors pourquoi moi ? Si je te déposais plutôt chez Auden et que vous alliez passer une petite soirée en amoureux dans l'asile de fous de Suriel Youngblood ?

— Parce que tu es là et qu'Auden dort sûrement encore.

— Ah, c'est ça : je suis le prix de consolation !

— Et aussi parce que tu connais tous les habitants de cette ville et que si Suriel est en plein prêche quand on arrive, je me dis que ça lui fera tellement plaisir de te compter dans les bancs qu'il fera tout pour t'impressionner et enjoliver son discours, et qu'au passage il en révélera peut-être un peu plus que voulu.

— On peut dire que tu as le sens de la flatterie, Xotichl Gorman, râle-t-elle à voix basse pour bien me faire comprendre que la tournure des événements ne lui plaît pas du tout. Bon, si j'accepte de venir, je dis bien *si,* qu'est-ce que j'y gagne ?

— Tu veux dire, hormis le fait d'aider tes amis et éventuellement d'empêcher Cade de détruire Enchantment, voire le monde ?

— Oui, hormis ce qui est évident.

Elle se tord les doigts contre le volant.

— Bon, ça va, soupire-t-elle, frustrée, oublie ma question. C'est d'accord, je viens. Mais que ce soit bien clair : ce que tu me demandes est énorme pour moi, bien plus que tu n'imagines. C'est comme demander à un agoraphobe de sortir de chez lui ou à quelqu'un qui souffre d'arachnophobie de faire copain-copain avec une araignée. Je te l'ai dit et je te le répète : Suriel Youngblood me fiche les jetons.

— La seule façon de surmonter ses peurs, c'est de les affronter, lui dis-je. Et si tu survis à ça, je t'aiderai peut-être à régler un de tes petits problèmes.

— Dans l'immédiat, mon problème c'est d'aller chez Suriel, alors je peux savoir à quoi tu fais allusion ?

— Seulement si tu survis, ce qui reste à voir !

— Dire que tu parais *si* innocente ! Qui irait imaginer l'esprit tordu qui se cache derrière ta jolie frimousse ? s'émerveille sarcastiquement Lita.

— Presque personne, je rétorque d'un ton malicieux. Bon, maintenant prends à droite plutôt qu'à gauche.

— Comment tu savais que j'allais prendre à gauche ?

— Au mouvement de ta main quand tu as mis le clignotant.

— C'est vrai ? Décidément, tu es bien plus observatrice que la majorité des voyants.

La voiture bringuebale de plus en plus à mesure que l'état de la route empire.

— C'est pas le quartier le plus chic de la ville, ça, c'est clair, bougonne-t-elle. Non qu'on ait un quartier chic dans ce trou paumé… à part la forteresse des Richter.

— C'est comment à l'intérieur ? Tu es déjà entrée, je suppose ?

— Oui, et plus d'une fois, confesse Lita d'un ton irrité. C'est comme entrevoir un cercle secret de l'intérieur. Seuls quelques élus sont conviés. Je me croyais tellement cool et privilégiée à l'époque mais, avec le recul, c'était sinistre. Outre le côté opulent et démesuré, la décoration est un étrange mélange éclectique, à la fois moderne et tribal, dont un stock assez important d'objets d'art anciens inestimables. Et maintenant que je sais ce que je sais, je ne peux pas m'empêcher de me demander si ces objets n'étaient pas utilisés pour leurs rituels de magie noire.

— Tu les as vus en accomplir ?

— Non. Mais vu que ce sont des sorciers, je suppose que presque tous leurs actes sont une sorte de rituel. Encore heureux qu'ils ne m'aient pas offerte en sacrifice.

— À mon avis, tu n'avais rien à craindre. En général, il faut des vierges pour ce genre de cérémonies.

— Xotichl ! s'étouffe Lita, mortifiée.

— En parlant de ça…

— De quoi ? De sacrifice de vierge ?

— Non, de magie noire… si mon intuition est bonne, l'église qu'on cherche devrait se situer droit devant nous. Je détecte des énergies bizarres.

Ainsi que des formes denses, indistinctes et sinistres – mais ça, je le garde pour moi.

— Tu préfères une approche directe ou plus discrète ?

— Difficile d'être discret au milieu de nulle part. En plus, mieux vaut ne pas cacher notre jeu. Si on agit en douce et qu'il nous surprend, il va se méfier.

Lita donne un coup de frein qui fait faire une petite embardée d'avant en arrière à la Jeep, puis braque plusieurs fois le volant dans un sens et dans l'autre jusqu'à ce qu'elle ait garé la voiture dans une position bien précise.

— Voilà, comme ça on peut s'enfuir rapidement. Du reste, je vais laisser le moteur tourner. Plus tard, tu me remercieras ! garantit-elle.

On descend de la Jeep et part vers l'église qui, de mon point de vue, ressemble à une petite forme vacillante enveloppée d'un épais voile noir. Mais comme je suis curieuse de savoir ce que Lita en pense, je lui demande une description détaillée.

— Eh bien, c'est une construction en adobe. Non, en fait, disons plutôt que c'est un tas de ruines en adobe, ce qui est très étonnant vu qu'on est à Enchantment.

Le rire qui s'ensuit est perçant et plein de sarcasme.

— Bref, quoi d'autre ? C'est petit, mais ça, c'est simplement parce que aucun individu sain d'esprit ne viendrait ici de son plein gré, donc c'est pas comme s'il avait besoin de place pour accueillir des foules de fidèles. Dans l'ensemble, je dirais que c'est plutôt délabré. Remarque, tu sais ce qu'on dit : pas de paroissiens, pas de dîme. Et pourtant…

Je tends l'oreille car je sens qu'elle arrive à la partie qui m'intéresse.

— Pour un bâtiment si vieux et croulant, curieusement il est bien entretenu, ce qui semble complètement contradictoire, j'en ai bien conscience. Je veux dire, il a été récemment blanchi à la chaux, il y a une allée fraîchement pelletée qui conduit jusqu'à l'entrée et les arbustes ne se portent pas trop mal malgré la quantité de neige.

— Des lauriers-roses, c'est ça ? je devine, le nez levé en humant profondément.

— Euh, oui, je crois. En revanche, je me demande où il cache tous ses serpents…

— Dans leurs vivariums, répond une voix dans notre dos.

L'apparition soudaine et inattendue de Suriel me fait sursauter et Lita pousse un petit cri en m'agrippant le bras comme un garrot.

— Je ne savais pas que vous étiez là… On venait juste pour… bafouille-t-elle pendant que je tente de desserrer un peu ses doigts.

Vaguement consciente des picotements qui me parcourent le bras, du coude jusqu'aux ongles, j'avise la silhouette indistincte face à moi, qui abrite une énergie parmi les pires que j'ai jamais perçues.

Pire que les énergies démoniaques ou celles des Richter et notamment de Cade.

— Si vous êtes venues voir mes serpents, vous tombez bien, je m'apprêtais à en nourrir un.

Il laisse pendre devant lui quelque chose qui couine et gesticule comme un diable pour s'échapper.

— C'est pas tous les jours qu'on a l'occasion de voir ça. Que diriez-vous d'entrer ?

Son ton est assez jovial mais les mots en eux-mêmes répandent une épaisse traînée jaune poisseuse qui me cloue sur place. Cet homme est un cocktail explosif de paranoïa, de mensonges et de folie des grandeurs. Venir ici est sûrement la pire erreur que j'aie jamais commise.

— Mais c'est un rat ! s'épouvante Lita en reculant et en m'entraînant avec elle.

— Oui, c'est le repas préféré des crotales, confirme Suriel. Vous n'avez rien à craindre. Quand on a la lumière divine en soi, aucune créature ne peut nous atteindre. Mais vous ne risquez pas de le savoir : votre âme est plongée dans les ténèbres. Voilà pourquoi vous êtes empêtrée dans la peur.

Dixit l'homme qui dégage une tornade de mauvaises ondes, sombres et troubles.

— Euh… c'est possible, bredouille Lita qui fait de son mieux pour entrer dans son jeu tout en reculant lentement.

— Et qui est donc cette amie qui t'accompagne, Lita ?

— Vous connaissez mon nom ? gémit cette dernière en montant de façon impressionnante dans les aigus.

— Évidemment. Tu fréquentes ce jeune de la famille Richter. Comment s'appelle-t-il, déjà… Cade ?

Il prononce le nom comme s'il tentait une simple devinette, mais la traînée jaune sirupeuse qui dégouline de sa bouche trahit sa duplicité.

— Non, c'est fini avec lui, objecte d'emblée Lita qui tient à rejeter toute association avec les Richter. Ça fait un moment déjà. Je n'ai plus rien à voir avec lui.

— Néanmoins sa noirceur ne t'a pas épargnée. Je le vois en toi et je suis certain que ton amie ici présente le perçoit aussi.

Il se tourne vers moi d'une façon qui bloque aussitôt le soleil levant derrière lui et me projette dans son ombre effilée et sinistre.

— Tu es loin d'être aussi aveugle que tu veux le faire croire, n'est-ce pas, petite ?

Intérieurement je bouillonne, mais extérieurement je reste calme. Suffisant, paranoïaque et très perspicace en plus : cet illuminé est encore plus dangereux que je ne l'imaginais.

Toujours pendu par la queue entre les mains de Suriel, le rat lâche un couinement de protestation qui pousse ce dernier à s'esclaffer.

— À table !

Son humour macabre nous laisse sans voix.

— Si le spectacle ne vous intéresse pas, mesdemoiselles, mieux vaut passer votre chemin. C'est une maison du salut ici, pas une attraction touristique. Cela dit, vous feriez bien de mémoriser le trajet car, d'ici peu, vous chercherez à tout prix à vous réfugier ici. Il n'est jamais trop tard pour se repentir.

— Qu'est-ce qu'on est censé comprendre ? lance Lita alors qu'il tourne les talons pour s'en aller.

— Les derniers jours approchent et le règne glorieux s'ensuivra. Je vais provoquer l'avènement du nouveau monde en mettant fin à celui-ci. Mais vous n'êtes pas prêtes, et l'heure tourne !

Alors que la porte se referme en claquant derrière lui, Lita me tire par la manche pour me ramener à sa voiture puis démarre tellement en trombe que je décolle de mon siège et me cogne la tête contre le plafond.

— Désolée, s'excuse-t-elle environ cinq minutes plus tard après avoir parcouru une bonne distance en laissant de grosses traces de pneus sur le sentier. Alors, qu'est-ce que je t'avais dit, il est flippant, non ?

— Pire que ça, je renchéris les bras serrés contre moi.

En mon for intérieur, j'aimerais pouvoir faire comme s'il ne s'était rien passé.

— Je me demande si ce rat était bien pour son serpent. Qui sait ? Il comptait peut-être se le garder pour le petit déj'.

Brusquement on éclate de rire de bon cœur, pressées de faire redescendre la pression.

— N'empêche, je suis contente qu'on y soit allées, je reprends, moi-même surprise de cet aveu.

— Pourquoi ? Qu'est-ce que tu as retiré de cette visite hormis le fait que c'est un obsédé de l'Apocalypse qui croit que le prochain réveillon de la Saint-Sylvestre sera le dernier ?

— Je sais pas, mais l'important, c'est de rassembler autant d'infos que possible. On ne sait jamais, ça servira peut-être. Bref, tu veux bien me déposer chez Auden, s'il te plaît ? Je lui ai envoyé un texto pour lui dire que j'arrivais.

Le reste du trajet se déroule presque entièrement en silence jusqu'à ce que Lita lance :

— Bon, alors, c'est quoi ma récompense ? Maintenant que j'ai survécu à cet horrible face-à-face avec Suriel, à toi d'honorer ta part du marché. Qu'est-ce que j'ai gagné ?

Je mets un instant à comprendre. Je crois que j'étais tellement occupée à chercher un lien entre l'apocalypse de Suriel et la situation entre Daire, Dace et Cade que j'ai failli en oublier la promesse que je lui ai faite.

— Bon, tu dis toujours que ça t'embête de nous tenir la chandelle, pas vrai ? Eh bien, je crois que j'ai trouvé une solution au problème.

— Tu vas me caser avec Auden ?

Son rire m'apparaît comme une rivière de bulles dorées s'écoulant de ses lèvres.

— Ça, jamais ! Mais qu'est-ce que tu dirais d'un équivalent ?

— Auden a un clone ?

— Non, mais il a un groupe de musiciens composé uniquement de garçons, justement. Il se trouve que l'un d'eux est célibataire depuis peu, et d'après ce qu'on m'a dit, il est très mignon.

— OK, donc si je comprends bien, tu m'obliges à rendre visite au prédicateur qui m'a fait cauchemarder toute mon enfance et, en récompense, tu me refourgues un des musiciens d'Auden qui vient de se faire plaquer ?

— On peut dire que tu sais voir le bon côté des choses, toi.

— Oui, eh bien, au cas où tu l'aurais oublié, je t'ai déjà dit que l'époque des rencards était terminée. J'ai embrassé quasiment tous les garçons du lycée, y compris quelques maigrichons parmi les étudiants de première année, ce dont je ne suis pas très fière, et une fois de plus, pour info, ils se sont tous avérés être des crétins finis.

— Mais tu n'as encore jamais embrassé Greyson. Et puis, c'est pas toi qui disais qu'Enchantment avait besoin de sang neuf ? Greyson est de la région, c'est vrai, mais ça reste un nouveau visage pour toi, non ?

Lita soupire.

— Bon, juste par curiosité, c'est lequel ?

— Le batteur.

Elle change de position.

— Tu veux dire, le petit mignon avec une mèche qui lui tombe tout le temps dans les yeux ?

— Je crois bien.

— Sérieux ?

— Si tu es partante, je sais de source sûre que lui, il l'est.

Elle se tourne et tapote sur le volant.

— Faut voir. Je vais y réfléchir mais je ne te promets rien.

— Il sera au Terrier du Lapin ce soir. Tu n'as qu'à aller discuter avec lui pour te faire une idée.

Je rassemble mes affaires et descends de la voiture juste au moment où Auden sort pour m'accueillir.

— Au fait, Xotichl ? lance Lita d'un ton hésitant. Tu te souviens quand on était dans le Monde Souterrain et que tu arrivais à distinguer des formes, des ombres et tout ?

Ma gorge se serre mais je ne laisse rien transparaître.

— … Est-ce que c'est toujours le cas ?

Je fais non de la tête, incapable de mentir à voix haute.

— C'est vraiment dommage. Faut croire que c'était juste la magie des lieux, alors.

— Sans doute.

Je me retiens de sourire et tourne les talons pour aller me jeter dans les bras de la magnifique silhouette aux cheveux hirsutes qui se précipite vers moi.

QUINZE

DAIRE

— Il me faut des cigarettes, du tabac, tout ce que tu as !

J'enlève le pull dégoûtant dans lequel je me suis endormie peu de temps après être rentrée et en enfile un propre à la place.

— Je suis sûre que ça ne manquera pas de démons là-bas et c'est leur pêché mignon…

— *Nieta.*

Je me retourne vers Paloma.

— N'en fais pas trop. Tu reviens à peine d'une terrible épreuve. Tu es encore en convalescence, encore trop faible !

— J'ai dormi douze heures, comment veux-tu que je sois faible ? Et puis, tu trouves que j'ai l'air faible, toi ?

Je lève les mains en l'air pour lui laisser le temps de bien m'observer, puis je me tourne pour enfiler un jean propre.

— Où est passée ta cicatrice ? s'étonne-t-elle en fixant le col en V de mon pull et cette partie de mon corps marquée à jamais par la colère de Cade. On dirait qu'elle va disparaître. La pommade que j'ai utilisée n'a jamais fait effet aussi vite.

— J'ai passé un peu d'eau de la Source enchantée dessus. Je devrais en mettre en bouteille et t'en rapporter pour que tu puisses t'en servir avec tes patients. C'est incroyable, elle guérit tout !

Y compris Cade. Mais ça, je me garde de le dire. Inutile de l'inquiéter davantage.

Un vague sourire se dessine au coin de ses lèvres puis s'efface.

— J'ai déjà essayé plusieurs fois, ça ne marche pas. Ses bienfaits peuvent subsister au retour dans le Monde Intermédiaire, mais la guérison ne peut avoir lieu que là-bas. Une fois qu'elle quitte le Monde Souterrain, ce n'est plus qu'une eau ordinaire, sans pouvoir particulier.

— Eh bien, en attendant, elle m'a guérie. Je me sens en pleine forme et prête à passer à l'action.

— Je te crois, *nieta*, mais n'oublie pas que tu as quand même perdu du poids et des forces, et que je n'ai aucun moyen de savoir si ton ami Axel…

— C'est pas mon ami, je coupe sèchement, mais Paloma poursuit sans relever.

— J'ignore s'il a recousu ton cœur correctement et si cette cicatrisation tiendra.

— J'en sais rien non plus, je réponds en m'efforçant de me radoucir, mais ce n'est pas ça qui va m'arrêter. C'est déjà un miracle qu'il ait pu me sauver. J'ignore qui il est, comment il a fait et pourquoi, mais pour l'instant, ça tient et c'est à ça que je me raccroche. À ça et à l'espoir qu'entre tes efforts conjugués à ceux d'Axel et à la magie de la Source, je vais continuer de guérir et cicatriser.

D'un coup d'œil à son visage et à sa posture très raide, je comprends qu'elle n'est pas convaincue.

— Écoute, je sais que tu as peur de me perdre à nouveau alors qu'on vient de se retrouver, mais on sait toutes les deux de quoi il retourne. On connaît les risques inhérents à une existence de Chasseur.

— Ce n'était pas aussi dangereux de mon temps.

Nerveuse, elle tripote la rangée de petits boutons nacrés qui borde le devant de son gilet.

— Quelque part, j'en doute.

Je pars chercher ma vieille veste militaire dans le placard mais, bizarrement, impossible de la trouver.

— Il y avait déjà des Richter à l'époque, j'ajoute en fronçant les sourcils, les mains plantées sur les hanches.

— Oui, mais Cade est un Richter d'un tout nouveau genre, rétorque Paloma, et même si j'aimerais pouvoir la contredire, je sais comme elle que c'est la vérité. Quoi que tu en dises, *nieta*, j'ai peur que ce soit simplement l'adrénaline qui te fasse tenir. Tu te sens peut-être en pleine forme mais ça ne va pas durer. Ce genre d'impressions ne dure jamais. Tu vas forcément t'écrouler à un moment donné, alors après, qu'est-ce que tu feras ?

— Tu as raison, comme bien souvent, j'admets en laissant retomber les mains.

Je renonce à ma veste et me mets plutôt en quête de chaussures.

— Seulement, l'adrénaline, c'est tout ce que j'ai, donc il va bien falloir s'en contenter. Je suis plus coriace que tu ne crois, *abuela*.

Je m'appuie contre le mur et glisse les pieds dans une vieille paire de baskets. Les super boots noirs que Jennika m'avait offerts à Noël ont disparu avec le reste des habits dans lesquels je suis morte.

— Malgré ma cicatrice, je suis loin d'être aussi fragile que j'en ai l'air, tu sais. Et puis, je suis la seulc à pouvoir agir. C'est mon destin.

— Mais ton initiation…

— Mon initiation a été écourtée, je sais. Il n'empêche que tu m'as beaucoup appris et que tu me l'as *bien* appris. Il faudra faire avec. En revanche, j'ai une question…

Je farfouille dans mon sac pour en sortir la dague pleine de sang.

— Cade s'est servi de ça pour me tuer, et Dace s'en est servi contre Cade, alors je me demandais… comment ça a pu arriver alors qu'on avait sanctifié la lame avec l'essence de Valentina ? Ce n'était pas censé me protéger ?

— Si, et ça a fonctionné. La preuve : tu es toujours en vie et Dace aussi.

— Grâce à Axel. Quant à Dace, c'est le coyote qui l'a sauvé malgré lui.

— Qui sait quelles forces sont à l'œuvre, soupire-t-elle en me prenant l'athamé des mains, le regard imperturbable. Je m'en occupe, mais en échange, occupe-toi de trois choses avant de partir.

Je ne réponds pas car j'ignore ce qu'elle peut bien attendre de moi.

— D'abord, passe un coup de fil à ta mère.

Je me prends la tête entre les mains, horrifiée d'avoir oublié. Jennika doit être dans tous ses états. Sans compter qu'elle ne me pardonnera jamais d'avoir attendu aussi longtemps pour l'appeler.

— Ensuite, si c'est ta veste militaire que tu cherches, elle est dans ma chambre. Comme je sais que tu l'adores, je me suis permis de la rapiécer.

Je la remercie d'un grand sourire.

— Et pour finir ?

Nos regards se croisent.

— Rejoins-moi dans ma chambre quand tu seras prête. Il nous reste un dernier rituel à accomplir.

*

*   *

Paloma attrape deux gros coussins décoratifs sur son lit et les place à quelques mètres l'un de l'autre sur le tapis coloré tissé à la main qui recouvre le sol. Tout autour sont étalées une épaisse couche de sel et de fines bougies blanches disposées à quelques centimètres d'écart.

— Ta mère doit être rassurée, suppose-t-elle.

— Que je sois en vie, oui, mais furieuse que je ne l'aie pas appelée plus tôt. Dès que j'ouvrais la bouche, elle fondait en larmes et me disait qu'elle avait eu peur de ne plus jamais entendre ma voix mais, deux secondes après, elle affirmait qu'au fond elle était persuadée que j'étais vivante. Jennika tout craché, quoi.

Je souris en y repensant et me jure d'aller la voir à Los Angeles dès que j'en aurai fini avec toute cette histoire.

— Ah oui, et pour information, elle a aussi menacé de sauter dans le premier avion pour ici.

Une brève lueur de panique traverse les yeux de Paloma, ce que j'ai rarement l'occasion de voir. Remarquez, souvent le simple fait d'évoquer Jennika suscite cette réaction chez les gens.

— J'ai essayé de l'en dissuader, je lui ai dit que je n'allais pas être beaucoup là, que ce soir j'allais partir dans une autre dimension et que je ne savais pas quand je rentrerais. Et bizarrement, elle l'a bien pris. Tellement bien que c'en est louche. Autrement dit, attends-toi à la voir débarquer d'ici quatre à cinq heures. Bref, c'est pourquoi tout ça ? je questionne en montrant les coussins.

— On n'a pas le temps pour une cérémonie de la sudation et je ne suis pas sûre que je pourrais supporter la chaleur. Alors vu les circonstances, c'est le mieux que je puisse faire et j'espère que ça va marcher, explique-t-elle avec une note d'urgence dans la voix qui me rend nerveuse.

Elle me fait signe d'attraper un coussin tandis qu'elle fait de même, puis nous nous asseyons l'une en face de l'autre en tailleur, les mains posées sur les genoux.

— Je ne peux pas garantir le résultat mais je me dois d'essayer.

Sa voix est si tendue que je ne sais plus quoi penser.

— Paloma, qu'est-ce qui se passe ? Quel est le but de tout ça ?

— Je vais tenter une passation généalogique pour te transmettre tous les enseignements que j'ai reçus de ma mère qui était Chasseuse avant moi. La différence, c'est que tout ce savoir m'a été transmis verbalement, tel que je l'aurais fait avec Django s'il n'était pas mort et tel que je comptais le faire avec toi, mais malheureusement… on n'a plus le temps.

Je la scrute, pressée de connaître le véritable fond du problème. Pourquoi est-ce qu'à chaque phrase qu'elle prononce un frisson sinistre me dévale la colonne vertébrale ?

— Tu as quelque chose à m'annoncer, Paloma ? Tu ne te sens pas bien ? Tu t'inquiètes du fait que j'ai perdu du poids et des couleurs, mais je peux en dire autant de toi, tu sais ?

— J'ai passé ces derniers jours à jeûner et prier pour que tu reviennes, c'est tout, *nieta.* Maintenant que tu es de retour, je vais reprendre des forces, alors ne t'inquiète pas inutilement. Je sous-entendais simplement que dorénavant, vu la vitesse à laquelle s'enchaînent les événements, il est trop tard pour t'initier selon la tradition, rien de plus.

Elle hoche fermement la tête comme s'il n'y avait rien à ajouter mais je reste mal à l'aise.

— Je n'ai jamais effectué de transmission de savoirs de cette manière ni assisté à une cérémonie de la sorte. Néanmoins, j'ai bien l'intention que ça marche et c'est ça le plus important : l'objectif.

Je ne demande qu'à être une bonne élève et à faire tout mon possible pour l'aider.

— Qu'est-ce que tu attends de moi ?

— D'abord, ferme les yeux et garde les mains posées sur les genoux, paumes vers le ciel.

Une fois que je suis correctement installée, elle poursuit :

— À présent, ouvre ton esprit et fais le vide.

— Plus facile à dire qu'à faire, je marmonne en rouvrant discrètement un œil.

Un jour, la coiffeuse d'un film sur lequel Jennika travaillait a essayé de m'apprendre la méditation mais ça a été un fiasco. Impossible de me détendre, ça cogitait trop là-haut.

— Ne t'inquiète pas. Penser est un réflexe naturel. Cependant, la majorité de ces pensées est futile, répétitive et sans grande valeur ni intérêt. Alors quand une pensée de cette nature survient, contente-toi d'en prendre connaissance puis passe rapidement à autre chose. Si tu refuses d'y accorder une réelle importance, elle disparaîtra d'elle-même. Maintenant à toi de jouer.

— C'est tout ? Il faut juste que je me débarrasse des pensées superflues ?

— Non, *nieta.*

Elle se penche vers moi et pose une main fraîche et sèche sur mon front.

— Il faut juste que tu sois *réceptive*. Le reste, je m'en occupe.

Je ne suis pas sûre d'avoir compris ce qu'elle attend de moi mais très vite on se lance, et un flot d'images m'envahit l'esprit. Au début, un peu trop sur mes gardes et zélée, je les refoule. Mais peu à peu, je prends conscience que ces images sont en fait un ensemble de préceptes transmis d'un Chasseur à l'autre au fil des générations et que Paloma est en train de me communiquer à son tour.

Fascinée, je regarde d'incroyables récits se mettre en scène comme un film dans ma tête, dont les rituels initiatiques que Paloma a vécus quand elle avait mon âge, et je ne peux que m'émerveiller de son allure jeune, de son air déterminé, tenace et pressé d'embrasser son destin – sans comparaison avec la façon dont j'ai essayé d'esquiver le mien au début.

Mais les regrets étant des pensées sans réel intérêt, je me dépêche de les accepter pour ce qu'ils sont et de passer à autre chose. Je dois faire un maximum de place dans mon esprit pour assimiler le flot interminable de techniques ancestrales, d'incantations et de formules ésotériques qui me submerge. Ayant même droit à un aperçu de la quête de visions de Paloma, je vois le loup la dévorer pour mieux la reconstruire ensuite, un peu comme le corbeau l'a fait avec moi.

J'assiste aux batailles qu'elle a livrées à Leandro, et bien qu'il fût loin d'être aussi machiavélique ou ambitieux que son fils préféré Cade, il constituait un ennemi non négligeable. Mais ce qui me frappe le plus, c'est la façon dont Paloma a endossé son rôle sans jamais se plaindre. Elle s'est consacrée corps et âme à une existence de grands sacrifices personnels, afin de protéger les autres et de limiter les ravages causés par Leandro. L'histoire de sa vie témoigne de son courage, de son assurance et de son humilité, et aussitôt je me jure de prendre exemple sur elle pour faire honneur à cet héritage qui est le nôtre.

Les épisodes de sa vie continuent de défiler, y compris le moment où elle apprend qu'Alejandro, son mari, mon grand-père, un chaman-jaguar brésilien, est mort dans un accident d'avion. Une tragédie qu'elle accepte avec ce mélange de dignité et de grâce qui la caractérise, parfaitement consciente de la culpabilité des Richter, cette famille qui finira aussi par lui prendre son fils, et même, temporairement, sa petite-fille, *moi*. Tout ça ne fait que renforcer le serment que j'ai fait d'en finir avec eux coûte que coûte, même si pour ça je dois tous les tuer jusqu'au dernier.

Lorsque les images s'effacent, Paloma écarte la main de mon front et pose l'athamé couvert de sang séché sur mes genoux.

— Maintenant que tu es imprégnée de ce savoir, je veux que tu gardes les yeux fermés et que tu invoques en silence les Chasseurs qui t'ont précédée. Quand tu sentiras leur présence, et seulement à ce moment-là, tu rouvriras les yeux et passeras lentement la lame de la dague au travers d'une flamme près de toi jusqu'à ce que le sang ait disparu. Puis tu éteindras les bougies à l'aide de ta seule force d'intention.

Concentrée, je me pince les lèvres en me redressant puis m'exécute. Une fois entourée de la puissante présence de mes ancêtres, j'attrape fermement la dague par le manche et fais glisser la lame dans le feu. Le sang se met à bouillir et à grésiller, puis se réduit finalement à une simple goutte qui libère une volute de fumée noire. Sinueuse et vacillante, elle s'élève, se dilatant et se contractant tour à tour pour représenter chacun des animaux de la longue lignée de Chasseurs, le temps pour moi d'entrevoir qu'ils ont tous été abattus par le coyote.

Tous sans exception.

Chacun d'entre eux a fini par perdre la bataille.

En dépit de quelques victoires, le coyote l'a toujours emporté.

Lorsque mon corbeau apparaît, c'est tout juste si je ne lâche pas l'athamé tant je redoute ce que je vais peut-être voir.

— Ton corbeau est toujours avec toi, me rassure Paloma. Ce n'est pas parce que tu ignores parfois où il est que ça signifie qu'il t'a abandonnée.

Peu après, c'est au tour du coyote d'apparaître et je les regarde tous les deux se faire face en se tournant autour.

— Il en va de même pour tes ancêtres, de même que pour moi un jour, ils t'accompagnent en permanence.

La voix de Paloma est ma seule source de réconfort dans cette pièce réduite à un unique point de mire sinistre.

Petit et vulnérable en apparence, mon corbeau s'avance vers le coyote alors qu'il ne fait visiblement pas le poids.

— Ne l'oublie jamais, *nieta*. Un jour tu devras faire appel à nous tous. Mais tu le feras sans crainte car tu sauras au fond de toi que nous répondrons tous présents.

L'affrontement commence. Mon corbeau déploie ses ailes et le coyote se ramasse au ras du sol. Mais au moment où ils s'élancent, la gouttelette de sang éclate et la volute de fumée se dissipe. Tremblante, je repose distraitement l'athamé sur mes genoux.

— *Abuela*… je commence, à peine consciente de la chaleur de la lame qui brûle mon jean.

Elle s'empresse de me faire taire.

— Éteins les bougies, *nieta*. Tu peux le faire, je le sais.

Et effectivement, non seulement je mouche toutes les bougies mais je fais aussi disparaître le cercle de sel qui nous entoure. Cependant, malgré cette petite victoire, on est encore loin du niveau de compétences dont je vais avoir besoin pour vaincre l'ennemi.

— Bien que certaines images aient pu te troubler, elles avaient pour but de te rendre plus forte et de te rappeler l'ampleur de la tâche qui t'attend. Haïr le clan des Coyotes, c'est facile, mais mieux vaut ne jamais se laisser guider par la haine, elle conduit toujours à des actes impulsifs et aux regrets. Dorénavant, quoi qu'il arrive, ne cède jamais à tes instincts les plus bas. Laisse-leur la haine. Si tu veux triompher d'eux, à toi de devenir meilleure, plus grande et plus forte comme jamais ils ne seront capables de l'être.

— Mais *comment faire* ? Tu as bien vu la même chose que moi : je suis condamnée à la défaite, comme tout notre clan !

— C'est toi qui as interprété les choses de cette façon.

Je la dévisage, confuse.

— Rien n'est écrit. À toi de façonner ton histoire comme tu l'entends.

— Mais si tous mes ancêtres ont échoué, pourquoi moi je réussirais ?

— Tout est une question de point de vue, *nieta*. Tu peux voir tes prédécesseurs comme les vaincus de l'histoire ou bien comme plusieurs générations de Chasseurs ayant réussi à empêcher les Richter de tout détruire.

Je prends le temps de réfléchir. Ses propos sont sensés mais pas réconfortants pour autant.

— N'empêche, au final, ils ont toujours eu le dessus. Alors pourquoi est-ce qu'il en serait autrement pour moi ?

— Parce que ta lumière ouvrira la voie.

— Et celle de mes ancêtres n'a pas suffi ?

— Ne te préoccupe pas du passé. Outre les enseignements que je t'ai transmis, tout ce que tu dois savoir, c'est que les ténèbres ne vaincront jamais les ténèbres, seule la lumière a ce pouvoir. Sers-toi de la tienne, *nieta*. Apprends à te fier à elle. De tous les outils dont tu disposes, c'est le plus fiable.

— Dans ce cas, je peux laisser l'athamé ici ? je demande d'un ton espiègle, pour égayer un peu l'atmosphère devenue glauque.

— Non, *nieta*, prends-le, conseille Paloma avec un sourire amusé. Un peu de soutien matériel ne peut pas faire de mal.

Mais en contemplant la lame sur mes genoux, un déluge d'angoisses rejaillit.

— Tu es sûre que c'est une bonne idée ? j'insiste en me souvenant que la dernière fois elle a causé ma perte.

— Douter d'elle, c'est douter de toi, assure Paloma comme si elle lisait dans mes pensées. Ne tombe jamais dans ce piège.

Je me relève et la serre dans mes bras.

— Je suis si fière de toi, *abuela*, je murmure en ravalant un sanglot. J'espère seulement qu'un jour je serai digne de toi.

— C'est déjà le cas, me souffle-t-elle.

Je sais que cela part d'une bonne intention mais c'est faux, du moins pour l'instant.

— Je ferais bien d'y aller.

La gorge serrée, je m'écarte puis la regarde s'approcher de sa commode et en sortir ma vieille veste militaire.

— Malheureusement mes doigts ne sont plus aussi agiles qu'autrefois, mais j'ai fait de mon mieux pour la raccommoder.

Je passe la main sur la série de points qui rapièce le tissu déchiré par Cade Richter, un peu comme Axel a suturé mon cœur perforé. Si seulement on pouvait tout réparer aussi facilement…

Je détourne les yeux le temps que mon envie de pleurer passe et que Paloma m'aide à enfiler ma veste.

— Je t'aurais bien accompagnée, fait-elle en ajustant le col de ses doigts graciles.

Je la regarde en souriant.

— Je ne vois pas l'intérêt, la musique est trop forte, les boissons sont excessivement chères et la cuisine est fade.

La plaisanterie ne dure qu'un instant, ensuite sa mine s'assombrit.

— Sois prudente, *nieta.*

— Comme toujours ! j'affirme en espérant qu'elle me croie, tandis que je me dirige vers la porte.

— Prudente et rusée. Et n'oublie jamais que l'union fait la force. Personne n'agit seul.

Je la regarde dans les yeux, acquiesce d'un signe de tête, puis pars rejoindre Lita qui m'attend dans sa voiture.

SEIZE

DAIRE

— Pour un soir de semaine, il y a vachement plus de monde que je ne l'aurais imaginé, je commente en marchant vers l'entrée du Terrier du Lapin avec mes amies. Mais tant mieux, plus il y a de monde, plus ce sera difficile pour Cade de me repérer. Du moins, s'il est là ce soir.

Lita rajuste la lanière de son sac à main et fait bouffer ses cheveux, qui se répandent en longues ondulations scintillantes sur ses épaules.

— Tous les soirs, c'est bondé.

— Les gens ont la mémoire courte ici. Le ciel crache du feu, ensuite c'est le chaos, des voisins disparaissent mais eux, ils en redemandent encore.

Xotichl agite si négligemment sa cane devant elle que je ne peux m'empêcher de me demander si la magie du Monde Souterrain ne lui est pas un peu restée, puis très vite je me ravise : si c'était le cas, elle nous l'aurait sûrement dit.

— S'ils ne sont pas amnésiques, c'est qu'ils sont manipulés, renchérit Lita, les sourcils froncés. Crois-en mon expérience.

Tenant tête au videur, elle refuse de lui présenter sa carte d'identité comme il le lui demande et attrape plutôt son pupitre à deux mains en se penchant dangereusement près de son visage.

— Vous me connaissez depuis que je suis née, s'indigne-t-elle. Tout ça est ridicule, c'est juste du cinéma et une énorme perte de temps, en plus. Et ne vous avisez même pas de me coller votre foutu tampon à la noix. J'ai vraiment pas besoin d'avoir un coyote étalé à l'encre rouge sur la main.

L'air mauvais, elle recule en croisant les bras et le défie du regard.

— Qu'est-ce qui te prend, Lita ? Tu as un problème avec les coyotes, maintenant ? raille le videur en la scrutant, les yeux comme deux fentes.

Le ton volontairement menaçant, destiné à intimider, il fait mine d'étaler sa force en contractant ses énormes biceps.

— C'est à cause de tes fréquentations ? suggère-t-il en déviant exprès le regard vers moi. Qui sait ? tu ferais peut-être mieux de rallier ton ancienne bande.

— Et vous, vous feriez mieux de m'écouter quand je dis que les Coyotes et moi, c'est définitivement terminé.

Elle tourne les talons et se dirige vers l'entrée.

— C'est ce que tu crois ! ricane-t-il. Mais on ne se défait pas si facilement des Coyotes. Demande à Marliz, elle te le dira.

L'homme me lance un coup d'œil pour s'assurer que j'ai entendu.

— Vous la croiserez sûrement à l'intérieur, elle est revenue bosser comme serveuse.

Je reste de marbre, refusant de lui montrer qu'il a réussi à me déstabiliser. Aux dernières nouvelles, Marliz était partie s'installer à Los Angeles après avoir quitté Gabe, son horrible fiancé qui la maltraitait, cousin de Cade. Jennika lui avait trouvé du travail et l'avait aidée pour son installation. Je me demande si Jennika est seulement au courant qu'elle est revenue.

Son rire lugubre nous poursuit jusqu'à l'intérieur du bar avant que le boucan des musiciens sur scène ne l'éclipse.

— Eh bé, c'était…

Lita esquisse une moue songeuse, cherchant le terme exact.

— Tu as le choix : bizarre, étrange, curieux, inquiétant, soupire Xotichl.

— J'en reviens pas que Marliz soit de retour, pas vous ? Vous croyez qu'ils ont réussi à la manipuler d'ici à Los Angeles ?

— Ça m'étonnerait, répond Xotichl. À mon avis, ça ne marche pas à distance. Et puis…

Elle se tourne vers moi.

— Paloma et les anciens ont accompli un rituel pour bloquer temporairement leur influence.

— Désolée de te l'apprendre, rétorque Lita, mais ça n'a aucun effet, plus de la moitié d'Enchantment est là.

Du regard, je me fraye un chemin à travers la foule pour essayer de repérer *la* personne qui m'intéresse entre toutes.

— La magie fonctionne tant que les gens souhaitent être protégés, j'explique en me tournant vers mes amies. Mais quand on vit dans une ville isolée comme celle-ci, c'est plus facile de se voiler la face.

— C'est désespérant, se désole Lita.

— En parlant de désespoir…

Xotichl hoche la tête vers l'autre bout de la salle où Crickett et Jacy, les deux anciennes meilleures amies de Lita, sont suspendues aux lèvres de Phyre.

— Attends… tu les vois ? s'ébahit Lita en me devançant.

— Non, je les *sens*, nuance Xotichl.

Mais son petit sourire en coin me porte à croire, une fois de plus, qu'elle nous cache quelque chose.

— Je m'en fiche, reprend Lita en haussant les épaules avec dédain. Il était temps qu'elles se trouvent une nouvelle idole. Vous n'imaginez pas ce que je suis soulagée de ne plus fréquenter des personnes qui passent leur *temps* à essayer d'imiter mes moindres faits et gestes. Sans compter qu'elles copiaient toujours mon style. Au moins, c'est pas votre genre.

— Ouf, un bon point pour nous, glousse Xotichl.

— Bon alors, c'est quoi le plan ? questionne Lita en reluquant mon sac rembourré. Et combien de temps tu comptes partir, au juste ? On dirait que ton sac est à deux doigts d'éclater.

— Le temps qu'il faudra, je réponds avant de m'adresser à Xotichl : est-ce que Cade est là ? Tu sens sa présence ?

Levant le menton, elle inspecte lentement la salle.

— Oui, il est dans les murs, c'est sûr, mais pas dans cette salle. Les vibrations sont faibles.

— Tu veux dire qu'il sort déjà faire la fête ? s'indigne Lita. Tu parles qu'il pleure la mort de son frère ! siffle-t-elle d'un air écœuré.

— Écoutez, je fais à voix basse en me rapprochant, à la base, je comptais traîner un peu puis filer en douce jusqu'au vortex. Mais comme je suis sûre que le videur a déjà prévenu Cade de mon arrivée, ça sert à rien de faire semblant. Je vais y aller directement et espérer que tout se passe au mieux.

— Et nous, qu'est-ce que tu veux qu'on fasse ?

Lita me dévore des yeux, espérant que je l'assigne d'une mission savoureuse.

— Contente-toi d'être charmante, comme à ton habitude. Discute avec les gens, écoute ce qui se dit, observe. Et si Cade vient te voir, ne te le mets pas à dos.

Je lui lance un regard des plus sérieux.

— On s'occupera de lui plus tard, je te le promets. Pareil pour Phyre, si tu la croises, sois sympa. Avec ce que vous m'avez raconté sur son père, quelque chose me dit que plus on pourra en apprendre sur elle, mieux ce sera.

— Sois proche de tes amis et encore plus de tes ennemis, hein ? résume Lita d'un air entendu, arquant un sourcil soigneusement dessiné.

— En quelque sorte. Sérieusement, Lita, ne t'énerve pas. Je veux pas avoir à m'inquiéter parce que tu t'es attirée des ennuis alors que mon principal objectif est de retrouver Dace.

— D'accord, acquiesce-t-elle d'un air renfrogné. Je jure solennellement de m'abstenir de botter le cul de Cade Richter jusqu'à nouvel ordre. Mais sache que, le jour venu, je compte bien être à tes côtés pour l'éliminer.

Je commence à m'éloigner.

— Sois prudente, hein ? me lance une dernière fois Xotichl.

Je hoche la tête.

— Et je t'avertis, si tu ne reviens pas très vite, c'est nous qui viendrons te chercher. Alors ne fêtez pas ça pendant trois jours quand tu l'auras retrouvé, OK ?

Je lui lance un sourire crispé et m'élance dans le couloir, préférant ne pas leur dire la vérité, à savoir que Dace a beaucoup changé et que personne ne peut prédire *si* et *dans quel état* je vais le retrouver ou si je serai seulement en mesure de l'aider.

Mais je dois essayer.

Quitte à en mourir, je dois au moins essayer.

DIX-SEPT

DAIRE

Bien que le plan initial fût de foncer droit au vortex sans m'en cacher, le temps d'arriver aux toilettes, j'ai changé d'avis. Convaincue qu'un peu de prudence n'a jamais fait de mal à personne, je prends un instant pour m'adosser au mur en fouillant sans raison dans mon sac et, ce faisant, scrute les environs à la recherche d'un Richter. N'importe lequel. Ils sont tous mes ennemis.

Dès que je suis sûre que la voie est libre, je repars dans le long couloir qui mène au vortex, mais je n'ai pas parcouru cinq mètres qu'une voix familière se fait entendre dans mon dos.

— Daire Santos.

Je baisse le menton et accélère le pas pour toute réaction.

— Ne fais pas semblant de ne pas m'avoir entendue, on sait toutes les deux que c'est faux. Ne m'oblige pas à te courir après.

L'espace d'un instant, j'envisage de la mettre au défi, mais finalement, ne voyant pas l'intérêt d'envenimer les choses, je m'arrête.

— Quand es-tu revenue ?

Ses bottes à talons aiguilles accrochent la moquette tandis qu'elle s'avance vers moi.

— Et *toi* ?

Dès que je me retourne, ses yeux très maquillés et méfiants se plantent durement dans les miens.

— Alors, ça ne t'a pas servi de leçon ?

Elle ramène une mèche blond décoloré derrière son oreille, puis se met à tripoter sa grande créole, la main ployant presque sous le poids de l'énorme pierre scintillante qui orne son annulaire gauche : une grosse tourmaline d'un bleu éclatant taillée à angle droit, montée sur un anneau de platine et sertie d'autres pierres bleues légèrement plus petites qui, à mon humble avis, sortent tout droit de la mine de Cade.

— Visiblement, je peux te retourner le compliment, je rétorque en désignant sa nouvelle bague de fiançailles, qui mesure presque trois fois la taille de celle qu'elle arborait auparavant.

Levant la main, elle agite les doigts et la contemple avec de grands yeux ronds d'admiration... mais pas seulement. Il y a une lueur dans son regard que je n'arrive pas à déchiffrer.

— Sache que je suis très reconnaissante à ta mère de tout ce qu'elle a fait pour moi, assure-t-elle, rêveuse. Elle m'a beaucoup aidée. Bien plus que nécessaire.

— Jennika est quelqu'un de bien. Elle est toujours prête à aider ceux qui en ont besoin.

Marliz ramène la main le long du corps tandis qu'une étrange lueur traverse de nouveau son regard.

— Cela dit, ne te fais pas d'illusions, je n'ai pas l'intention de lui rendre la pareille.

— Jennika a sa vie. Elle n'a pas besoin de ton aide, je réponds, convaincue à son ton légèrement agacé et son drôle d'air que cette conversation n'est pas due au hasard.

Comme tous les Richter ou, en l'occurrence, une Richter en devenir, Marliz a une idée derrière la tête.

— Elle n'a peut-être pas besoin de mon aide mais toi, *si*.

Marliz continue de m'observer d'un air peiné pour moi.

— Rentre chez toi, Daire. Retourne d'où tu viens.

Elle baisse les yeux vers le sol, enfonçant le bout de sa botte dans la moquette grise crasseuse.

— Tu me rabâches la même chose depuis le premier soir de notre rencontre, je m'impatiente en remarquant que son ton est passé de l'hostilité à la mélancolie en une poignée de secondes.

Son humeur est si versatile que j'ai du mal à suivre.

— Il est peut-être temps que tu m'écoutes. C'est le meilleur conseil que je puisse te donner.

Du bout de sa botte, elle vise une boulette de papier de chewing-gum puis le dégage d'un coup de pied.

— Et pourquoi je t'écouterais alors que toi-même, tu n'as pas réussi à rester loin de cette ville ?

— J'ai mes raisons.

Les yeux brillants, elle admire à nouveau sa bague.

— Laisse-moi deviner : tu t'es remise avec Gabe, c'est ça ?

Sans quitter la pierre des yeux, elle acquiesce tout doucement.

— Alors tu es prête à brader ton bonheur en échange d'un petit caillou qui brille ?

Son regard se durcit et se pare d'une lueur sombre et sauvage, désormais dénué de toute hypocrisie.

— Tu as dix secondes pour aller retrouver tes amis et emmener ta clique ailleurs, menace-t-elle.

Je me redresse et resserre la bandoulière de mon sac, parée au pire.

— Tu sais très bien que je ne ferai pas demi-tour.

Elle me toise un long moment, puis glisse les doigts dans la poche avant de sa jupe en jean pour en sortir son téléphone.

— Navrée de l'entendre.

— Ne le sois pas. A priori, tu es plus à plaindre que moi.

Je commence à tourner les talons, troublée par cette rencontre mais pas pour les raisons qu'elle croit.

— Je ne plaisante pas, Daire ! Je vais leur dire ce que tu mijotes !

— Mais tu ne sais rien ! je rétorque avec agacement, pressée de la quitter.

— Tu ne me laisses pas le choix, Daire !

— On a toujours le choix.

En lançant un rapide coup d'œil par-dessus mon épaule, je la vois pianoter sur son portable puis l'approcher de son oreille. Alors je pique un sprint et remonte à toutes jambes le couloir qui, quoique sans danger en théorie, pourrait bien être piégé.

Droit devant moi se trouve le bureau de Leandro où, derrière la porte entrouverte, la sonnerie du téléphone retentit.

Au moment de passer devant comme une flèche, j'entends une voix que je connais bien tempêter :

— Quoi encore ? Je suis occupé !

Suivi de :

— *Comment ?* La Chasseuse ? Tu es sûre ? Cade a pourtant juré qu'elle était morte !

Aux jurons étouffés de Leandro succèdent le bruit d'un poing qui s'écrase violemment sur un bureau, puis celui du craquement d'un corps qui se redresse d'un coup dans un fauteuil en cuir rigide.

Je dévale le couloir à toute vitesse.

Une douleur cuisante me lacère le ventre, mes poumons menacent d'éclater mais tant pis, je fais abstraction et continue sans m'arrêter jusqu'au vortex. Ignorant les cris de Leandro dans mon dos qui m'ordonne de m'arrêter, je glisse la main dans mon sac pour en sortir les cigarettes que Paloma m'a données et plonge tête la première.

Traversant de force ce mur qui n'en est pas vraiment un, je ressors brusquement de l'autre côté, où je suis accueillie par une voix sinistre :

— Salut, Daire. Moi qui te croyais morte…

DIX-HUIT

DAIRE

Toute rouge et hors d'haleine, je dérape et m'immobilise face à Cade, les semelles de mes baskets crissant sur le sol en aluminium.

Une longue écharpe noire enroulée négligemment autour du cou et un bonnet porté en arrière sur la tête, il paraît détendu et en forme. Posté à l'entrée de la longue galerie qui sert de passage vers la caverne et le second vortex au-delà, il se prélasse dans son fauteuil rembourré comme un jeune monarque capricieux sur son trône. À le voir comme ça, difficile d'imaginer que, quelques jours plus tôt, il avait un trou béant dans le ventre qui lui faisait pisser le sang.

Une fois mon souffle et mes esprits repris, je réplique :

— Moi aussi je t'ai cru mort.

Je m'avance, histoire de bien lui faire comprendre qu'il a peut-être réussi à me surprendre mais pas à me faire peur, ce qui est très différent.

— Mais c'était avant que ton fidèle coyote ne te ressuscite.

Les yeux comme deux fentes, un rictus au coin des lèvres, Cade bascule son dossier en arrière en me toisant, puis désigne d'un geste le lot de cigarettes dans ma main.

— Trois paquets ? T'es pas sérieuse, Daire ? désapprouve-t-il en faisant claquer sa langue. Tu devrais vraiment songer à arrêter. Fumer est une vilaine manie qui entraîne une mort prématurée, c'est bien connu. Et tu sais, en tant que Chasseuse, c'est un risque que tu ne peux pas te permettre de prendre. Les gens de ton espèce ont tendance à mourir jeune.

Je m'approche en lui lançant un regard blasé.

— J'ai déjà donné, merci, je le rembarre en me plantant devant lui. En fait, je les avais apportés pour tes petits copains. Ils avaient eu l'air de bien apprécier les dernières fois.

Cade croise les jambes et pose méthodiquement les mains à plat sur les accoudoirs, de sorte que j'aperçois à son doigt une bague de tourmaline bleue dont je n'avais pas souvenir.

— Bien vu, Chasseuse, mais comme tu peux le constater, mes « petits copains », pour reprendre tes termes, ne sont pas là ce soir. Puisque je m'attendais à ta visite, je leur ai donné quartier libre et les ai envoyés faire un tour dans une dimension *trèèès* lointaine, histoire qu'ils gardent un œil sur mon frère.

Il me provoque du regard, mais je ne dis rien, je ne réagis pas, à part retenir discrètement mon souffle, refusant de révéler le moindre signe d'inquiétude. Rien que d'imaginer ses monstres traquant Dace, je sens mon cœur s'emballer, mais je me garde bien de le montrer. Affronter Cade, c'est comme jouer une partie de poker sans fin. Sauf qu'avec des enjeux aussi élevés je n'ai pas le droit à l'erreur.

— C'est bête, toute cette histoire d'Écho, hein ? ironise-t-il en penchant la tête d'un air faussement songeur. J'imagine que Leandro ne s'attendait pas à ça quand il nous a conçus.

Il grimace en poussant un soupir calculé.

— Leandro a ses défauts, certes, et il m'arrive même de penser que c'est un fardeau. D'ailleurs j'imagine que tu éprouves la même chose à l'égard de Jennika et Paloma. C'est tellement épuisant d'essayer à la fois de se plier à leurs coutumes poussiéreuses et de se forger un destin personnel bien plus glorieux que le leur ! Mais bon, qu'est-ce qu'on peut y faire ?

Laissant son regard dériver et sa voix s'estomper, il médite sur cette idée bien plus longtemps que nécessaire, puis revient subitement à moi presque comme s'il m'avait oubliée.

— Bref, tu ferais mieux d'oublier Dace. Je dis ça pour ton bien, je t'assure. Aux dernières nouvelles, il était assez pâlot. Alors j'ai été obligé de le cacher quelque part où personne ne pourra le retrouver.

— Ça, on en reparlera, je le contredis avec une assurance presque entièrement feinte afin de chasser l'image que ses mots forment dans mon esprit.

Imaginer Dace blessé et à l'agonie en train de croupir dans un territoire peuplé de démons me rend tout simplement malade.

Le visage de Cade se durcit derrière un masque de traits anguleux tandis qu'il décroise les jambes et bascule en avant. Même si techniquement c'est son frère jumeau, Dace serait incapable de lui ressembler. Du moins, il l'était… *avant.*

— Désolé, mais tu n'iras pas plus loin, Santos.

Il est tellement cramponné aux accoudoirs qu'on dirait qu'il lutte pour rester calme et se retient de bondir.

— Cette zone est privée, tu n'as rien à faire là, un point c'est tout.

— Je crois que tu n'as pas trop le choix, je réplique sans me dégonfler quoique consciente du pressentiment tenace qui m'assaille.

— Ça me fait mal venant de quelqu'un qui était étendue bras et jambes écartés sous moi il n'y a encore pas si longtemps…

Je suis à *ça* de me jeter sur lui, au moins pour effacer définitivement ce sourire narquois sur ses lèvres, quand toutes les raisons pour lesquelles je ne peux pas le tuer – du moins pas encore – me reviennent en mémoire. Alors je me retiens et me contente plutôt de le fusiller du regard.

— Dommage que Dace nous ait interrompus au moment crucial. J'ai bien vu que ça commençait à te plaire…

Ce n'est rien que de la provocation. Il veut me pousser à bout pour que je craque, mais je ne tomberai pas là-dedans, pas question.

— Cela dit, maintenant que tu es revenue, je commence à me dire que je préférais mille fois quand tu étais morte. En fin de compte, ton souvenir m'est bien plus agréable que la réalité.

— Navrée de te décevoir, je fais en haussant les épaules et en fixant un point dans son dos pour calculer mon prochain coup.

Combien de pas d'ici à la grotte : vingt-cinq ? Trente ?

— Oh, tu sais, je ne compte plus le nombre de fois où tu m'as déçu.

Il tambourine sur les accoudoirs, l'anneau en métal de sa bague tintant sèchement sur le bois massif et résonnant tout autour de moi.

Étirant le cou de chaque côté, je pousse un soupir las.

— Bon, dis-moi, t'as fini, là ?

Le menton levé avec mépris, il me toise de tout son haut.

— On a fait le tour des vannes ? La séquence parlotte est terminée ou pas ? Non parce que si c'est le cas, j'aimerais bien me remettre en route. On m'attend, tu comprends.

— Tu n'iras pas plus loin, Chasseuse.

L'espace d'un instant, ses iris luisent d'un éclat rouge incendiaire intense, puis redeviennent bleu glacier et opaques.

— Ta petite escapade prend fin ici. Maintenant.

— Comme si tu pouvais m'arrêter.

Je me rapproche jusqu'à ce que mes genoux touchent presque les siens.

— Qu'est-ce que tu comptes faire, Chasseuse ? M'embrasser ou me tuer ? s'enquiert-il d'un air amusé.

— Te tuer, je réplique sans ambiguïté, exposant simplement les faits tels que je les connais. Mais pas tout de suite. Un jour, néanmoins, je te tuerai, ça, je te le garantis.

— Ça m'a tout l'air d'un rencard, dis-moi ?

Il agite les sourcils en se passant la langue sur le bord des lèvres.

— Oui. Le meilleur rencard de toute ta vie.

Sur ce, je contourne comme une flèche son fauteuil et pique un sprint. Je m'engouffre dans le tunnel à toute vitesse, redoublant d'effort et allongeant au maximum le pas, le fracas de mes chaussures très vite amplifié par le sien.

Si je marche uniquement à l'adrénaline, comme l'affirme Paloma, j'espère que j'en ai assez en réserve pour échapper à Cade.

Le bruit de notre cavalcade résonne violemment dans ma tête, un martèlement assourdissant sur le sol métallique qui me fait bourdonner les oreilles et monter les larmes aux yeux, jusqu'à ce que finalement je pose le pied sur un terrain plus mou qui me propulse hors de la galerie et à l'intérieur de la caverne.

Bien loin de la grotte spartiate de mes ancêtres, celle des Richter affiche un luxe soigneusement organisé. Le lieu est somptueux, opulent, regorgeant de meubles anciens raffinés et de murs tapissés d'œuvres d'art. Que des biens mal acquis.

Je vire sur les chapeaux de roues autour du canapé, presque arrivée au fond de l'antre quand Cade surgit derrière moi à une vitesse quasiment surnaturelle.

À défaut de réussir à m'agripper l'épaule, il me tire violemment par les cheveux d'une main, le temps d'attraper mon sac de l'autre et de tirer brutalement sur la bandoulière. Projetée en arrière, je le percute en plein torse.

Il amortit le choc sans problème, lève son bras libre et l'enroule fermement autour de ma gorge.

— C'est fini pour toi, Chasseuse, siffle-t-il dans un souffle étonnamment chaud pour un endroit aussi glacial. Tu n'aurais jamais dû quitter le Monde Supérieur – car c'est bien là que t'a emmenée l'être de lumière, n'est-ce pas ?

Il me relâche un peu, juste de quoi me laisser confirmer, mais comme j'en profite pour prendre tant bien que mal une bouffée d'air, il m'étrangle de plus belle.

— Cette ville a déjà fait son deuil. Moins de vingt-quatre heures après ta disparition, ils avaient fini de pleurer. Il faut croire que tu n'as pas fait très forte impression durant ton bref séjour à Enchantment. Même Paloma, aussi impuissante qu'elle fût, avait plus de succès à l'époque. J'imagine que ça te vaut le titre de Chasseuse la plus pitoyable qui ait jamais existé.

Il éclate d'un rire grossier tout en me serrant plus fort contre lui, replaçant son bras de façon à me comprimer le larynx.

— Cette scène a un côté un peu redite, non ? Ça me contrarie d'être encore obligé de te tuer. J'ai mieux à faire, tu sais.

— Mais non, c'était tellement drôle la dernière fois, je réplique d'une voix rauque, les mots confus et inintelligibles.

Il m'appuie sur la trachée, coupant sérieusement mon arrivée d'oxygène, et se sert de l'autre main pour soulever le bas de mon pull.

— Fais-moi voir ta blessure, Chasseuse. Montre-moi comment le petit bonhomme lumineux t'a soignée. Pourquoi est-ce qu'il a fait ça, à ton avis, hein… ? Qu'est-ce qui lui a pris de quitter le luxueux cocon du Monde Supérieur pour venir te sauver *toi ?* Aurais-tu un faible pour les Mystiques ? Et aurais-tu trompé mon frère ?

Alors qu'il s'esclaffe, la tête renversée en arrière, je profite de ce moment d'inattention pour tenter une parade désespérée en lui enfonçant le coude dans les côtes et en me cramponnant de toutes mes forces à mon sac. Je ne peux pas me permettre de perdre un seul des outils que Paloma a cachés à l'intérieur.

Sauf que j'ai la tête qui tourne de plus en plus, la vue qui faiblit et Cade possède une force si prodigieuse qu'en deux temps trois mouvements il m'arrache le sac de l'épaule et le balance à l'autre bout de la pièce.

— Oups !

Ses gloussements résonnent durement contre mes tympans.

— Décidément, tu n'as vraiment pas de chance. Tu es totalement désarmée et surpassée, Santos !

Je sens son haleine chaude et fétide tandis qu'il me lèche langoureusement le bord de l'oreille.

— Comment vas-tu te défendre, dorénavant ?

Bonne question. Je ne suis d'ailleurs pas sûre de connaître la réponse. Pour autant, je reste déterminée. Je me dis que je peux y arriver. Pas question que je le laisse gagner.

Sauf qu'entre mes jugulaires comprimées et l'afflux d'oxygène de plus en plus restreint, il ne reste au mieux qu'une poignée de secondes avant que je m'évanouisse pour de bon.

Ignorant la violente douleur qui me saisit subitement la poitrine, je lève la jambe bien haut pour prendre de l'élan, arme le pied et balance un violent coup dans le genou de Cade. Ça ne le fait pas tomber comme je l'espérais, mais ça suffit pour qu'il desserre un peu le bras et que je réussisse à m'extirper.

Chancelante, j'avance jusqu'à mon sac en toussant et respirant bruyamment à chaque gorgée d'air que j'engloutis, mais j'ai à peine mis la main sur la bandoulière que Cade ressurgit et m'agrippe le bras comme un étau.

— T'es fichue, je t'ai déjà dit.

Il me fait pivoter brusquement face à son regard impénétrable.

Dace avait le même la dernière fois que je l'ai vu.

Voilà pourquoi je dois survivre. Il faut que je le retrouve, que je récupère son âme et que j'inverse le processus quelle que soit l'atrocité qu'il a commise pour pouvoir ressembler à son frère.

— Tu as déjà dit ça la dernière fois et pourtant, tu vois, je suis toujours là, je lâche d'une voix enrouée et abîmée, ce qui ne m'empêche pas de réussir à me libérer d'une secousse et à mettre un peu de distance entre nous.

Mais ce n'est qu'une fois plantée face à lui d'un air triomphant et les poings serrés que je prends conscience qu'il m'a lâchée un peu trop facilement.

Tout ça n'est qu'un jeu pour Cade.

C'est sa façon à lui de s'amuser. Voilà pourquoi il serrait les accoudoirs : il essayait de contenir son excitation avant la petite surprise qu'il a prévue pour la suite.

Je ne lui ai pas échappé.

Je suis exactement là où il veut que je sois.

À peine ai-je pris conscience de cette réalité qu'il se jette sur moi, l'impact de son corps massif me faisant basculer à la renverse de façon si brutale que je m'étonne de ne pas me fracasser le crâne par terre. Mais je n'ai pas le temps de réagir qu'il se met à me frapper.

Il se bat pour de vrai, déloyalement, jusqu'à la mort, martelant mon corps à coups de poing, des coups que j'ai toutes les peines du monde à éviter.

— Je n'ai plus besoin de toi, Chasseuse ! hurle-t-il sans cesser de me pilonner les côtes. La prophétie est en marche et avec moi s'élèvent les ténèbres ! La force que j'ai tirée de l'amour qui t'unissait à mon frère est inutile désormais. J'ai triomphé, j'ai changé ! Je suis devenu ce pour quoi on m'a créé. Toi et ceux de ton espèce ne faites pas le poids contre moi.

Il continue un bon moment à rabâcher que sa grandeur, ses pouvoirs et cet héritage qui lui revient de droit lui confèrent une autorité absolue, puis la pénible diatribe laisse place à un ancien dialecte tribal que je l'ai déjà entendu utiliser, peu après quoi il me saisit de nouveau par la gorge.

Coincée sous lui, je me débats dans tous les sens, je le mords, lui tire les cheveux et lui griffe les mains pour essayer de le repousser mais en vain. Quoi que je fasse, c'est à peine si ça l'atteint.

C'est vrai, ce qu'il a dit. Il a bel et bien changé. Sous son apparence humaine, il arbore désormais une force qu'il ne possédait jusqu'ici que sous les traits d'un démon.

Très vite, je commence à fatiguer, les bras et les jambes de plus en plus faibles et inutiles tandis que peu à peu ma vue se trouble, réduisant mon champ de vision à un unique point lumineux.

Un point lumineux qui vacille, jaillit, serpente et se tortille.

Un point lumineux qui provient de la torche allumée ornant le mur le plus proche de moi.

« Sers-toi de ta lumière, *nieta*. Apprends à te fier à elle. C'est l'outil le plus fiable dont tu disposes », m'a conseillé Paloma. Bien que cette lumière que je vois danser devant moi ne soit pas *la mienne* à proprement parler, pour l'instant, c'est tout ce que j'ai à disposition.

Alors je porte la main à mon cou et serre la petite bourse en peau entre mes doigts.

— Tu es à l'agonie et tu te cramponnes encore à ce truc ? se moque Cade avec un profond mépris. Tu mérites la mort, Chasseuse. Tu ne l'as toujours pas compris depuis le temps ? Ce sont que des superstitions minables ! Si ça marchait, pourquoi ton existence a-t-elle été réduite à ça ? Pourquoi ton père a-t-il crevé à seize ans et pourquoi tous les membres de ta famille, excepté Paloma – mais elle compte à peine tellement elle a été mauvaise dans son rôle –, sont-ils tous morts, hein ? T'as jamais pris le temps d'y réfléchir deux secondes ? Tu as avalé tout un tissu de mensonges, Santos. Alors qu'en vérité, la magie digne de ce nom ne se trouve pas là où tu la cherches. Elle n'est ni dans les éléments ni dans les entrailles de la Terre. La magie, la vraie, s'épanouit uniquement au cœur des êtres les plus sombres parmi les rares qui la méritent. Tout le reste, c'est de la foutaise qui nous permet de subsister, comme tous ces minables et ces fainéants qui ne demandent pas mieux que de mener une petite vie futile et qui mettent volontiers leurs âmes en danger pour que des gens comme moi en prennent le contrôle. Cela dit, c'est gentil de ta part de faire le spectacle avec tes croyances stupides – comme si ta mise à mort n'était pas assez jubilatoire !

Il renverse la tête en arrière et lâche un hurlement de coyote si rugissant et primal que les murs autour de nous en tremblent, mais alors que je suis certaine qu'il va se transformer en démon d'une seconde à l'autre, à ma grande surprise, il reste exactement le même. Le même en plus dur et plus féroce, comme si les deux facettes de sa personnalité avaient fusionné en une seule.

Il resserre les doigts autour de ma gorge en enfonçant les pouces dans ma trachée.

— C'est marrant, plus je serre, plus tes yeux sortent de leurs orbites et pourtant moins tu y vois.

Il se penche plus près, son visage se dressant, menaçant, juste au-dessus de moi.

— Regarde-moi, Santos ! vocifère-t-il. Regarde-moi bien ! Je veux être la dernière chose que tu voies avant de mourir.

Je veux que tu te souviennes à jamais de moi au moment où je t'aurai tuée pour la seconde fois !

Mon champ de vision réduit à un petit point lumineux, je continue de regarder fixement par-dessus son épaule en me concentrant sur la minuscule gerbe de flamme.

— Regarde-moi, Chasseuse ! J'exige que tu me *voies* !

Il a beau hurler, je reste concentrée pour laisser le chant du feu pénétrer mon esprit.

Selon les caprices du vent
Je peux fumer ou brûler
Réconforter aussi facilement que blesser
Le contact de ma seule flamme engendre d'irrévocables changements
Suis mon exemple si tu cherches à en provoquer

— Bon sang, mais tu vas obéir ! Regarde-moi !

Le point lumineux devient plus vif, à tel point que je suis éblouie.

Je ferme les yeux pour me protéger.

— Ouvre les yeux, Chasseuse ! Ne m'oblige pas à...

Les flammes vacillent et flamboient au dos de mes paupières mais il est trop tard.

Furieux que je lui résiste, Cade m'étrangle de plus belle et serre si fort que, brusquement, c'est le trou noir.

Sauf que là, contrairement à la dernière fois, personne ne vient à ma rescousse.

Mes bras et mes jambes sont les premiers à lâcher prise. Ce ne sont plus que des membres inertes et insensibles.

Mon buste suit.

Puis...

Un cri terrible retentit alors que je suis projetée à l'autre bout de la caverne et atterris dans une roulade, haletant et respirant à grand-peine pendant que le double démoniaque de Cade virevolte devant moi.

Je me relève tant bien que mal en me palpant doucement la gorge pour évaluer les dégâts tandis que Cade, qui fait des pirouettes aux quatre coins de la pièce, hurle de douleur en cherchant de quoi étouffer les flammes qui le consument.

Il ferait mieux d'arrêter de gesticuler et de se rouler par terre, ce serait plus efficace mais bon, je préfère ne pas m'en mêler.

Je pars en chancelant vers la galerie, pertinemment consciente que si j'ai survécu ce coup-ci, rien ne dit que je vais tenir sur la durée tant je suis amochée. Mais pas question que je fasse un saut à la Source enchantée, il n'y a pas de temps à perdre. Maintenant que j'ai les Richter aux trousses, il faut que je me dépêche de les semer et que je retrouve Dace le plus vite possible.

Au moment où j'arrive devant le mur du fond, une brusque vague de chaleur déferle dans mon dos tandis que le dernier vers du chant du feu retentit en boucle dans ma tête :

Suis mon exemple si tu cherches à en provoquer.

Le feu cherche à m'attirer. S'élevant en volutes, il m'invite à le rejoindre.

Suis mon exemple si tu cherches à en provoquer.

Je dévie le regard vers l'endroit où Cade, toujours en proie aux flammes, continue sa danse frénétique.

Suis mon exemple si tu cherches à en provoquer.

Ce n'est pas un feu comme les autres. C'est *mon* chant, mon incantation, ma magie qui est à l'œuvre.

Suis mon exemple si tu cherches à en provoquer.

Sans hésitation ni crainte, je m'avance vers le brasier puis laisse ses flammes m'engloutir dans l'espoir qu'elles me redonnent des forces et provoquent des changements tel que promis. Ses coups de langue affectueux et indolores me persuadent de traverser la fournaise et me poussent sans risque vers l'autre côté dont je ressors finalement comme neuve.

Je lance un dernier regard à Cade que je vois déjà en train d'éteindre les flammes, puis sans perdre une seconde de plus je franchis la paroi mouvante et me retrouve dans la première des nombreuses dimensions du Monde Intermédiaire.

DIX-NEUF

DACE

J'ai encore de la visite.

Depuis le départ de Suriel, ça n'a pas arrêté – des démons sous les ordres de Cade, la plupart du temps.

Même le coyote a pris le temps de venir fourrer son museau contre ma joue pour s'assurer que je respirais encore, puis il est reparti comme il était venu.

Mais j'ai eu beau les implorer, aucun d'entre eux n'était disposé à abréger mes souffrances. Alors pourquoi est-ce qu'il en serait autrement cette fois ?

Je roule sur le ventre et enfouis le visage dans la terre.

— Allez-vous-en ! je grommelle.

Mais le visiteur continue d'approcher.

— Si vous ne voulez pas m'aider, faites-moi au moins le plaisir de fiche le camp ! Je suis pas une bête de foire, alors tirez-vous. Et vous pouvez dire à Cade que je suis toujours en vie, exactement comme il l'avait prévu.

— Et pourquoi est-ce que je ferais ça ?

Un sublime halo de lumière descend du ciel et la chaleur de ses rayons se répand dans mon corps, détendant mes membres transis depuis longtemps.

— Tu es dans un état épouvantable, constate la voix.

Mais je suis là pour t'aider. Je vais te guérir et panser tes plaies comme si elles n'avaient jamais existé.

— C'est pas de cette aide-là dont j'ai besoin, alors allez-vous-en.

Je m'enfonce davantage dans la terre.

— C'est pas la lumière que je cherche mais le contraire.

— Je ne comprends pas.

De la bonté et une pointe de confusion se dégagent de la voix, sans doute à l'image du visage qui s'y rapporte. Pour autant, je ne bouge pas d'un pouce et fais comme si elle n'était pas là. Ce qui ne l'empêche pas d'insister :

— Si tu ne tiens pas à guérir, que veux-tu ?

— Le salut. L'expiation. Daire, je réponds d'une traite en mordant littéralement la poussière. Vous pensez pouvoir m'arranger ça ?

Mon ton est volontairement bourru et sarcastique, et, comme je m'y attendais, ma requête, accueillie par un silence.

— C'est bon, tirez-vous, je grogne d'une voix râpeuse quoique le message soit clair.

— Dace, je…

— Ça suffit !

Ce n'est que lorsque le faisceau commence à s'estomper que je relève la tête et risque un rapide coup d'œil.

Des cheveux blond platine. Une tunique blanche. Un teint diaphane. Et un véritable halo lumineux émane de lui.

Allez comprendre.

C'est fou les choses qu'on peut voir tout au fond de ce trou.

Vingt

Daire

Âcre et sec, l'air me dessèche la gorge et me gerce les lèvres mais je poursuis quand même mon chemin à travers ce paysage dépouillé et aride qui sert de porte entre deux mondes.

Contrairement à mes précédentes traversées, cette fois, plutôt que de gravir l'énorme dune qui dégringole dans le Monde Souterrain, je pars dans la direction opposée à la recherche de cette dimension du Monde Intermédiaire où le coyote a abandonné Dace.

D'après Paloma, chacun des trois mondes abrite plusieurs royaumes. Prenant au mot les consignes que Cade a données à son coyote pour qu'il emmène Dace « dans le recoin le plus sombre du Monde Intermédiaire, là où personne ne pourra le retrouver », je me mets en quête du royaume le plus reculé et le plus austère.

Le Monde Supérieur est peuplé de guides bienveillants de nature humaine *(y compris Axel ?)* et le Monde Souterrain, de guides bienveillants mais de nature animale, alors que le Monde Intermédiaire, lui, est le seul qui abrite autant d'êtres humains que de démons. Seulement, ce n'est pas toujours évident de les distinguer les uns des autres. Les monstres revêtent parfois de multiples visages.

Malheureusement, tout se ressemble dans le coin. Ce désert de sable jaune terne moucheté de neige qui s'étire à perte de vue est dépouillé de tout repère naturel : pas la moindre végétation ni aucun signe de vie à l'horizon. C'est rien qu'une terre stérile et asséchée, donc impossible de savoir si je suis sur la bonne voie…

Une terre stérile et asséchée.

Une *terre.*

Mais c'est ça !

Comme ça fait un petit moment que je n'ai pas invoqué cet élément, je mets quelques minutes à me remémorer l'air mais dès qu'il me revient, les paroles du chant de la terre suivent aussitôt :

Fidèle et solide
Éternelle, immuable
Tu trouves en moi refuge et réconfort
Force et lucidité
Fie-toi à moi lorsque tu t'égares, je saurai te guider

J'en suis au troisième couplet quand un chemin se dégage tout à coup devant moi. Je m'élance à toutes jambes, coupant et zigzaguant à travers la vallée de sable vers un horizon austère que j'identifie très vite comme étant un des nombreux portails d'accès aux différentes dimensions du Monde Intermédiaire.

Dans le Monde Souterrain, passer d'une dimension à l'autre n'est qu'une question de descente, et du peu que j'en ai vu, l'inverse vaut pour le Monde Supérieur. Mais ici, les portails sont agencés comme des dominos. Certains se suivent étroitement, d'autres se trouvent à des kilomètres d'écart. Cependant, il ne faut pas longtemps pour comprendre qu'un ordre prodigieux règne au milieu de cet immense chaos. Quoique totalement différents, certains tapissés de sable, d'autres, de terre ou de rochers escarpés, les paysages que je découvre voile après voile sont chaque fois un peu plus austères que le précédent.

Après avoir traversé plusieurs royaumes habités par d'étranges formes indistinctes, je me retrouve au milieu d'une étendue parsemée de petites cabanes délabrées.

Instinctivement, j'agrippe le manche de mon athamé tout en continuant d'inspecter les environs du regard et d'avancer à pas mesurés vers le prochain voile lumineux. Moi qui étais soulagée d'être arrivée indemne jusqu'ici, je déchante rapidement en découvrant que la dimension suivante est nettement pire.

L'endroit est infesté de démons.

De tas de démons.

Et contrairement à ceux que j'ai aperçus dans les dimensions précédentes, ceux-là n'ont pas l'air timide.

Et pour cause, ils sont sous les ordres de Cade.

Bien que j'aie l'avantage de les avoir repérés la première, en moins d'une poignée de secondes je suis encerclée par ces mastodontes aux corps couverts d'écailles et aux figures énormes marquées par des yeux rouge-orangé, des nez tordus et des trous béants sans lèvres en guise de bouches.

Brandissant mon athamé, je pivote lentement sur moi-même à la recherche du chef ou celui qui représente la plus grande menace, déterminée à m'en prendre d'abord à lui, ne serait-ce que pour avertir les autres qu'en dépit des apparences il ne faut pas me sous-estimer.

Le plus imposant d'entre tous est le premier à s'avancer. Remontant des abysses de sa gueule béante, le rugissement qu'il pousse est d'une telle puissance que le sol tremble sous mes pieds.

Cette tentative d'intimidation est effroyablement ratée.

Il me suffit d'un coup de dague vif et assuré pour lui trancher les genoux, après quoi je m'agenouille et le décapite, histoire d'être sûre qu'il est bien mort.

Ça marche comme ça avec les démons. Quand il est question de se battre, les gros bêtas sont toujours en première ligne pendant que les petits malins restent en retrait pour observer ce qui se passe. Et très souvent, le chef ne ressemble pas du tout à ce qu'on imaginerait.

D'un coup de pied, je dégage les moignons du monstre et m'attaque au reste du groupe, tour à tour transperçant de gros torses écailleux, arrachant des yeux ou tranchant d'énormes cous musclés, jusqu'à ce que le terrain qui m'entoure soit jonché de gigantesques têtes difformes et que seul le plus petit d'entre eux soit encore debout.

Lorsqu'il croise mon regard, je fais signe au chef d'entrer dans l'arène.

Mais celui-ci est plus malin que ses semblables et, après quelques secondes de réflexion, il tourne rapidement les talons et disparaît. Alors je me dirige vers le voile suivant et fais une pause une fois de l'autre côté, constatant avec stupeur que le chemin de terre s'arrête là, bien que Dace reste introuvable.

L'air est-il devenu trouble et confiné au point que la terre ne puisse plus me guider ou bien est-ce maintenant à moi de faire appel à mes connaissances pour le retrouver ?

Je m'immobilise dans le silence, à l'affût de la plus petite variation dans l'atmosphère, du moindre signe de sa présence ici.

Un piétinement très léger.

C'est peut-être un animal isolé ou une autre smala de monstres mais ça vaut le coup de vérifier.

Une voix qui murmure faiblement.

Je n'arrive pas à distinguer les mots mais on dirait de l'anglais.

Faute d'indice supplémentaire, je me précipite dans cette direction, de plus en plus convaincue à mesure que j'approche.

Il est ici, quelque part, en vie. *Je le sens.*

J'ai donc encore une chance de le sauver.

Poussée par l'espoir de revoir enfin Dace, je débarque au beau milieu d'une scène qui m'arrête net dans mon élan.

Vingt et un

Daire

Le souffle coupé, horrifiée, je le regarde tandis qu'il se tient dos à moi face à un vieil arbre mort dont il agrippe le tronc creux à deux mains. Ses paumes dégagent un flux d'énergie si noire qu'en à peine un instant l'arbre est anéanti comme s'il n'avait jamais existé.

Avant qu'il n'ait l'occasion d'utiliser cette magie noire contre moi, je m'approche à pas de loup et pointe la dague contre sa nuque.

— Où est-il ? j'exige d'entrée de jeu.

Il ne tressaille même pas, pas plus qu'il ne me lance un regard ou réagit d'une quelconque façon.

Peut-être parce qu'il me reconnaît tout aussi aisément que je l'ai reconnu.

— Dis-moi où il est, Axel. Dis-moi ce que tu as fait de lui, sinon je jure devant Dieu que…

La menace reste implicite. Je laisse le soin à la pointe de ma lame appuyée sur son cou de combler les blancs tout en surveillant de près ses mains. Des mains magiques. Mortelles. Je ne peux que prier pour qu'il ne s'en soit pas servi sur Dace.

— Lâche ton couteau, me demande-t-il d'une voix douce et enjôleuse qui ne trahit pas la moindre trace de peur. La violence est inutile. Au cas où tu ne l'aurais pas compris, une menace physique peut me ralentir mais elle ne pourra jamais m'arrêter.

Il baisse les mains et contemple ses paumes d'un air consterné, sans paraître remarquer ou s'inquiéter du fait qu'il a une dague pointée sur la nuque.

— Je sais qu'il est ici, je continue, et si tu ne me conduis pas tout de suite à lui, je te jure que je vais te faire mal.

J'enfonce la pointe dans sa peau, assez pour lui montrer que je ne plaisante pas.

— Tu tiendras parole, je n'en doute pas. Mais tu as déjà essayé de me tuer une première fois. Qu'est-ce qui te fait croire que cette nouvelle tentative aura plus de succès ?

— J'ai plus de forces, je rétorque en lui lançant un regard furieux. Et puis parce qu'il ne s'agit plus simplement de moi. L'enjeu est bien plus grand à présent.

Il laisse ses mains retomber le long de son corps comme si elles ne lui étaient d'aucune utilité.

— Si tu tiens sincèrement à Dace et si tu veux vraiment l'aider, lâche ce couteau et rentre chez toi. Ce n'est pas un endroit pour toi, tu peux me faire confiance.

Je me hisse sur la pointe des pieds, passe le bras autour de son cou et plaque la lame contre le creux de sa gorge. La dernière fois que je me suis retrouvée dans une situation similaire, j'ai eu un moment d'hésitation et ça m'a coûté cher. C'est une erreur que je ne commettrai plus.

— Tu as moins d'une seconde pour me dire où il est, je l'avertis.

Mais je suis prise de court quand, au lieu de me résister ou de simplement répondre, il renverse la tête en arrière et m'offre volontiers son cou. Levés vers le ciel pour croiser mon regard, ses yeux pourpres n'ont plus du tout ces reflets bleu lavande dont j'avais souvenir.

— Vas-y, fais-le, suggère-t-il. Si c'est ce que tu veux, je ne t'en empêcherai pas.

Devant son insistance, j'enfonce la lame, entaillant une couche tendre de peau ivoire et lisse, mais c'est alors que je vois un fluide doré ruisseler de la plaie.

Voilà pourquoi il brille comme un soleil : il a ça dans les veines !

— Qu'est-ce que tu es, au juste ? je chuchote, stupéfiée, en regardant le fluide coaguler puis se dissiper, tandis que l'entaille se referme sans laisser la moindre trace.

— Je te l'ai déjà dit.

Il se redresse et s'étire le cou d'un côté puis de l'autre avant de se retourner face à moi pour la première fois depuis mon arrivée.

— Je me souviens de ce que tu m'as dit, mais tu es plus qu'un Mystique. Ça au moins, c'est sûr.

Je l'observe en essayant de faire le point et de comprendre le sens de sa présence ici.

— Vraiment ? fait-il en haussant les épaules. À vrai dire, je ne sais plus trop ce que je suis.

Nos regards se croisent et, d'un seul coup, je suis désarmée et ne sais plus trop quoi faire. Axel ne réagit pas du tout comme je l'imaginais.

— Pourquoi est-ce que tu me suis partout ? je reprends d'un ton exigeant car j'ai désespérément besoin de réponses. Qu'est-ce que tu fais ici ? Je te préviens, tu n'arriveras pas à me convaincre de rentrer avec toi !

J'agite l'athamé devant moi, bien que, le concernant, ça ne serve à rien.

— Je ne sais même pas si je peux encore rentrer et jamais il ne me viendrait à l'idée de t'emmener, Daire.

Il m'observe de ses yeux sombres et, pour la première fois depuis que je le connais, il paraît las, abattu et aussi perdu que moi à cet instant.

— Du reste, à ce que je vois, tu es complètement rétablie maintenant. Depuis combien de temps te sens-tu mieux, exactement ?

Je le fixe sans ciller.

— Bien plus que tu ne l'affirmais, disons.

Silencieuse, j'observe son front et l'endroit précis où je l'ai frappé avec la chaise et remarque qu'il ne présente aucune séquelle ni le moindre hématome, pas plus que son cou maintenant.

— Je n'attends pas d'excuses, si c'est ce qui t'inquiète, lance-t-il en me voyant le scruter.

— Qu'est-ce que tu veux, alors ? je réplique, l'estomac noué. Dis-moi la vérité !

— À ton avis, pourquoi suis-je ici ?

— Parce que tu me suis partout… tu ne me lâches pas d'une semelle ! Tu crois que, sous prétexte de m'avoir sauvée la vie, tu as des droits sur moi ?

Il ferme les yeux et marmonne quelque chose d'inintelligible.

— Tu m'as retenue prisonnière dans une chambre fermée à clé, verrouillée de l'extérieur et sans aucune issue, en essayant de m'empêcher de reprendre des forces pour que je ne sois pas en état de repartir !

— C'est ce que tu crois ?

Son visage se rembrunit, peiné.

— C'est surtout ce que je sais ! Alors maintenant dis-moi où est Dace !

Je m'apprête à forcer le passage en le bousculant, mais il me saisit le bras et m'attire fermement contre lui.

— N'y va pas, m'avise-t-il en me regardant droit dans les yeux. Tu n'es pas prête pour ça, je t'assure. C'est pire que tout ce que tu peux imaginer.

J'essaie de me dégager d'un geste brusque mais n'y parviens qu'au bout de plusieurs tentatives.

— Ça ne va pas te plaire, me prévient encore Axel.

Sans en tenir compte, je m'élance sur la piste de mon petit ami agonisant mais toujours en vie.

Vingt-deux

DACE

À mon réveil, j'ai les yeux troubles et le cerveau encore embrumé par le rêve que je viens de faire, et le souvenir du doux parfum de Daire s'accroche de façon si tenace et réelle que, spontanément, je roule sur le dos et tends la main devant moi dans la tentative idiote et désespérée d'entrer en contact avec elle. J'essaye de ne pas m'imaginer tel que je suis vraiment, à savoir une loque à l'esprit torturé qui agite bêtement les doigts dans le vide, niant la réalité dont j'ai pourtant parfaitement conscience au fond de moi.

Elle n'est pas là et ne le sera jamais.

Cet endroit pétri de ténèbres fétides est le royaume des démons, de ceux qui les traquent et des êtres sans âme comme moi.

Une lumière aussi vive que celle de Daire n'a pas sa place ici.

Même ce curieux être de lumière a vite battu en retraite. Il lui a suffi de quelques minutes sur place pour voir son éclat se ternir méchamment.

Pour autant, mon désir de me perdre dans ses yeux vert émeraude pétillants et de goûter ses lèvres sucrées demeure plus fort que tout. Ce besoin est bien trop ardent pour que quelque chose d'aussi simple que la réalité réussisse à le tempérer, alors je continue de battre l'air et de me languir jusqu'à ce que, à bout de forces, je roule à nouveau face contre terre en attendant qu'un autre rêve m'emporte.

Vingt-trois

Daire

Après m'être jetée au sol près de la silhouette recroquevillée pour déblayer les couches de terre qui l'entourent et les débris sur son dos, je l'agrippe par l'épaule pour tenter de le faire rouler sur le côté, mais il me repousse en bougonnant de façon incohérente.

— Dace… arrête ! C'est moi ! je m'écrie en essayant de l'obliger à me faire face mais il s'empresse de m'ignorer.

— Ses blessures sont graves, et son traumatisme, très sévère, Daire.

La voix d'Axel se fait entendre derrière moi.

— Il gît ici depuis trop longtemps pour croire que c'est réellement toi.

Son ton est franc, sans la moindre pointe de suffisance, et pourtant ses propos réussissent à m'agacer à un point inimaginable.

Résolue à faire comme s'il n'était pas là, je me penche plus près de Dace, approche la bouche de son oreille et l'invite à ouvrir les yeux pour constater que c'est bien moi. Mais en le voyant se dérober à mon contact et fermer encore plus fort les yeux, le désespoir s'empare de moi.

— Achevez-moi ou laissez-moi tranquille, geint-il d'une voix si rauque que je la reconnais à peine.

— Jamais je ne t'achèverais, tu m'entends ? Et je ne repartirai pas d'ici sans toi.

Je parviens enfin à le mettre de force sur le côté, son visage à quelques centimètres du mien.

— Dace, je t'en supplie… je souffle en attrapant la petite clé autour de mon cou pour la lui montrer. Tu te souviens forcément de ça, j'en suis sûre. Je le porte comme symbole de notre amour et je t'ai offert un double.

Je glisse la main sous son pull taché de sang en espérant que sa clé est toujours là et qu'il ne l'a pas perdue durant son épouvantable voyage jusqu'ici, puis pousse un soupir de soulagement en la serrant entre mes doigts et la levant devant ses yeux.

— Dis-moi que tu t'en souviens et que tu n'as pas oublié tous nos moments ensemble.

Je colle les petites clés l'une contre l'autre de sorte qu'elles ne fassent plus qu'une, puis l'embrasse jusqu'à ce qu'il me rende mon baiser.

Il ouvre les paupières, nos regards se croisent, mais en découvrant le vide dans ses yeux, je sens mon cœur perdre pied.

Sans âme.

C'est donc vrai.

Toutefois, lorsqu'il lève la main vers mon visage et la pose délicatement sur ma joue, je comprends qu'une part de lui a réussi à subsister.

— J'ai si souvent rêvé de toi, murmure-t-il. Comment être sûr que ce n'est pas encore un rêve ?

— Parce que je suis là. Pour de vrai. Et je serais arrivée plus tôt si…

— Alors c'est que je suis mort.

Un soulagement inexplicable submerge son visage.

— J'ai fini par y arriver et maintenant on sera ensemble pour l'éternité.

— Mais non ! je m'empresse de contester. Personne n'est mort. On est tous les deux en vie et je vais te ramener chez nous.

J'ai à peine terminé ma phrase qu'il me tourne déjà le dos.

— Tu es morte. Je t'ai vue mourir. J'ai assisté à la scène jusqu'au bout, s'entête-t-il en refermant les yeux.

— Non ! Pas jusqu'au bout, justement, je m'insurge, la gorge sèche et nouée. Il s'est passé plein de choses après, mais ça, je te le raconterai plus tard. Pour l'instant, il faut que tu me fasses confiance, au moins le temps que je t'aide à quitter cet endroit, d'accord ? Dace… ?

Il m'échappe des mains, perd peu à peu connaissance et, d'une voix lointaine, conclut :

— Je n'ai plus d'âme… plus rien à t'offrir…

Je tente de le redresser pour le hisser sur mon épaule, mais comme il est dans les vapes ça revient à soulever un âne mort.

Jetant un coup d'œil dans mon dos, je lance un regard noir à Axel en continuant de me débattre pour soulever Dace.

— Tu pourrais au moins me donner un coup de main !

Je le dévisage, abasourdie, en voyant qu'il ne bouge pas d'un pouce.

— Si tu avais la moindre décence, tu…

— Je n'ai pas pour rôle de l'aider, me coupe-t-il.

Bafouillant d'indignation, je m'apprête à lui faire remarquer qu'il est d'un égoïsme inouï, mais il ne m'en laisse pas le temps.

— Je ne devrais même pas être ici. Ma mission est de le *guider*, rien d'autre. Mais à présent, j'ai bien peur d'avoir dépassé certaines de mes limites les plus sacrées.

Il me lance un regard incertain, passe la main dans ses boucles platines et, bien que je ne comprenne pas où il veut en venir, son discours est loin de m'amuser.

— Écoute, Axel, de deux choses l'une : soit tu m'aides à soulever Dace, soit tu dégages de mon chemin. Je n'ai pas le temps pour les devinettes et je me fiche royalement de tes problèmes existentiels. Avec ou sans toi, Dace et moi, on se tire d'ici.

Une fois de plus, j'agrippe le blouson de Dace pour essayer de le redresser quand, finalement, Axel vient se placer de l'autre côté en poussant un gros soupir. Il le hisse prestement sur son épaule, tourne la tête vers moi et me dit :

— Mieux vaut que je t'explique, je suis le guide spirituel de Dace.

VINGT-QUATRE

DAIRE

— Toi ?

Je le dévisage, mon ton sceptique rivalisant avec ma tête ahurie.

— Tu es le guide spirituel de Dace ?

Presque imperceptiblement, Axel me fait oui de la tête et continue d'avancer d'un pas rapide et déterminé, le regard fixé droit devant lui.

— Mais pourquoi tu ne me l'as pas dit plus tôt ? Pourquoi m'avoir sauvée moi et pas lui ?

Je lui lance un regard noir et sévère mais, j'ai beau faire, il ne réagit pas.

— Je te rappelle que tu l'as laissé pour mort, livré à lui-même et privé d'âme dans la dimension la plus sordide du Monde Intermédiaire, sans jamais rien faire pour le protéger, alors excuse-moi d'avoir des doutes !

— J'ai fait le serment de le *guider*, pas de le protéger, c'est différent.

Je le fixe, les yeux écarquillés. Chaque argument qu'il me sort ne fait qu'empirer les choses.

— Alors c'est tout ? je m'emporte en serrant les poings tandis que le sang me monte aux joues dans un mélange de colère et de frustration. C'est ça, ta stratégie de défense : jouer sur les mots ? T'as rien de mieux à proposer ?

Mais Axel ignore mes attaques et continue sans un mot. Au moment de franchir le vortex, je me cuirasse en prévision d'un assaut imminent de démons mais, à ma stupeur, les rares monstres encore debout prennent la fuite dès qu'ils aperçoivent Axel.

— Si tu es bien le guide spirituel de Dace comme tu l'affirmes, alors pourquoi m'avoir préférée à lui ?

Pendant un interminable moment, il refuse de répondre et s'obstine à garder le silence, tandis qu'on franchit une succession de voiles.

— Si je t'ai préférée à Dace, pour reprendre ta formule, confie-t-il finalement, c'est parce que je savais qu'au final tu étais la clé de son salut.

Je fixe son profil un moment.

— C'est pas logique.

Il acquiesce mais refuse toujours inébranlablement de me regarder.

— Sans doute que non, en apparence, admet-il. Mais le fait est que Dace t'aime et réciproquement. Vous êtes faits l'un pour l'autre.

Je continue de le fixer, mon intérêt subitement piqué.

— En tant que guide spirituel, naturellement, ma mission consiste à *guider* Dace. Un peu comme le fait son cheval, sauf que moi j'opère à divers niveaux.

Je reporte les yeux sur la silhouette inerte et meurtrie de Dace, tout juste capable de contenir ma colère quand je rétorque :

— Eh bien, tu as fait du sacré bon boulot, là, pas vrai ? Sérieux, Axel, excellent travail. Bien joué !

Il ignore mon affront et continue.

— Bien que je sois toujours à son écoute et que mon influence soit forte, c'est seulement dans la mesure où Dace est disposé à me laisser faire. Quand il a une impression tenace, qu'il se sent gentiment poussé vers un choix plutôt qu'un autre ou que son instinct lui dicte *ou pas* sa conduite, c'est à cause de moi. Je suis là uniquement pour le conseiller et l'influencer, mais je n'ai pas à contrecarrer ses décisions. Il existe une faculté qu'on appelle le libre arbitre et je dois dire que Dace Whitefeather n'a jamais manqué d'exercer le sien.

Je pèse mentalement ses paroles mais ne suis toujours pas convaincue.

— Imagine la vie comme une salle de cours. Vous, les humains, arrivez sur Terre pour apprendre et grandir, or une grande partie de cet apprentissage et de cette maturité découle des erreurs que vous commettez. Ça fait simplement partie du jeu. Les êtres humains n'apprendraient jamais rien si leurs guides étaient toujours là à s'immiscer ou à essayer de les protéger.

— Pourtant, c'est ce que tu as fait, *t'immiscer* ! Tu viens de dire que tu m'avais sauvée afin de sauver Dace. J'étais déjà morte, je rendais l'âme quand tu m'as fait du bouche-à-bouche !

Axel fait une moue, l'air chiffonné.

Dès lors, je comprends que j'ai raison. Son expression me fournit une preuve amplement suffisante pour savoir que ses sentiments à mon égard sont plus profonds qu'il ne veut bien l'avouer. Bien plus qu'ils ne le devraient légitimement.

Songeur, il reste un moment silencieux avant de se tourner vers moi, l'air désolé.

— En t'accordant la vie sauve et en te ramenant à la vie, j'ai malheureusement rompu mon vœu le plus sacré.

Il a la mine défaite. De toute évidence, il dit la vérité.

Une vérité qui révèle à quel point je me suis méprise sur son compte.

Axel ne me cachait pas parce qu'il était secrètement amoureux de moi, mais parce qu'il n'était pas censé me sauver.

— C'est vrai, ajoute-t-il, ayant lu dans mes pensées à mon insu.

Mais au regard qu'il me lance ensuite, j'ai la certitude qu'il n'y a pas de quoi être gêné.

— Dace aurait dû mourir, pas toi. Ce qui explique ma présence ce jour-là. L'heure était venue de le guider vers le repos éternel. Mais au lieu de Dace, finalement c'est toi que j'ai emmenée.

— Alors c'était bien la prophétie qui se réalisait ?

Je regarde au loin en ayant subitement le sentiment que tout ce que je sais de la vie repose sur des bases bien fragiles.

— Le fait que Cade l'ait provoquée était un peu prématuré, mais à peine. Ça allait de toute façon se produire. Seulement maintenant, à cause de lui, tout a changé.

— Parce que je suis morte ?

— En partie.

— Et pour quelle autre raison, sinon ?

Axel tourne le regard vers Dace.

— Bon, donc, si je comprends bien, tu étais venu chercher Dace pour l'emporter dans le Monde Supérieur parce que son heure avait sonné ?

Il acquiesce.

— Mais ensuite, tout est parti en vrille et c'est moi qui suis morte à sa place ?

Il hausse les épaules en inspirant profondément, puis les relâche d'un coup.

— Alors à un moment donné, pendant que tu naviguais entre le Monde Souterrain et le Monde Supérieur, tu as décidé de me sauver alors même que ça allait à l'encontre de ton vœu le plus solennel et si tu l'as fait, en fin de compte, c'était dans le but de sauver Dace.

Je le fixe durement mais il ne réagit pas.

— Du coup, ensuite tu m'as retenue en otage pour que personne dans le Monde Supérieur ne découvre ce que tu avais fait pendant qu'à Enchantment tout le monde me croyait morte.

Il se détourne.

— En somme, depuis le début, tu cherches à protéger tes arrières, non ?

Il ferme les yeux.

— Quel genre de Mystique es-tu, en fin de compte ?

— Un mauvais, à t'entendre.

Il rehausse Dace sur son épaule et au moins, vu la douceur avec laquelle il le manipule, j'ai la certitude qu'il prend vraiment son rôle à cœur vis-à-vis de son protégé. Cependant, il reste encore trop de questions sans réponses pour que j'envisage seulement de baisser ma garde.

— Pourquoi est-ce que tu ne peux pas le guérir comme tu l'as fait pour moi ?

— Je ne sais pas trop. Soit parce que l'énergie ambiante est trop négative, soit…

Il marque une pause avant de terminer son hypothèse.

— Soit parce que je suis descendu ici trop souvent et trop longtemps et maintenant ça influe sur mes facultés comme jamais auparavant. Ou alors on m'a dépouillé de mes pouvoirs pour me punir de mes actes. C'est une situation inédite pour moi. Je n'ai aucune certitude.

— Je t'ai vu détruire cet arbre. C'est un peu le contraire de ce qu'on appelle la guérison énergétique, non ?

— L'énergie ne meurt jamais, elle se transforme, c'est tout. La magie est toujours en moi, simplement c'est beaucoup plus facile de détruire que de créer.

— Est-ce que tu sais ce qu'est devenue l'âme de Dace ?

— Non, mais elle n'est pas ici.

— Ça signifie que tu sais où elle est, mais que tu ne veux pas me le dire ?

Il détourne le regard.

— Arrête, Daire.

— Axel, si pour je ne sais quelle raison tordue tu me caches une information capitale, ce n'est que reculer pour mieux sauter parce que je la retrouverai !

— Ça, je n'en doute pas.

— Dans ce cas, pourquoi ne pas m'éviter une perte de temps en me disant tout maintenant ?

— Parce que j'ignore où elle se trouve. Mais je t'en ai déjà assez dit, plus que je n'aurais dû.

Je lui décoche un regard en le maudissant tout bas, mais Axel est comme du Téflon, hermétique à tout ça.

Il se contente de poursuivre la traversée des voiles avec Dace sur l'épaule pendant que je cavale à sa hauteur pour suivre le rythme.

— Je crois qu'il va simplement falloir que tu essaies de me faire confiance, comme j'ai tenté de le faire avec toi au début, conclut-il.

VINGT-CINQ

XOTICHL

— Bon alors, il est où ce beau gosse de Greyson ?

Lita tapote sur la table de ses ongles carrés, ce qui produit un battement agaçant amplifié par l'interruption de la musique.

— N'aie pas le trac. Il va arriver, je réponds en essayant de réfréner mon envie de jouer les curieuses.

Je n'ai jamais vu le Terrier du Lapin comme je le vois à présent, et apparemment, même si je ne distingue pas nettement les lieux, c'est encore plus sinistre que ce que j'imaginais. Néanmoins, il faut que je sois plus discrète. Je ne suis pas encore tout à fait prête à ce qu'on sache que désormais je vois *un peu.*

— Moi, le trac à cause d'un garçon ? se pique Lita. Tu veux rire.

Elle continue à tambouriner avec ses ongles pendant que j'observe les ondes vives et flamboyantes qu'elle dégage, signe indubitable de nervosité ou alors, c'est que je n'y connais rien.

— C'est lui qui devrait avoir le trac, c'est à lui de m'en mettre plein la vue, pas l'inverse.

Elle dodeline de la tête, pianote sur la table et très vite joint la jambe au mouvement en la balançant en cadence d'avant en arrière. Je comprends que j'ai intérêt à vite changer de sujet avant qu'elle ne décolle comme une fusée de son tabouret.

— Bon, tu me décris ce que tu vois ? je propose, brûlant de savoir si ça correspond aux visions indistinctes que je perçois.

Alors qu'elle baisse la tête pour boire une gorgée de soda, j'avise une brusque variation de son énergie et discerne l'inclinaison de sa paille.

— D'accord, eh bien… le groupe fait une pause et j'espère qu'elle sera longue parce qu'ils étaient vraiment mauvais. C'est vrai, quoi, où est Épitaphe quand on a besoin d'eux ? Surtout le batteur ?

— Je te répète qu'il va arriver, je ronchonne en me demandant ce qui m'a pris quand j'ai accepté d'organiser ce rendez-vous. Et pour info, merci mais, pour le groupe, tu m'apprends rien, je suis aveugle, pas sourde, tu sais.

— C'est vrai, excuse-moi. Bon, voyons voir… Phyre est toujours entourée de sa cour, mais elle n'arrête pas de lancer des coups d'œil dans notre direction. Sauf que chaque fois que je l'y prends, elle fait comme si ce n'était pas nous qu'elle regardait mais quelque chose juste à notre droite.

— La prochaine fois, fais-lui signe d'approcher.

Lita se penche et se met à chuchoter d'un ton furieux :

— J'espère que tu plaisantes. Daire nous a expressément demandé d'écouter aux portes. Elle n'a jamais parlé de frayer avec l'ennemi.

— Non, mais elle t'a dit de te montrer charmante comme à ton habitude, ce qui implique l'idée de bavarder.

— Je crois que j'ai oublié comment on faisait pour être charmante. Ma dernière tentative remonte à si longtemps…

— Je suis même pas sûre que tu aies réussi à l'être un jour, je la taquine en souriant pour atténuer la pique. Les gens avaient surtout peur de toi. Mais tu peux t'en servir aussi. Il suffit de doser, comme tu le faisais.

Lita ronchonne en lâchant un chapelet de mots pour la plupart inintelligibles, mais très vite elle dresse de nouveau l'oreille, puis avance les coudes en travers de la table pour m'attraper le bras et pousse un petit cri aigu.

— J'y crois pas… Cade est là ! Il vient de s'approcher de Phyre et de la prendre dans ses bras… euh, en fait, non, je crois que c'est plutôt elle qui le serre. Je dirais même qu'elle le *colle.* À croire que son but ultime dans la vie, c'est de serrer Cade dans ses bras. Mais, apparemment, lui n'est pas très réceptif. Il s'écarte avec plus ou moins de tact mais elle a quand même le temps de lui caresser la joue en le regardant d'un air tout éblouie et rêveuse… *Pathétique.* Estime-toi heureuse d'être épargnée du spectacle. Ça sort droit du *Manuel de la petite allumeuse.* Tellement pas naturel que c'en est gênant à regarder. Bref, ce que j'en dis, c'est que mieux vaut que ce soit elle que moi.

Je scrute la salle, bien plus avisée que je ne le prétends. Cependant, ce que je vois n'est pas aussi net que dans la version de Lita, alors je m'empresse de la questionner davantage.

— Et maintenant, il fait quoi, Cade ? Tu es sûre qu'elle ne l'intéresse pas ? Je veux dire, elle est plutôt jolie, non ?

— Si on aime les filles au charme exotique, grandes, minces, parfaitement proportionnées, avec une peau laiteuse, une bouche charnue, un nez parfait et des yeux de biche, alors oui, on peut dire qu'elle est pas mal, concède Lita d'un ton clairement aigre.

— T'es quand même pas jalouse, si ?

— Tu rigoles ?

Elle se redresse bien droite, fait bouffer ses cheveux qui retombent en douceur sur ses épaules et tire sur son pull pour exposer un peu plus son décolleté.

— Bref, Cade a toujours été difficile à cerner mais une chose est sûre : il adore être au centre de l'attention. Il ne *vit* que pour ça. De là à dire si l'intérêt qu'elle lui porte est réciproque… j'en sais trop rien. Et toi, est-ce que tu arrives à déchiffrer son énergie ?

Je fais non de la tête en continuant à scruter l'autre bout de la salle.

— Bon, revenons-en à Phyre… Elle flirte avec lui. Je veux dire, vraiment : elle le drague, elle l'aguiche, ça se voit. Rien que dans sa posture et ses gestes, on dirait une parade nuptiale poussée à l'extrême. Mais bien qu'elle lui sorte le grand jeu, dans l'ensemble ils ne font que discuter et lui semble un peu distrait et indifférent… et… ah bah, génial… crotte ! Il vient de me griller et de me sourire et maintenant il… oh, non ! Merde, merde, merde…

Lita se tasse sur son siège en se penchant vers moi.

— Fais comme si j'étais pas là ! chuchote-t-elle.

— Comment veux-tu que j'y arrive puisqu'il vient de te voir ? je proteste, conscience de l'énergie ténébreuse et agitée de Cade qui approche.

— J'en sais rien mais je… Qu'est-ce que je fais ? Qu'est-ce que je lui dis ? panique-t-elle, désespérée.

— Contente-toi de garder ton sang-froid et quoi qu'il arrive, *ne le tue pas*. Daire nous a clairement ordonné de s'abstenir pour l'instant.

J'ai à peine prononcé ces mots qu'une silhouette indistincte apparaît à côté de Lita et s'avance pour l'enlacer, mais cette dernière s'empresse de l'en dissuader.

— Tu peux toujours rêver, Richter, lâche-t-elle en le repoussant, une main plaquée sur son torse. Ce feuilleton-là a été arrêté et il n'y a pas de rediffusion prévue.

Il part d'un petit rire qui se veut intime mais qui, au final, fait froid dans le dos.

— J'arrive pas à croire que tu dises ça après tous les bons moments qu'on a eus ensemble. Ne me dis pas que tu as déjà oublié ?

— Si, bizarrement, j'ai un trou.

— Je me ferais un plaisir de te rafraîchir la mémoire, si tu veux.

Il se penche encore vers elle, ce qui oblige Lita à s'incliner si loin en arrière qu'elle est à deux doigts de basculer de son tabouret.

— Fiche-moi la paix, Coyote, se défend-elle en gardant ses distances. Tu empestes la cigarette, la méchanceté et le diable. Ça doit être l'odeur de ton âme.

Cade renverse la tête en arrière pour laisser échapper un hurlement tapageur.

— *Coyote*, hein ?

Il baisse le menton, se passe la main dans les cheveux.

— D'où est-ce que tu sors ça ? raille-t-il en me coulant un regard. C'est la petite aveugle qui te raconte des histoires ?

Il garde un ton enjoué mais son énergie le trahit. Elle est sombre, menaçante, destinée à intimider.

Lita rebascule en avant en armant sa main comme si elle était prête à le gifler.

— Espèce de petit… commence-t-elle, mais elle est subitement coupée dans son élan car il lui saisit le poignet.

— J'ai toujours aimé ton côté bagarreur.

Il la serre plus fort et l'attire contre lui, si près que je ne sais pas trop s'il va l'embrasser ou la mordre.

— Si tu veux qu'on évoque le bon vieux temps, chérie, je peux t'emmener dans un endroit beaucoup plus tranquille.

Elle se dégage et s'écarte loin de lui.

— Il est temps que tu te tires, suggère-t-elle d'un ton sans appel. Tu as dépassé la durée de ta visite, alors retourne donc faire semblant de pleurer la mort de ton frère, d'accord ?

— J'ai fait mon deuil, rétorque-t-il. Comme on dit, la vie est faite pour être vécue, pas vrai ? Du reste, tu peux toujours essayer de ne pas t'énerver, le fait est que je t'ai vue me regarder, Lita. J'ai vu cette lueur dans tes yeux. Je pensais que tu étais prête à me présenter des excuses.

Je me concentre de toutes mes forces sur l'énergie de Lita pour essayer de la soumettre à la mienne. Paloma vient seulement de m'apprendre cette technique et s'il y a bien une occasion où je dois m'en servir, c'est maintenant. Cade est en train de lui lancer un hameçon bardé d'appâts, or Lita ne peut pas se permettre d'y mordre, pas même un tout petit peu.

— C'était Phyre que je regardais, pas toi.

Contenue par la mienne, son énergie s'apaise.

— Phyre ? s'étonne Cade avec un rictus amusé. Qu'est-ce qui te prend, Lita ? Tu n'arrives pas à me trouver de remplaçant alors tu t'es dit que tu allais essayer les filles ?

Il éclate de rire avec l'air de trouver ça réellement amusant.

— À moins que ça t'agace de la voir revendiquer ta place aussi facilement ?

Lita soupire et grogne en guise de réponse.

— Ta fierté en prend un coup, c'est parfaitement compréhensible. Je dois reconnaître que j'ai jamais vu quelqu'un accéder aussi vite au sommet de la popularité. Ce genre d'humiliation ne serait jamais arrivé quand tu sortais avec moi. Malheureusement, tu t'es habituée à ce côté intouchable, pour toi ça allait de soi. Tu ne te rendais pas compte que tu menais la belle vie quand tu étais sous la protection de tout le clan Richter. Mais désormais, lâchée toute seule dans la nature… tu n'imagines pas à quel point tu es devenue vulnérable.

Son discours est glaçant. Un effet tout à fait voulu de sa part. Et pour la première fois depuis qu'il s'est joint à nous, Lita baisse la garde et je la sens à bout de nerfs.

Cade le remarque aussi et en profite pour ajouter :

— Je suis prêt à te pardonner mais décide-toi vite. Si tu t'obstines à fréquenter ce genre de personnes… prévient-il en haussant le sourcil dans ma direction, malheureusement je ne pourrai plus faire grand-chose pour te protéger.

— Je n'ai pas besoin de ta protection ! soutient Lita avec hargne.

Sauf qu'elle n'est ni sereine ni sûre d'elle et que Cade le perçoit aussi distinctement que moi.

— Le temps presse, Lita. Ton temps de grâce va bientôt s'écouler.

— Et notre temps ensemble s'est écoulé de façon définitive, alors va donc retrouver Phyre. Je suis sûre qu'elle est plus disposée que moi à ne pas tenir compte de ta sale haleine de coyote.

Esquissant un large sourire, il porte la main tendue à hauteur du front comme pour la saluer.

— Comme tu voudras. Mais ne viens pas me faire une scène quand tu nous verras ensemble. N'oublie pas : tu aurais pu être à sa place.

Il commence à s'éloigner, ce qui m'apparaît comme une petite masse grise se dirigeant vers l'autre côté de la salle, quand subitement il se frappe le front d'un geste théâtral, pivote sur lui-même et rebrousse chemin jusqu'à nous. Ça, c'est ce qui s'appelle une feinte bien calculée.

— J'allais oublier, j'ai un cadeau pour toi, Lita.

Il plonge la main dans sa poche et lui tend une petite pierre foncée et sinistre.

— C'est une tourmaline, explique-t-il en l'invitant à la prendre.

— Pourquoi j'accepterais un cadeau de ta part ?

Mal à l'aise, elle change de position sur son tabouret en gardant les mains sur les genoux, refusant de s'en emparer.

— Parce que c'est une pierre fine très rare et d'une grande valeur. Je comptais te l'offrir avant que tu me plaques. Voilà, je l'ai dit. Tu m'as plaqué et j'en ai eu le cœur complètement brisé. J'ai mûri, tu vois ? Je suis capable d'admettre que c'est toi qui es partie et que ton départ m'a anéanti. Tu ne me croiras sûrement pas mais c'est important pour moi de te rappeler que, non, tous nos moments ensemble n'ont pas été aussi mauvais que tu es résolue à le penser. J'espère que cette pierre, que je t'offre sans condition, t'aidera à ne pas l'oublier.

— Je sais d'où elle vient, rétorque Lita.

— Je n'en doute pas.

Il tourne la tête vers moi en faisant claquer sa langue, puis revient à Lita en baissant la voix.

— Ne sois pas bête. Ne laisse pas ta fierté entraver ton bon sens. Accepte-la ne serait-ce que parce qu'elle a beaucoup de valeur et que tu pourras la revendre si tu le souhaites. Cela dit, j'espère que tu la garderas. Ça signifierait beaucoup pour moi.

— Raison de plus pour la balancer aux toilettes, réplique-t-elle en le regardant la poser devant elle sur la table.

— C'est toi qui vois, conclut-il en haussant les épaules, mais j'espère que tu changeras d'avis.

Il tourne les talons tandis que Lita lève le bras et vise l'arrière de son crâne avec la pierre. Mais je la retiens juste à temps.

— Mais quoi ? Je me fiche que ce caillou ait de la valeur ! Tu crois vraiment que j'ai envie de la garder ?

— Non. Mais ça pourrait intéresser Paloma, je lui dis en chuchotant.

— Pourquoi ? Qu'est-ce que tu *vois* ?

— Toi d'abord. Je ne veux pas t'influencer avec mes impressions. Décris-la exactement telle que tu la vois.

Elle repose la pierre sur la table et se met à la faire rouler de gauche à droite.

— Elle est de taille assez grosse, ce qui est étonnant car elle doit sûrement valoir une fortune, comme il l'a dit. Elle brille, elle est parfaitement polie et taillée. À première vue, elle n'a aucun défaut mais bon, je peux pas le certifier. Ah, et elle est d'un bleu profond. Assez hypnotisant, d'ailleurs. Du moins, ça le serait si j'ignorais sa provenance.

— C'est tout ?

— En un mot, oui. Pourquoi… comment tu la perçois, toi ?

— Pour moi, c'est tout le contraire. On dirait une grosse boule sombre, terne et menaçante.

Lita a un brusque mouvement de recul.

— Eh bien, j'en veux encore moins, maintenant ! s'exclame-t-elle tandis que je ramasse rapidement la pierre pour la ranger. Et je t'interdis aussi de la garder. À mon avis, cette pierre est dangereuse, on devrait s'en débarrasser.

— T'inquiète pas. Les Richter ne peuvent pas m'atteindre. Et puis, je n'ai pas l'intention de la garder. Je me dis qu'on peut passer la déposer à Paloma en partant d'ici et voir ce qu'elle en pense.

— Dans ce cas, on y va ?

Je lui fais non de la tête.

— Pas maintenant, Greyson vient d'arriver.

Vingt-six

Daire

Au moment d'atteindre le dernier vortex, je m'arrête et me tourne vers Axel.

— Bon, c'est là où ta présence devient plus un problème qu'une solution.

Il me dévisage d'un air ébahi.

— Je ne suis pas sûr de comprendre.

— Eh bien, pour commencer, est-ce qu'au moins tu as le droit de te balader dans le Monde Intermédiaire pour une durée prolongée ? je l'interroge en pensant à la fois où le loup de Paloma était venu ici pour nous aider à récupérer son âme.

Il était devenu de plus en plus faible à mesure que son séjour se prolongeait, ce qui avait obligé Leftfoot à le renvoyer précipitamment dans le Monde Souterrain dès que la tâche avait été accomplie. Mais je ne peux pas courir le risque que ça se reproduise aujourd'hui. Après tout le mal que j'ai eu à m'enfuir du Monde Supérieur, il ne faut pas compter sur moi pour le ramener là-bas en quatrième vitesse.

— Je ne suis pas un animal, se défend-il, en se mettant à l'écoute de mes pensées.

— C'est vrai, tu es un Mystique. Un Mystique qui lit dans les pensées.

Il hausse les épaules, manifestement sans avoir la moindre idée du caractère agaçant, pour ne pas dire indiscret, de cette manie qu'il a d'écouter mentalement aux portes.

— Et ensuite, quelle est l'autre chose qui te préoccupe ?

— Je ne sais pas comment t'expliquer.

— Je ne suis pas sûr qu'une explication soit nécessaire.

Je ronchonne, frustrée de ne pas avoir pu gérer le retour avec Dace toute seule. Je ne supporte pas l'idée d'avoir une dette envers Axel et j'ai hâte qu'on n'ait plus rien à faire ensemble.

— La seule entrée que je connaisse, c'est par le Terrier du Lapin, et généralement c'est bondé. Du moins, ça l'était au moment où je suis partie. Donc, non seulement c'est dangereux pour Dace, car je ne peux pas prendre le risque que les Richter le voient dans cet état, mais en plus aux yeux des gens tu vas peut-être paraître un peu bizarre. Ils vont voir un type en robe, pâle comme la mort et aux yeux d'une couleur inhabituelle : pas vraiment de quoi te fondre dans la masse.

— Je vais me débrouiller, objecte-t-il.

Puis devant mon air sceptique, il ajoute :

— Je t'assure. Considère que le problème est réglé. Passe devant, je te suis.

— À toi l'honneur, je réponds en désignant le voile vaporeux devant nous, dernier d'une longue série.

D'un geste, Axel insiste pour que je passe la première mais pour moi c'est inenvisageable.

— N'y compte pas. Je préfère t'avoir devant moi que dans mon dos.

— Ce serait plutôt à moi de dire ça, non ?

Arquant le sourcil, il me défie de son regard mauve pénétrant. Cependant, il se montre conciliant et franchit le vortex en tenant Dace fermement contre lui, tandis que je m'avance pour les suivre.

— Il est tard, constate Axel qui arrive en premier dans le couloir. Ou tôt, selon le point de vue. Mais dans les deux cas, l'endroit est désert.

— Peut-être, mais il est truffé de caméras de surveillance, je lui dis en me rappelant que, la première fois où j'étais venue ici, je m'étais permise d'entrer dans le bureau de Leandro pour récupérer mon portable mais étais tombée sur Cade qui était alors absorbé par la contemplation d'un mur d'écrans retransmettant toutes les allées et venues à l'intérieur du club.

— Ne t'inquiète pas, ils ne peuvent pas me voir.

— Comment tu le sais ?

— Parce que la majorité des gens ne me voit pas.

Je le scrute, pas convaincue pour un sou.

— C'est à cause de la façon dont la lumière se réfracte autour de moi. Seuls ceux qui sont censés me voir y parviennent.

Je fronce les sourcils.

— Mais je te rappelle que tes pouvoirs ne fonctionnent pas ici.

— C'est pas une question de magie, c'est juste… *moi*, la façon dont je suis constitué.

— Pourtant Cade t'a vu, j'insiste, refusant de céder si facilement.

— Et je n'ai pas d'explication à cela à part que les circonstances étaient particulières. Cela dit, si je le recroise, je suis certain qu'il ne me verra pas.

Je le regarde, méfiante.

— Sûr à quatre-vingt-dix-neuf pour cent, ajoute-t-il.

N'ayant pas d'autre choix que de tenter notre chance, on se faufile à l'intérieur du club, subitement confrontés à un deuxième problème lorsque je prends conscience qu'il n'y a pas moyen de sortir d'ici sans déclencher une alarme.

Il faut absolument que je me trouve un autre portail d'accès ! Ce n'est pas la première fois que je me fais cette réflexion.

— À mon avis, vu que les Richter contrôlent la ville et tous ses habitants, fait remarquer Axel, ils ne s'encombrent pas de ce genre de précautions.

Il n'a pas tort. Néanmoins, je continue de retenir mon souffle jusqu'à ce qu'il ait ouvert la porte d'entrée en grand, prouvant que sa déduction était juste.

Alors qu'on traverse le parking, à mi-chemin de la camionnette de Dace (Axel jure qu'il n'a pas besoin de clé pour la faire démarrer), j'aperçois le vieux break cabossé d'Auden garé à quelques places de là. Submergée de soulagement, je constate alors que mes amies n'ont pas tenu compte de mon conseil et ont décidé de m'attendre.

Je tape un petit coup au carreau côté conducteur et jette un œil à l'intérieur. Assis devant, Auden et Xotichl discutent avec Lita et un garçon qui me dit vaguement quelque chose, installés sur la banquette arrière.

Lita, qui nous voit la première, ouvre brusquement sa portière et sort d'un bond du véhicule, ses yeux noirs se mettant à pétiller et un grand sourire égayant son visage en découvrant Dace. Mais ensuite, remarquant sa blessure et son piteux état, elle se tourne vers moi l'air bouleversé.

— Qu'est-ce qui s'est passé ? Est-ce qu'il va bien ?

— Ça va aller. Mais pour ça, il faut qu'on rentre vite chez Paloma.

Je lance un regard prudent vers son ami à l'arrière, refusant d'en dire davantage avant de savoir qui c'est, *et encore.*

— Lui, c'est Greyson, fait Lita en le désignant du pouce tout en regardant fixement sur ma droite. Et vous, vous êtes qui ?

Furieuse, je dévisage Axel d'un air accusateur. C'est ça qu'il appelle la réfraction de la lumière !

Mais avant que l'un de nous ait le temps de répondre, Auden et Xotichl sortent de la voiture et se précipitent vers Dace. N'ayant visiblement pas remarqué qu'Axel l'aide à se tenir debout, ils lui foncent dessus, ce qui oblige ce dernier à s'écarter d'un bond sous l'effet de la surprise. Toujours dans les vapes, Dace tangue sur place, appuyé contre lui.

— C'est lui, l'ami que vous attendiez ? On dirait qu'il a bu un coup de trop, commente Greyson en venant se poster à côté de Lita.

C'est sûr que, vu comme ça, Dace a effectivement l'air de payer les frais d'une rude nuit d'excès.

— T'inquiète pas pour lui, je dis en m'avançant pour prendre la place d'Axel et caler Dace contre moi.

À mon ton cassant, mes amis comprennent qu'ils ne doivent rien dire de plus tant que Greyson sera là.

— Il n'empêche qu'on a besoin de quelqu'un pour nous reconduire chez Paloma, j'ajoute en glissant un regard entendu à Auden.

Ni une ni deux, ce dernier grimpe à nouveau derrière le volant. Xotichl s'installe à côté de lui tandis que Greyson dit au revoir à Lita d'un air embarrassé ; manifestement, il brûle d'envie de l'embrasser mais il se contente finalement d'une poignée de main.

Dace et moi nous installons dans le grand coffre du break pendant que Lita s'octroie la place à côté d'Axel sur la banquette juste devant nous et le salue en l'appelant par son prénom.

Je sursaute.

Axel devient encore plus pâle qu'il ne l'est déjà.

Xotichl incline la tête vers nous, tandis qu'Auden jette un coup d'œil dans le rétroviseur pour essayer de comprendre à qui elle s'adresse.

— J'ai loupé quelque chose ou quoi ? demande-t-il alors que Xotichl change de position pour se retourner face à eux.

— Non, je soupire. Il y a bel et bien un homme invisible assis à l'arrière de ta voiture. Je peux le voir, Dace peut le voir et, de toute évidence, Lita aussi.

— Difficile de ne pas remarquer un garçon aux cheveux blond platine, au teint pâle et aux yeux mauves. J'ai tout de suite su que c'était toi.

Elle le pousse doucement du doigt.

— Tu es exactement tel que Daire t'avait décrit, ajoute-t-elle en le dévorant des yeux, un peu trop à mon goût.

Je m'apprête à intervenir pour détourner son attention lorsque je surprends une lueur dans le regard d'Axel qui la contemple à son tour.

Vingt-sept

Daire

Après avoir appelé Paloma pour la tenir au courant de la situation et la prévenir de notre arrivée, je rejoins mes amis pour faire le point avec eux.

— Bon, on en est où ? Des nouvelles de Cade ? je demande en surveillant Dace du coin de l'œil.

Sa respiration saccadée m'inquiète, tout comme le fait que sa peau soit encore froide et moite en dépit de mes tentatives pour le réchauffer.

— Ça, pour l'avoir vu… On lui a même parlé.

Lita me lance un regard.

— Il était tout mielleux et il a essayé de m'embobiner pour qu'on se remette ensemble. J'hallucine !

Elle glisse un regard à Axel qui est assis à côté d'elle, un sourire au coin des lèvres, et je ne sais pas ce qui m'ennuie le plus : le fait que Cade essaie de la reconquérir ou la façon dont elle exploite ça pour attirer l'attention d'Axel.

— Il t'a draguée devant le garçon avec qui tu sortais ? je demande de façon peu équivoque. C'est plutôt gonflé, même venant de Cade.

— Greyson est arrivé après.

Lita me regarde puis regarde Axel.

— Et d'abord on n'était pas ensemble. Du moins, pas à mon sens…

Elle n'a pas le temps d'en dire plus que Xotichl la coupe :

— Bref, ça nous avance pas beaucoup, par contre, *ça*, ça peut nous intéresser.

Elle glisse quelque chose à Lita et la pousse à me le passer.

— C'est une tourmaline, explique-t-elle pendant que je fixe la pierre qui scintille dans ma paume. Qu'est-ce que t'en penses ? Tu perçois quelque chose ?

Je me concentre sur la pierre pour essayer d'en tirer un maximum d'informations et remarque qu'elle dégage une chaleur inquiétante ; mais c'est peut-être parce qu'elle était dans le sac de Xotichl ou parce que je me suis habituée au contact glacial de Dace. Ma seule certitude, c'est qu'elle provient de la sinistre exploitation de Cade.

— Je ne sais pas trop…

Grimaçant, je continue mon observation sans réussir à déceler la moindre anomalie.

Du moins en apparence.

Cette pierre n'est sûrement pas aussi banale qu'elle en a l'air. Cade n'est pas connu pour être quelqu'un de généreux. Le cadeau d'un Coyote n'est jamais gratuit.

— Est-ce qu'il a dit *pourquoi* il te l'offrait ?

Je serre la pierre dans mon poing en fermant les yeux et m'efforce d'obtenir une impression plus forte mais sans succès.

— Je suppose que je lui manque et qu'il n'imagine pas l'avenir sans moi.

Lita glisse un autre coup d'œil à Axel.

— Alors il est déterminé à me récupérer et il a cru qu'une pierre précieuse ferait l'affaire. Comme si on pouvait m'acheter aussi facilement. Je rêve.

Ça a bien marché avec Marliz. L'image de cette dernière contemplant la nouvelle bague de fiançailles en tourmaline que Gabe lui a offerte me traverse subitement l'esprit.

— Cette pierre dégage une énergie inquiétante, fait remarquer Xotichl, interrompant ma réflexion. Je n'arrive pas très bien à la déchiffrer, mais je me suis dit qu'on pourrait l'apporter à Paloma pour voir ce qu'elle en pense.

Je continue de soupeser la pierre.

— Pour moi, elle dégage de la chaleur. C'est tout ce qu'elle m'inspire. Mais remarque, je n'ai pas ton talent pour déchiffrer les énergies.

— Tu permets ? s'immisce Axel en me la prenant des mains.

La bouche pincée et sombre, il l'examine avec sérieux.

— Tu la trouves chaude mais moi c'est tout le contraire, presque comme si elle sortait du réfrigérateur ou quelque chose comme ça.

— C'est l'effet que ça m'a fait aussi.

Lita sourit, une lueur enjôleuse dans le regard.

— Je l'ai trouvée froide comme le cœur de Cade Richter. Raison de plus pour m'en débarrasser au plus vite.

D'un geste vif, je reprends la pierre à Axel et la fourre au fond de mon sac.

— Je vais la montrer à Paloma, on verra bien ce qu'elle en pense, je conclus en ouvrant la portière dès que j'aperçois le portail bleu, sans laisser le temps à Auden de s'arrêter comme il faut.

Paloma nous accueille sur le perron, le visage grave. Jetant un coup d'œil inquiet à la silhouette meurtrie et inconsciente de Dace, elle nous presse de la suivre dans son bureau où on l'allonge sur la banquette qu'elle garde pour les cas les plus graves. Puis on s'écarte discrètement pour lui laisser la place de travailler.

— Où est-ce que tu l'as trouvé ? questionne-t-elle.

Une fois les forces de Dace évaluées, elle s'essuie les mains sur sa robe d'intérieur et commence à s'affairer avec ses nombreux bocaux de potions et d'herbes.

Face à son air sombre, je réponds d'une voix tremblante :

— Comme prévu… dans une dimension sinistre, tout au fond du Monde Intermédiaire. Tu connais ?

Avec un bref signe de tête, elle s'occupe de remplir une cuvette d'eau purifiée tout en me chargeant de sortir un torchon propre du tiroir près de l'évier et de m'en servir pour nettoyer Dace.

Je sais que c'est histoire de m'occuper, de me calmer les nerfs et de me faire oublier un peu mes nombreux soucis qui ne cessent de s'accumuler. N'empêche, je suis bien contente d'avoir quelque chose à faire, alors je m'empresse de m'exécuter.

— Il est resté inconscient pendant tout le trajet, je raconte en passant délicatement le torchon humide sur le front de Dace et sur ses joues pour enlever une croûte de sang séché et de terre épaisse et tenace. Mais ça valait mieux, crois-moi. Par contre, t'affole pas s'il a un comportement bizarre au réveil. Il est vraiment traumatisé et persuadé qu'il rêve.

La voix entrecoupée, je me rappelle son air hagard quand je l'ai retrouvé, incapable d'imaginer toutes les horreurs dont il a été témoin.

— Mais tu as quand même réussi à le ramener jusqu'ici toute seule ? s'étonne Paloma en m'interrogeant du regard.

Je lui fais non de la tête et replonge le torchon dans la cuvette en voyant l'eau s'assombrir aussitôt d'une teinte rouge tirant sur le brun.

— Axel était là. J'y serais pas arrivée sans lui.

Un peu amère par cet aveu, je lui montre Axel du pouce, désignant l'endroit où il se tient près du mur. Paloma tourne la tête et scrute au loin, les yeux plissés.

— Tu ne le vois pas ?

Sidérée, je la vois confirmer d'un signe de tête.

Paloma ne peut pas le voir mais Lita si *?*

— Peu importe, me rassure-t-elle. Je n'ai pas besoin de le voir pour utiliser ses talents de guérisseur.

J'avise Axel en fronçant les sourcils.

— Ses pouvoirs sont détraqués. Ils ont plutôt l'effet inverse.

Pas question qu'il touche à Dace. Pas après ce qu'il a fait à cet arbre !

Mais Paloma ne tient pas compte de ma remarque et demande à Axel de la rejoindre, tandis qu'elle applique un épais cataplasme à base de plantes sur les blessures de Dace.

— Il est là ?

Esquissant un geste sur sa droite, elle devine la présence d'Axel dès qu'il s'approche.

— Oui mais, *abuela*, il faut que tu saches que ses pouvoirs…

— Je n'ai pas besoin de ses pouvoirs mais de sa volonté, dit-elle pour couper court à mes objections. Ce sont les guides spirituels qui nous permettent d'accomplir des guérisons. Je n'ai recours à aucune magie, *nieta.* Mon rôle est de canaliser leur énergie guérisseuse, c'est tout. Axel et toi tenez beaucoup à Dace, ça au moins, c'est évident. Et puisque l'amour est la force la plus influente de l'univers, j'aimerais que vous vous concentriez tous les deux sur ce sentiment pendant que je me charge de diriger cette force sur les blessures de Dace.

Puis elle se tourne vers moi en ajoutant :

— Un Chasseur a toujours un outil à disposition, *nieta.* Même dans les moments les plus noirs. Parfois tout ce dont on a besoin, c'est d'une bonne dose de volonté.

— Parfois ? Tu veux dire comme maintenant, c'est ça ?

Stridente, trop pressée, ma voix la supplie de me rassurer et de me dire que tout ira bien, mais c'est une promesse qu'elle ne peut tout simplement pas me faire. Au lieu de ça, Paloma m'invite à donner la main à Axel et dans un premier temps, évidemment, j'hésite. Un lien occulte unit les deux frères, autrement dit remettre Dace sur pied aura aussi un effet revigorant pour Cade. Néanmoins, devant l'insistance presque sévère de Paloma, je finis par attraper la main d'Axel et fermer les yeux en projetant tout l'amour que j'éprouve pour Dace vers sa silhouette inerte.

VINGT-HUIT

DACE

Une vive onde de chaleur se propage du sommet de mon crâne jusqu'à mes plantes de pied, m'enveloppant le corps et me brûlant les entrailles avec la même intensité.

Sonné, je lève péniblement la tête et décompte deux paires de mains voltigeant au-dessus de mon corps, dont les paumes des plus grandes sont étonnamment lumineuses.

— On y est presque… Accroche-toi… m'encourage une voix familière juste avant qu'une autre décharge déferle en moi.

Le choc est si violent que je secoue la tête et serre les poings en me raidissant, si fiévreux que je ne suis pas sûr de tenir le coup.

Mais mes craintes sont dissipées quand soudain je sens mon corps se rafraîchir et se relâcher et vois les quatre mains s'écarter au son d'une voix hésitante :

— Dace ? Est-ce que ça va ?

Doucement, quelqu'un me caresse la joue et, lorsque j'ouvre les yeux, je découvre une fille très belle aux yeux vert vif qui se mord la lèvre avec anxiété.

Cette vision à elle seule suffit pour que je me redresse d'un bond et la prenne dans mes bras. Je la serre tout contre moi pour m'abreuver de sa présence et m'assurer qu'elle est vraiment là et que je ne suis pas simplement en train de rêver.

Les mains dans sa nuque, je glisse les doigts dans ses mèches soyeuses. Je mourais d'envie de la revoir depuis si longtemps… Je redoutais que ce moment n'arrive finalement jamais. Mais à présent que son visage est blotti dans mon cou et que je respire son parfum sucré, j'ai la certitude qu'elle est bel et bien ici, cramponnée à moi aussi farouchement que je le suis à elle.

Nos sentiments l'un pour l'autre sont tout aussi sincères et profonds.

À moins que ce ne soit qu'un souvenir ancré en moi ?

Comme si elle percevait ce revirement de pensée, Daire est la première à s'écarter. Et dès l'instant où elle plonge ses yeux dans les miens, on ne peut plus se voiler la face.

Je suis toujours privé d'âme.

Or sans elle, je ne peux pas ressentir pleinement les choses.

Je la vois, je la sens, mais c'est comme si quelqu'un d'autre vivait cette étreinte à ma place.

Comme si j'observais la scène de loin.

Comme si une barrière invisible se dressait entre nous.

Comme si j'énumérais une liste d'émotions que je devrais ressentir au lieu de les vivre réellement.

Son regard sombre, inquisiteur, cherche dans le mien une intensité, une lueur qui a disparu.

Un immense vide occupe désormais l'ancienne demeure de mon âme.

Pourtant, mon cœur bat toujours. Et, exactement comme avant, il ne bat que pour elle.

Pour l'instant, c'est tout ce qu'il me reste.

Je devrai faire avec.

— Comment tu te sens ?

Elle refoule son chagrin d'un battement de paupières et pose une main hésitante sur ma joue.

— Beaucoup mieux.

J'esquisse un sourire forcé pour essayer de la convaincre, elle y répond par un regard encourageant. La bouche entrouverte, elle s'apprête à dire quelque chose quand un bruit de mouvement confus se fait entendre à l'entrée et Chepi arrive en trombe dans le bureau, suivie du reste des anciens.

Elle se jette sur moi pour me serrer dans ses bras dans une effusion de cris et de larmes en murmurant des mots tendres dans notre langue maternelle.

Je lui frotte doucement le dos pour l'apaiser, horrifié par la façon dont ses omoplates ressortent. Des ailes d'anges, elle appelait ça. Chaque fois que je tombais malade étant enfant, elle jeûnait, priait et dépérissait lentement jusqu'à ce que je me rétablisse.

— *Mama*, je t'en prie. Il n'y a pas de quoi pleurer. Je suis revenu et je suis sain et sauf. Guéri. Et très bientôt je récupérerai mon âme, ce n'est qu'une question de temps.

À l'évocation de mon âme disparue, elle s'écarte brusquement et me fixe dans le blanc des yeux. En ayant la confirmation de ce que je viens de dire, elle fait volte-face vers Daire :

— Tu avais promis de récupérer son âme !

Je m'apprête à intervenir mais, à son honneur, Daire se défend élégamment, sans même broncher.

— J'avais promis de le retrouver, ce que j'ai fait. Récupérer son âme est ma priorité numéro deux.

Troublée, fâchée, Chepi marmonne de façon totalement incompréhensible.

— Je te ramène à la maison, décrète-t-elle en me tirant par la taille. Tu as fait un long voyage, il faut que tu te reposes.

Je lui attrape les mains en les serrant et la maintiens dans cette position, encaissant sa colère jusqu'à ce que son expression s'adoucisse, que ses épaules se relâchent et qu'elle soit assez calme pour m'écouter.

— S'il te plaît, *mama*, arrête, je n'ai pas besoin de repos. Je suis guéri, en pleine forme. Je peux me débrouiller tout seul. Je me suis assez morfondu comme ça. Je dois d'abord récupérer mon âme et ensuite m'occuper de Cade. De toute façon, je ne trouverai pas le repos avant que ce soit fait.

— Tu te sens en pleine forme *pour l'instant*, mais qui sait combien de temps ça va durer ?

Chepi lance un regard à Paloma, apparemment sans remarquer Axel qui se tient à côté d'elle.

— Grâce à un petit coup de main de nature divine, les blessures de Dace ont cicatrisé.

Paloma affiche un vague sourire en fixant son attention sur moi.

— J'ai refermé tes plaies et t'ai fait boire une infusion médicinale très forte. Tu dois ressentir de grosses bouffées de chaleur…

Je lui fais signe que oui. C'est costaud, ça, on peut le dire. Mais je gère.

Elle hoche la tête, satisfaite.

— On va se fier à ta température pour surveiller ton état, explique-t-elle. Quand tu commenceras à avoir moins chaud, c'est qu'il sera temps de reprendre de l'infusion. Si tu attends trop et que ta température corporelle refroidit… eh bien, j'ai peur qu'on soit obligé de tout recommencer.

Elle me fixe attentivement pour bien me faire comprendre qu'elle ne plaisante pas.

— Donc c'est tout ?

Je me fends d'un mince sourire.

— Quand le moteur sera froid, ce sera l'heure de la mise au point ? je résume, traduisant sa mise en garde dans un jargon de mécano que je comprends mieux.

— Combien de temps ça va faire effet ? demande Daire en se mordillant la lèvre du bas.

— C'est une dose assez forte…

Le regard d'Axel oscille entre Daire et moi.

— Mais je peux rien affirmer.

— Peu importe, ça fera l'affaire, je les coupe, pressé de partir et d'utiliser mes forces tant que j'en ai.

Mais Axel n'est pas convaincu et me dévisage, l'air blême et préoccupé.

— À qui vous parlez ? s'agace Chepi en balayant la pièce du regard, les yeux plissés.

— À Axel, le guide spirituel de Dace. Il est ici, répond Daire pour essayer de la rassurer.

En vain.

— Mais ils apparaissent uniquement quand une personne est censée mourir ! panique Chepi en me serrant à nouveau de toutes ses forces.

— Normal, j'aurais dû mourir.

Devant son regard peiné, je regrette aussitôt mon manque de tact.

Cependant, inutile de lui mentir. Elle a le droit de savoir.

— Mais finalement je ne suis pas mort, tu vois. J'ignore pourquoi, mais j'ai survécu. Donc maintenant je compte bien en profiter à fond.

— Je comprends ton empressement mais on est au beau milieu de la nuit, tempère Leftfoot en me faisant les gros yeux. Tu en as assez vu pour aujourd'hui. Pourquoi ne pas suivre le conseil de Chepi ? Ça ne changera pas grand-chose que tu te reposes quelques heures.

Je scrute le vieux sorcier. Il est rare que je ne suive pas ses conseils. Mais aujourd'hui, ce sera le cas.

— On n'a pas le temps… je dois me servir de mes forces tant que j'en ai ! je proteste catégoriquement, déjà sur le départ.

— Est-ce que tu sais où chercher, au moins ?

Son ton n'est ni sarcastique ni dédaigneux, c'est une simple question.

Et mon silence en réponse prouve que non, je ne sais pas.

— Mieux vaut ne pas t'épuiser en te dispersant. Laisse-moi d'abord préparer le terrain et tu interviendras au moment-clé. Allons, Dace...

Il glisse un bras sur mes épaules et me donne une petite tape dans le dos.

— Rentre avec nous à la réserve. Daire et toi pourrez repartir à l'aube.

Je reconnais bien là Leftfoot. Il faut toujours qu'il essaie de me séparer d'elle. Du coup, j'en viens à me demander s'il ne se doute pas depuis le début que l'amour qui m'unit à elle permet à mon monstre de frère de renforcer ses pouvoirs. Pour autant, j'ai beaucoup d'admiration et de tendresse pour lui. Tout ce que je sais, je le tiens de lui. Il a toujours été comme un père pour moi.

— Allez-y, suggère Chay en soutien à Leftfoot, moi, je reste ici avec Paloma. On va commencer les préparatifs cette nuit pendant que Daire dort un peu.

Il me sourit d'un air si bienveillant et sincère que je me sens incapable de protester.

— Dans quelques heures, vous serez reposés, vous aurez les idées claires et pourrez repartir en sachant quelle direction suivre. Qu'est-ce que vous en dites ?

Je consulte Daire pendant que Chepi et Paloma murmurent en signe d'approbation.

— OK...

Je me dis que ça ne sert à rien de prolonger le débat ; autant leur faire croire que je suis d'accord, c'est plus simple.

Les anciens sont de précieux alliés, surtout quand ils font équipe. Seulement parfois, j'estime que c'est à moi de décider quand et comment agir.

Sans leur laisser le temps de réagir, je m'avance vers Daire pour la prendre dans mes bras. À la seconde où nos lèvres se touchent, tout s'efface jusqu'à ce qu'il n'y ait plus qu'elle et moi.

Notre baiser est à la fois tendre et passionné, car on sait tous les deux que, dès qu'il prendra fin, la gravité de la situation nous rattrapera.

Une seconde… ses lèvres remuent doucement au rythme des miennes.

Deux… son souffle ne fait plus qu'un avec le mien.

Trois… je serais prêt à tout pour cette fille.

C'est le serment que j'emporte avec moi en m'écartant d'elle à contrecœur et en quittant la maison de Paloma.

VINGT-NEUF

DAIRE

Au fond du jardin, Chay s'affaire à cueillir les herbes et les fleurs notées sur la longue liste que Paloma a dressée pendant qu'elle et moi nettoyons son bureau en virevoltant dans tous les sens avec une efficacité d'expertes.

Après un long silence, elle se tourne vers moi.

— Qu'est-ce qui ne va pas, *nieta* ? Dace est rentré, il va mieux et pourtant on dirait que tu broies du noir.

— Du noir, non…

Je pousse un soupir, honteuse de me laisser envahir par des tracas de second ordre malgré les points positifs qu'elle vient de citer.

— C'est plutôt du lavande que je broie.

Je range la cuvette dans le placard et me tourne face à elle.

— C'est à cause d'Axel. C'est Dace qui était censé mourir, pas moi.

— Donc tu penses qu'il a modifié le cours du destin ?

Sa voix est douce mais son regard, très perspicace.

— Et tu ne sais pas trop quelles sont ses motivations ?

Elle se hisse sur la pointe des pieds et peine pour ranger le dernier bocal. Comme je suis plus grande, je m'empresse d'approcher pour le poser là-haut à sa place.

— Disons que je me suis peut-être trompée sur ses intentions au début mais, maintenant qu'il les a expliquées, finalement j'ai encore plus de doutes. D'après lui, s'il m'a sauvée c'était pour sauver Dace. Mais d'un point de vue personnel, il a pris un gros risque en faisant ça et je ne sais pas trop quoi en penser. Ça me donne l'impression d'avoir une dette bizarre envers lui.

— Alors tu aurais préféré qu'il te laisse mourir ?

Je lui coule un regard de biais.

— Je sais, c'est idiot…

Appuyée contre l'évier, Paloma ouvre le robinet et rince sous un filet d'eau chaude le torchon que j'ai utilisé pour nettoyer le visage et les mains de Dace.

— *Nieta*, il faut bien que tu comprennes qu'Axel a été créé dans ce but. C'est son rôle de guider les autres. S'il a décidé d'agir contrairement à son credo, c'était en toute connaissance de cause et de son plein gré.

Je l'observe attentivement tandis qu'elle rince, essore et frotte le torchon jusqu'à ce qu'il ne reste presque plus de sang dessus et que l'eau qui ruisselle au fond de l'évier s'éclaircisse.

— Comment ça, il a été *créé* dans ce but ?

— Axel n'a jamais été humain, *nieta.*

Elle inspecte le torchon. Comme il reste des taches de sang, elle finit par le jeter à la poubelle.

— Mais je croyais que tu avais dit que le Monde Supérieur était peuplé d'êtres bienveillants, qui avaient vécu parmi nous et ensuite choisi de nous guider ?

— C'est le cas. Mais il existe aussi des êtres qui n'ont jamais revêtu de formes physiques.

Je fronce les sourcils, le temps d'assimiler.

— Mais comment tu peux en être sûre alors que tu ne le vois même pas ?

— Je n'ai pas besoin de le voir pour déchiffrer son énergie et comprendre ses intentions. Comment sont ses yeux, dis-moi ? D'une couleur surnaturelle ?

Grimaçant, j'acquiesce à contrecœur.

— Bleu lavande. D'où le fait que « je broie du lavande ».

— Une couleur qui n'existe pas. Je m'en doutais. Écoute, *nieta*, reprend-elle, Axel est seul maître de ses choix. Ce sont les décisions que nous prenons au tournant de nos vies qui nous façonnent. Axel a simplement fait un choix à un moment important de son existence.

— Autrement dit, dans le fond, c'est un ange rebelle plus qu'un guide ?

Paloma esquisse un vague sourire qui ne dure pas.

— Et pour couronner le tout, je crois qu'il en pince pour Lita.

Je n'essaie même pas de dissimuler mon agacement.

— Et apparemment, c'est réciproque.

Paloma me lance un regard non pas amusé mais alarmé, la mine défaite.

— Eh bien, espérons qu'ils reviennent tous les deux à la raison et vite. Ça ne pourra que mal finir.

Ce commentaire me refroidit. J'en viens à me demander si je ne devrais pas essayer d'avertir Lita ou au moins trouver le moyen de la détourner de lui.

— D'ailleurs, en parlant de Lita, j'allais oublier…

Je glisse le doigt dans ma poche pour attraper la tourmaline et la donner à Paloma.

— C'est Cade qui la lui a offerte. Lita n'en veut pas mais Xotichl trouve qu'elle dégage de drôles d'ondes et elle voulait avoir ton avis. Moi, je n'arrive rien à en tirer mais on s'est dit que tu percevrais peut-être quelque chose. Il y a beaucoup de tourmalines qui circulent en ville, j'ajoute en lui parlant ensuite de la bague de fiançailles de Marliz.

Paloma la prend entre deux doigts puis la soupèse au creux de sa paume.

— Ils veulent peut-être simplement vider leur stock, suppose-t-elle, bien que son expression trahisse une plus grande inquiétude. Cela dit, on sait bien que les Richter n'offrent jamais rien sans contrepartie. Avec eux, il y a toujours une arrière-pensée.

Elle range la pierre dans sa poche et me raccompagne au bout du couloir.

— Je vais regarder ça de plus près. En attendant, va te reposer un peu, *nieta.*

Elle me caresse la joue du revers de la main, puis replace une mèche solitaire derrière mon oreille.

— Je te réveillerai, promis. Je sais que tu as hâte de te remettre au travail, mais quelques heures de repos te feront du bien. Pendant ce temps, Chay et moi, on s'occupe de tout.

J'entre docilement dans ma chambre et, une fois la porte refermée, je plaque l'oreille contre le montant en bois. Le bruit des petits pas traînants de Paloma qui s'éloigne dans le couloir puis sa voix qui se mêle à celle de Chay dans le salon suffisent pour me donner le top départ. Je me rue vers la fenêtre, la fait coulisser et me glisse dehors dans la nuit glaciale.

Le gravier craque bruyamment sous mes semelles alors que je me réceptionne à pieds joints, mais au bout de quelques secondes, voyant que personne ne sort voir ce qui se passe, je fonce dans le patio, contourne discrètement l'arrière de la maison et traverse le jardin jusqu'au box de Kachina.

À en juger par sa façon de hennir à mon arrivée et de baisser la tête pour fourrer son museau contre moi, je devine que moi aussi, je lui ai manqué.

Presque tout l'inverse de mon chat adoptif qui me salue en faisant le gros dos et en crachant très clairement avant de décamper aussi sec.

— Visiblement il change pas, lui…

Je murmure à l'oreille de ma jument en caressant son encolure et les rayures parfaites de sa crinière marron et blanche.

— Ça te dirait qu'on fasse comme lui et qu'on file d'ici nous aussi ? Une petite promenade nocturne nous fera peut-être du bien.

Est-ce qu'elle a compris ? Ça, je ne peux pas l'affirmer à cent pour cent, mais le fait est que dès qu'elle me voit attraper sa bride et son mors, elle se met à piaffer d'enthousiasme de façon très claire.

Comme je ne veux pas perdre de temps à installer le tapis et la selle, je grimpe sur son dos à cru et la fait sortir du box, puis pars au galop vers la réserve où je retrouve Dace qui m'attend près du bosquet de genévriers tordus.

— Je me demandais si tu allais réussir à venir.

En voyant ses beaux cheveux bruns qui balaient ses épaules, le V étroit que forme son buste et son jean parfaitement ajusté, je ne peux résister à l'envie de sourire rêveusement.

Mais pas trop longtemps. Détournant le regard à contrecœur, je m'exhorte à rester concentrée et ne pas me laisser distraire. Il est peut-être toujours aussi musclé et sexy en apparence, sans son âme il n'est plus le même.

— Où est Axel ? je demande en scrutant l'obscurité pour voir si je l'aperçois quelque part.

— Il essaie de rentrer chez lui, répond-il en me tendant la main pour m'aider à descendre de Kachina.

Mais sa mine se décompose d'un air affligé en voyant la jument s'écarter de lui, une réaction qu'elle n'a jamais eue.

— Les animaux ne sont pas dupes, constate-t-il tristement, le regard impénétrable.

— Elle s'habituera, t'inquiète pas. Je vais lui expliquer…

Je tente de le rassurer sans trop y croire moi-même.

Mais Dace renonce et m'oblige à lâcher les rênes pour permettre à Kachina d'aller un peu plus loin.

— Laisse-la suivre son instinct. Je n'ai pas l'intention de rester comme ça encore longtemps. Je suis sûr qu'elle changera d'avis une fois que je serai redevenu moi-même.

Je ne réponds rien, subitement intimidée. Quoique très vite ma timidité succombe à l'attirance irrésistible que je ressens.

Chuchotant son nom, je me presse contre lui, si près que je sens son souffle sur ma joue. Le souvenir de notre baiser échangé dans le bureau de Paloma me revient et me donne terriblement envie de recommencer pour m'offrir entièrement à lui. Néanmoins, pour l'instant, je me contenterai de sa présence.

Ce n'est pas le vrai Dace.

Sans son âme, il n'est que l'ombre de lui-même.

Et ce regain d'énergie qui l'anime n'est que provisoire.

Qui sait combien de temps ça durera ?

Je ne dois surtout pas perdre ça de vue.

Aussi séduisant qu'il soit au clair de lune, je dois rester attentive, concentrée sur mon objectif.

Et tirer parti du peu de temps qu'il nous reste.

— Parle-moi de Phyre.

Ma question est un peu brutale, mais elle me paraît légitime. Lita et Xotichl se méfient d'elle et, tout comme Kachina, je me dois de suivre mon instinct.

— Il s'est passé quoi entre vous ? Pourquoi est-ce qu'elle est revenue ? Qu'est-ce qu'elle te veut ?

Sentant qu'il vaut mieux que je sois bien assise si je ne veux pas me trouver mal avant la fin de cette discussion, je me baisse pour m'installer par terre et m'adosser à un tronc d'arbre tordu.

Dace en fait autant, puis il tend le bras pour me prendre la main, la serre un peu en enlaçant nos doigts, et la laisse finalement retomber. Vu la chaleur que dégage sa main, sans doute due à son regain d'énergie, je songe, rassurée, que je devrais pouvoir repérer le moment où il commencera à faiblir.

— Il y a quelques années, on a été ensemble très peu de temps, voilà ce qui s'est passé.

Dace pousse un gros soupir comme si cette révélation lui avait demandé un gros effort.

— Comment ça, *ensemble* ? Tu peux être plus précis ?

Ma réaction est un peu plus brusque et affolée que voulu. Du coup, je sens le rouge me monter aux joues et mon ventre se nouer. Mais j'ai beau être horrifiée de passer pour la petite amie jalouse, j'ai besoin de détails et de savoir ce qu'il s'est passé entre eux.

Il se frotte le menton en plissant les yeux jusqu'à ce qu'ils ne soient plus que deux fentes.

— Eh bien, *ensemble*, quoi, répète-t-il d'un ton un peu penaud qui prouve bien l'ampleur de son embarras et ne fait que renforcer ma volonté de savoir.

— *Ensemble* comme on l'a été toi et moi ?

— Non.

Il se tourne face à moi, la mâchoire serrée, en me fixant de ses yeux bleu glacier.

— Je veux dire : *si*, on a couché ensemble, mais c'était sans comparaison avec ce qui s'est passé entre nous. Je t'en supplie, ne te compare pas à elle, Daire. Je te l'interdis.

— Ah parce que tu te souviens de nous, maintenant ?

Cette fois, ma réaction est un peu pitoyable et mesquine, typique de la petite amie en mal d'attention.

Il renverse la tête contre le tronc et ferme les yeux.

— Je me souviens de toute notre histoire, soupire-t-il. Chaque détail. Dès l'instant où je t'ai aperçue à la station-service, j'ai su que ma vie ne serait plus jamais la même. Je ne t'ai pas seulement dans la peau, Daire. Ton nom est gravé dans mon âme, jusqu'aux particules de mon ADN. Je me souviens même des rêves que je faisais de toi, bien avant de découvrir ton existence.

Mes épaules s'affaissent à l'évocation de ce rêve qui a tout déclenché. Je faisais le même. Ça démarrait toujours assez bien : on prenait du bon temps à la Source enchantée, quand tout à coup Cade débarquait puis se transformait en monstre et tuait Dace pendant que je le regardais faire, impuissante. Sauf que dans la version de Dace, c'était moi qui mourais. Du coup, je ne peux pas m'empêcher de me demander si ce rêve a émergé naturellement de notre inconscient ou si Cade en est l'auteur et s'est débrouillé je ne sais comment pour nous le souffler.

— Quant à la raison pour laquelle Phyre est revenue, j'en ai vraiment aucune idée, ajoute-t-il pour revenir à l'une de mes questions initiales. Mais je ne suis pas sûr qu'elle ait eu son mot à dire. Sa mère est portée disparue et présumée morte depuis des années et alors que ses sœurs Ashe et Ember sont parties vivre chez une tante, Phyre, bizarrement, a décidé de rester avec son père.

— Qu'est-ce qui lui a pris de faire ça alors que tout le monde dit qu'il est fou ?

Dace hausse lentement les épaules ; le mouvement est si langoureux et charmant que je dois détourner les yeux.

— Il est fou, c'est vrai. À l'époque, je pensais qu'elle était restée avec lui par pitié. Mais aujourd'hui, je n'en suis plus si sûr.

— C'est-à-dire ?

Il s'humecte les lèvres, se passe la main dans les cheveux. Manifestement, cette conversation le met vraiment mal à l'aise ; toutefois il semble bien décidé à me rassurer.

— La dernière fois que je lui ai parlé, le soir du réveillon de Noël, juste avant que je te suive dans le Monde Souterrain, elle m'a débité toute une histoire sur la fin des temps.

— La fin des temps ?

— Oui, une sorte de diatribe apocalyptique que son père prêche depuis des années. D'après lui, à la fin des temps, tous les pécheurs seront brûlés vifs, tandis que les justes resteront pour profiter des jours de gloire ou bien s'élèveront dans le ciel pour fêter ça là-haut… ou je sais plus quoi. Ce type est dingue. Complètement cinglé. Qui sait où il va chercher toutes ces idées ?

Il ramène les genoux contre la poitrine et enroule ses bras autour.

— Bref, elle affirme que l'embrasement du ciel était un signe, qu'il était trop tard pour tout le monde et elle m'a supplié d'aller rejoindre son père avec elle sous prétexte qu'il saurait quoi faire. Je lui ai répondu qu'il était fou, qu'elle ferait mieux d'aller à la réserve pour se réfugier chez un des anciens. Mais quand j'ai compris qu'elle était irrécupérable et que rien de ce que je dirais ne pourrait la faire changer d'avis, je suis parti à ta recherche. Au final, elle a ajouté qu'elle et moi, on voulait tous les deux la même chose.

— À savoir ?

Je me penche vers lui, résolue à ignorer la séduisante barbe de trois jours qui tapisse son menton ou le fait que sa chemise moulante fait ressortir ses biceps.

— La mort de Cade.

Je ne m'attendais tellement pas à cette réponse que d'instinct je retiens mon souffle.

— Sur le coup, je ne l'ai pas prise au sérieux. J'ai pensé que c'était juste une flatterie de plus pour essayer de me reconquérir. Mais maintenant je ne sais plus trop. Surtout depuis que j'ai reçu la visite de son père dans le Monde Souterrain.

Je sursaute. Subitement je suis submergée par un tas de questions et je ne sais plus par où commencer.

— Tu es en train de me dire qu'une espèce de cinglé de prophète bien-pensant et autoproclamé t'a retrouvé plusieurs jours avant moi et qu'il n'a même pas cherché à t'aider ?

Il n'a même pas essayé de te ramener pour que tu puisses demander de l'aide ? Et n'importe comment, qu'est-ce qu'il fichait là-bas ? Comment il peut connaître l'existence de cet endroit ? Comment il a fait pour y accéder ?

— À quelle question tu veux que je réponde en premier ?

Le regard insondable de Dace croise le mien tandis qu'il m'adresse un grand sourire.

Je me contente de hausser les épaules ; je sais qu'il me donnera bien assez tôt toutes les réponses.

— Entre autres distinctions, il semblerait qu'il soit aussi chasseur de démons à ses heures.

Je fixe Dace avec des yeux ronds. Est-ce qu'un jour j'aurai atteint un stade où je serai si blindée contre les aspects les plus surréalistes du monde dans lequel on vit que plus rien ne pourra me décontenancer ? Je me le demande.

— Il comptait m'enfoncer un pieu dans le cœur. Et il a bien failli y arriver.

J'essaie de me représenter la scène.

— La blessure sur mon torse. C'était lui.

— Il t'a pris pour un démon ?

— D'après lui, il me connaît depuis que je suis né et je joue un rôle essentiel dans la fin des temps. Apparemment, ça fait seize ans qu'il projette de me tuer.

— Mais tu as réussi à le repousser ?

Dace détourne les yeux et change de position, l'air gêné, laissant un silence pesant s'immiscer entre nous.

— Écoute, si tu veux tout savoir... je l'ai supplié de me tuer. J'ai tenté à plusieurs reprises de m'empaler sur son pieu.

— Mais pourquoi ? Qu'est-ce qui t'a pris ? je m'écrie en lui agrippant le bras, essayant de comprendre.

— Je te croyais morte et j'étais persuadé que c'était à cause de moi. Je ne supportais plus d'être en vie. Mais surtout, je ne supportais pas l'idée de vivre sans toi. Je pensais que si je mourais, je te retrouverais peut-être dans ta dernière demeure, quelle qu'elle fût. Je sais que ça a l'air idiot mais j'étais anéanti, Daire. Complètement perdu. Et dans un sens, j'imagine que je le suis toujours.

J'ouvre la bouche pour lui répondre mais rien ne me vient.

— S'il ne m'a pas tué, c'est parce qu'au moment où il m'a regardé dans les yeux il a vu que j'étais vide, dépourvu d'âme. Il a dit qu'il la lui fallait. Que sans elle, je ne servais à rien.

Je pousse un soupir de soulagement. J'ai au moins la certitude que Dace n'a rien à craindre de ce cinglé. Du moins, pour l'instant en tout cas.

— Après quoi, il a remballé son matériel de chasseur en déclarant qu'il allait s'en prendre à Cade parce que, après tout, on était pareils. C'est drôle qu'il dise ça, non ?

— Hilarant, je ronchonne en fronçant les sourcils.

— Et c'est pas tout.

Je le fixe à nouveau.

— Apparemment, Phyre lui avait juré m'avoir tué. C'est la mission qu'il lui avait confiée et il était plutôt furax de découvrir qu'elle avait menti.

— OK, c'est bon.

J'en ai assez entendu.

Poussée par une intuition irrépressible, je me relève d'un bond et pars à grands pas vers Kachina qui est en train de brouter à quelques mètres de là.

— Qu'est-ce que tu fais ? me lance Dace en se levant pour me rattraper.

— On y va. Tout de suite. Chez les Youngblood.

TRENTE

DAIRE

Après quelques tentatives ratées, Kachina finit par s'adoucir et laisse Dace monter sur son dos.

— Ils vivent près de la réserve, m'indique-t-il en s'installant derrière moi. Mais je ne sais pas où, exactement.

— C'est une petite ville. Je suis sûre qu'on va les retrouver.

Scrutant l'obscurité environnante, je tente de déterminer la direction à suivre.

— À ton avis, quelle heure il est ? me demande Dace en m'effleurant l'oreille de sa bouche, ce qui déclenche en moi des petits picotements de plaisir.

— J'ai laissé mon portable chez Paloma.

Je m'efforce de rester concentrée.

— Mais vu la luminosité, ou plutôt l'absence de luminosité, je dirais que le soleil va bientôt se lever.

— C'est toujours avant l'aube qu'il fait le plus sombre, hein ?

Sa bouche dévie dans le creux de mon cou et, bien que je sois dos à lui, je n'ai aucun mal à l'imaginer, une mèche de cheveux lui balayant la joue… sa bouche pulpeuse et appétissante…

Je m'appuie contre lui et savoure le cocon douillet de ses bras qui m'enlacent. Il n'a peut-être plus d'âme, il n'en demeure pas moins le garçon de mes rêves, celui auquel j'étais destinée depuis toujours.

— Tu as une idée d'où on va, en fait, ou pas du tout ? demande-t-il au bout d'un moment avec une pointe d'amusement dans la voix.

— L'idée, c'est de laisser le vent nous guider. D'après Paloma, c'est mon élément, alors je l'ai invoqué quand on s'est mis en route. Jusqu'à présent il m'a rarement déçue.

— Sous-entendu, c'est déjà arrivé ?

Esquissant une moue, je continue de scruter l'horizon.

— Pas exactement. Disons plutôt qu'il était *indisponible*, je rectifie, éprouvant inexplicablement le besoin de prendre la défense de mon élément. Sans compter que c'était dans des circonstances particulières.

— Comme… ?

— Comme la fois où Cade a bloqué mes pouvoirs dans le Monde Souterrain quelques secondes avant que tu arrives, le soir du réveillon de Noël. Et pareil plus récemment, lors d'une autre virée dans le Monde Souterrain. C'est comme si tout était en hibernation là-dessous. Il neige en continu et le printemps n'arrive pas à percer à cause des températures. D'ailleurs, je n'ai pas revu mon corbeau ou ton cheval depuis cette nuit-là. Ils commencent à me manquer.

— Tout ça ne présage rien de bon pour les habitants de ce monde-ci.

Regardant au loin sans rien dire, je réfléchis, préoccupée.

Tandis que nos corps se balancent en suivant l'allure de Kachina, je surveille de près les branchages alentours pour essayer de déterminer dans quelle direction ils oscillent et se courbent, tout en vérifiant de temps en temps la manière dont la terre tourbillonne sous ses sabots.

Après avoir parcouru un bout de chemin, je lui pose une autre question.

— Est-ce que tu as encore tes pouvoirs, Dace ? À mon avis, plus on sera parés, mieux ce sera.

— On va vite le savoir, répond-il en approchant la paume à quelques centimètres de ma poitrine.

Mais au bout de quelques secondes : rien.

— Visiblement la réponse est non, soupire-t-il. J'essayais de subtiliser ta clé. Il faut croire que mes pouvoirs prenaient réellement leur source quelque part au fond de moi.

— Je suis sûre que tu les retrouveras en même temps que ton âme…

De plus en plus perdue dans mes pensées, je ne remarque pas que le vent vient de tomber.

Heureusement, Dace, si.

Posant les mains sur les miennes, il tire un petit coup sur les rênes.

— On y est, chuchote-t-il.

D'un signe de tête, il m'indique une caravane délabrée sinistre qui a l'air plus à l'abandon qu'habitée.

— Je reconnais la vieille bagnole garée dehors. Suriel n'a jamais été un adepte du confort matériel. Il se targue de rejeter toute forme de matérialisme en réduisant ses biens au strict minimum. En l'occurrence, ça se résume à deux costumes noirs bon marché, dont un qu'il porte tous les jours, l'autre qu'il réserve pour le dimanche, deux cravates, deux chemises blanches, une paire de chaussures, deux paires de chaussettes noires et une ceinture. Phyre m'a montré son placard un jour pour me le prouver.

— Quoi, tu veux dire qu'il n'a pas de survêt pour traîner pendant des heures devant la télé en grignotant des tortillas à la sauce piquante ?

— Ils n'ont pas de télé, rétorque Dace, amusé. Ou plutôt, pour reprendre les termes de Suriel, « de boîte à vices ». Tu sais, l'oisiveté, mère de tous les vices, blablabla.

— Pourtant, de ce que j'en ai vu, Phyre a plus de deux tenues dans son placard. Elle est toujours bien sapée, maquillée et tout.

— Je sais.

Dace hausse les épaules.

— J'ai toujours trouvé étrange qu'il lui permette ça. Ses sœurs n'avaient pas droit au même traitement. Il était beaucoup plus strict envers elles. Ça explique sûrement qu'elles soient parties vivre chez leur tante. Bref, maintenant qu'on y est, qu'est-ce qu'on fait ?

— Je ne sais pas trop, j'admets, n'ayant pas vraiment réfléchi à la suite du programme. On n'a qu'à les épier discrètement. On voit si on arrive à comprendre ce qu'ils mijotent et comment ils comptent tuer Cade – ce que, bien sûr, on les empêchera de faire.

— C'est drôle, il y a quelques semaines, la croisade de Suriel pour éliminer Cade aurait fait de lui notre allié.

Le ton de Dace est léger mais, en tournant la tête pour le regarder, je vois du coin de l'œil qu'il est en fait très sérieux.

— Mais maintenant il représente une menace, je renchéris d'une voix morne. À ton avis, pourquoi Phyre ne t'a pas tué quand elle en avait l'occasion ?

— J'en sais rien.

Frottant son menton, l'air songeur, Dace regarde au loin.

— Son père a beau exercer une grande influence sur elle, j'imagine qu'au fond elle est restée une fille raisonnable qui sait discerner le bien du mal.

Il se penche, les épaules voûtées d'un air désolé.

— Écoute, Daire, je sais que je devrais lui en vouloir d'avoir mis ma vie en péril mais je n'y arrive pas. Du temps où je la connaissais, c'était une fille un peu triste, normale et gentille. Aujourd'hui, elle me fait de la peine, tout comme elle m'en faisait à l'époque. Elle était exclue, persécutée, tout ça à cause des délires de son père. À l'école, les gosses s'arrangeaient toujours pour les éviter, elle et ses sœurs. Elles n'ont jamais eu un seul ami. Ensuite, quand leur mère a disparu et que ses sœurs sont parties vivre chez leur tante… eh bien, j'imagine qu'à force de vivre seule avec Suriel pendant si longtemps, la méchanceté des gens a fini par la démolir et son père a réussi à lui laver le cerveau bien comme il faut.

Il se passe la main sur le front en secouant la tête, comme s'il se libérait du poids du passé.

— Regarde ! s'émerveille-t-il en pointant du doigt les montagnes Sangre de Cristo.

Figés dans un silence admiratif, on regarde le soleil levant badigeonner les sommets rocheux d'une splendide lumière rose.

— Chepi m'a enseigné que, du soleil à la lune en passant par ces montagnes, la nature nous connaît depuis toujours, avant même notre conception. On est tous des cellules avec des buts différents et pourtant on est tous liés, chacun au service de l'autre mais aussi d'un tout. Dommage que Suriel n'ait jamais écouté Chepi. Il divise le monde entre les pécheurs et les justes. Comme si on pouvait définir les hommes de façon aussi catégorique. Tout le monde est à cheval entre la lumière et les ténèbres.

Tout le monde sauf toi. Ou du moins celui que tu étais avant que tu adoptes les pires attributs de ton frère.

J'avise son profil tandis qu'il suit du regard la trajectoire du soleil levant. Ses traits sont à la fois doux, anguleux et magnifiques. Tant que j'évite de le regarder dans les yeux, je peux faire comme si rien n'avait changé.

— Est-ce que tu as un élément fétiche, toi ? je lui demande pour essayer à tout prix de penser à autre chose.

— Oui, la terre.

Il me sourit, nos regards se croisent, mais comme le sien manque cruellement de profondeur, je m'empresse de tourner la tête.

— Je me sens lié à elle depuis tout petit.

— Et tu l'invoques de temps en temps ?

Du coin de l'œil, je continue de surveiller la caravane, la cabane délabrée et le vieux tacot crasseux.

— Je n'ai jamais appris comment. Chepi a fait tout son possible pour me protéger de ce genre de choses. Pourquoi, tu veux m'apprendre ?

Je souris doucement en m'appuyant contre lui.

— Un jour, peut-être.

Lentement, je respire à son rythme tandis que la lumière du jour se déploie pour laisser apparaître une canopée en fleurs aux reflets bleus et roses argentés au-dessus de nous.

— Ils vont bientôt se réveiller. S'ils ne le sont pas déjà, chuchote Dace au creux de mon oreille. Suriel aime bien célébrer le début de chaque nouveau jour.

Discrètement, il se laisse glisser à terre puis m'aide à descendre à mon tour de Kachina. Pour éviter qu'elle n'attire l'attention, je lui donne une petite tape sur le derrière en lui soufflant d'aller se trouver un petit coin tranquille où brouter. Pendant ce temps, Dace et moi nous cachons derrière la vieille remise sur le côté, qui paraît encore plus délabrée que la caravane.

Peu de temps après, comme prévu, une lumière s'allume à l'intérieur et nous permet de distinguer deux silhouettes floues se déplaçant derrière un voilage jaune.

— Ça va commencer par un sermon, dit Dace tout bas.

Et effectivement, la voix rugissante de Suriel perce le silence, si fort qu'elle traverse les parois de la caravane et se répand dans le jardin.

Je dévisage Dace, curieuse de savoir comment il a pu deviner.

— Il a ses habitudes, explique-t-il avec un grand sourire. Il ne sort jamais de sa routine.

Bien qu'on entende mal ce qu'il dit, de temps en temps on arrive à saisir une des formules préférées de Suriel : « La fin des temps est arrivée… Les jours de gloire s'ensuivront… Suriel n'est qu'un humble serviteur et sa fille, l'instrument de Votre volonté… » Encore une histoire d'apocalypse sans queue ni tête. C'est une obsession chez lui.

Une fois qu'il a terminé, il laisse sa fille se préparer, sort de la caravane, la démarche instable, s'avance face aux montagnes puis se laisse tomber à genoux en recommençant le même laïus. À la différence que cette fois, outre le son, on a aussi l'image. Médusés, on le regarde se balancer de gauche à droite, la tête renversée en arrière et la langue pendante.

— Apparemment, tu n'es pas le seul à te sentir en étroite connexion avec la terre, je plaisante tout bas.

J'ai beau essayé de tourner ça en dérision, au fond, la scène qui se déroule sous mes yeux me fait sérieusement froid dans le dos.

— Il prétend que les esprits s'emparent de lui quand il fait ça. Ça nous fichait les jetons quand on était gosses.

Pauvre Phyre. Bonjour l'enfance avec un père pareil…

Je commence à avoir de la peine pour elle et à compatir à la situation difficile dans laquelle elle est empêtrée malgré elle. Autrefois, j'avais un peu honte de Jennika à cause de ses colorations, de ses piercings farfelus et de sa tendance au mélodrame mais, comparée à Suriel, elle passerait facilement pour une mère au foyer modèle sortie d'une sitcom des années cinquante.

Toutefois, ma compassion est de courte durée. Elle s'évanouit dès que Phyre sort de la caravane et que je me souviens qu'elle a pour objectif de tuer Dace.

D'un geste mal assuré, elle passe la main sur sa couronne de boucles, tire sur sa minijupe noire pour couvrir un peu plus ses cuisses et se poste droite comme un I à côté de son père comme si elle n'osait plus bouger. Les traits tirés, le visage impénétrable, elle le regarde trembler, suer et se convulser au comble de la vertu.

Parfaitement calée sur la routine de son père, au moment exact où il sort de sa transe, elle lui dit :

— J'y vais. J'avais prévu de partir de bonne heure.

Suriel se relève, époussette le devant de son costume et ajuste sa cravate. Puis il plonge la main dans sa poche et en sort une petite fiole en verre remplie d'un liquide un peu trouble.

— L'heure est venue, annonce-t-il d'un ton aussi sévère que son expression.

Phyre acquiesce, penche la tête en arrière et entrouvre les lèvres.

— C'est ta dernière chance de te racheter.

Elle ferme les yeux et tend la langue.

— Tu connais notre accord, Phyre. Débrouille-toi pour que ce soit réglé d'ici minuit. Après ce sera trop tard.

Il déverse le contenu de la fiole dans sa bouche, comptant les gouttes jusqu'à ce qu'il estime que cela suffit.

Dès qu'elle a avalé, elle incline la tête et porte le regard vers le sol dans une posture de supplication.

— J'imagine que tu sais ce qui t'arrivera si tu me mens encore…

La voix de Suriel s'efface sur cette menace implicite.

Phyre fait oui de la tête, les paumes jointes en prière.

— Dans le péché tu as été engendrée et dans le péché tu finiras ! reprend son père d'une voix si tonitruante que je cède malgré moi à un violent frisson. C'est ton rôle. Ton héritage. Le destin pour lequel tu es née. C'est un immense honneur d'être appelé pour servir de la sorte. Maintenant pars et fais ce que tu dois faire. Que la lumière des jours de gloire nous bénisse !

D'un ton impassible, Phyre répète la dernière phrase, puis tourne les talons et part en direction de la remise, droit vers nous. Dace et moi nous figeons en retenant notre souffle.

La porte couine bruyamment comme elle tire d'un coup sec pour l'ouvrir puis émet un autre grincement perçant quand elle ressort presque aussitôt en se dirigeant cette fois vers la voiture de Suriel.

— Qu'est-ce que c'est ?

Scrutant au loin, je tente de discerner l'objet rectangulaire qu'elle hisse à l'intérieur du coffre.

— On dirait un vieux bidon d'essence, hasarde Dace.

Les sourcils froncés, il se tourne vers moi.

— Qu'est-ce qu'ils manigancent, tous les deux ?

On se regarde sans rien dire.

— Aucune idée, je dis finalement, mais je compte bien le découvrir. Ça t'ennuie de rester faire le guet près de moi pour qu'il ne m'arrive rien ?

Interloqué, il suit mon regard jusqu'au corbeau qui vient d'atterrir sur le toit au-dessus de nous. Sa présence me rappelle un des premiers enseignements de Paloma :

« Il ne faut pas le confondre avec ton animal totem attitré, mais tout corbeau peut quand même être considéré comme un allié, à l'instar de tous ceux qui peuplent le Monde Intermédiaire. Ton animal totem est un messager du royaume des esprits, les choses qu'il te montrera sont susceptibles de bouleverser radicalement ta vie. Il t'apprendra à t'aventurer dans les ténèbres pour engendrer la lumière… »

L'apparition de ce corbeau à cet instant précis est un présage, pas un hasard, j'en suis certaine.

Dace me prend la main dans un geste de soutien implicite.

— Je t'aurais bien accompagnée…

Il laisse sa phrase en suspens mais on en connaît tous les deux la fin.

Sans âme, impossible de se projeter dans la peau d'un autre.

— Mieux vaut que j'y aille seule. Il faut que tu restes ici pour veiller sur moi pendant mon absence. Mais si Suriel nous trouve ou si tu sens que tu commences à faiblir, n'hésite pas à rompre le lien et à me réveiller.

Dace m'attire contre lui pour déposer un bref baiser sur mes lèvres.

— Sois prudente, chuchote-t-il tendrement.

C'est la dernière chose que j'entends avant que je mêle mon énergie à celle du corbeau et fusionne avec lui.

TRENTE ET UN

DAIRE

Jusqu'ici le corbeau s'avère être un hôte très accueillant qui me laisse le diriger comme je veux alors que nous suivons le chemin tracé par la voiture de Phyre.

Elle conduit vite, de gros nuages de poussière tourbillonnant dans son sillage, tandis qu'elle accélère toujours plus et que les roues arrière commencent à chasser. Pour autant, elle maîtrise parfaitement le véhicule. Elle ne ralentit qu'au moment de s'engager dans la voie privée menant à l'imposante enceinte en adobe des Richter, puis elle se gare devant le portail, coupe le moteur et attend.

Elle compte le tuer, là ? Maintenant ? Avant même que la plupart des gens aient pris leur petit déjeuner ?

Je guide le corbeau vers un arbre à proximité. Choisissant une grosse branche avec une vue imprenable, j'observe la scène à travers ses petits yeux de fouine tandis que Phyre abaisse son pare-soleil et inspecte sa coiffure et son maquillage dans le petit miroir rectangulaire poussiéreux. Satisfaite du reflet qu'il lui renvoie, elle rabat le pare-soleil, tend la paume face à elle, fait une bouche en cul-de-poule et crache, contemplant le petit rond de salive avec fascination.

Pour ma part, je n'ai pas la moindre idée de ce qu'elle fabrique.

Elle s'ennuie ou elle est devenue complètement folle ? À moins que ce soit une nouvelle méthode de voyance qui consiste à essayer de déchiffrer le sens caché des bulles de salive, comme certains le font avec du marc de café ?

Ses rêveries sont interrompues par le ronflement électronique des lourdes grilles en fer forgé s'ouvrant pour laisser passer le quatre-quatre noir étincelant de Cade qui arrive à toute pompe. Alors Phyre s'essuie la main sur la cuisse, sort d'un bond de sa voiture et surgit devant lui, les bras écartés.

Cade écrase le frein dans un crissement de pneus, ce qui en soi est surprenant ; j'aurais cru qu'il la renverserait sans hésiter ni se retourner.

Le quatre-quatre s'immobilise dans une embardée tandis que Cade baisse sa vitre et passe la tête dehors.

— Ça va pas, non ? hurle-t-il. T'es folle ou quoi ?

— Peut-être, susurre-t-elle en battant des cils.

Un sourire aguicheur sur les lèvres, elle s'avance vers la fenêtre ouverte côté conducteur.

— Il n'y a qu'un moyen de le savoir.

S'appuyant contre la portière, elle penche la tête sur le côté et laisse une mèche bouclée lui tomber dans les yeux.

— J'ai pas le temps pour tes délires, rétorque Cade, pas du tout séduit. Comme tu peux le voir, je suis un peu pressé.

— C'est vraiment dommage, dit-elle en faisant la moue. J'espérais que tu aurais un peu de temps pour moi.

— Et pourquoi ?

Ses traits se durcissent, quoique, sauf erreur de ma part, sa voix révèle une pointe d'intérêt croissant.

— Parce que je me sens seule. Malgré tous mes amis, j'ai l'impression que personne ne me comprend vraiment.

— Alors que moi, si ? ricane-t-il en passant la main dans ses cheveux coupés ras.

Phyre ne se démonte pas.

— Toi et moi, on est liés, Cade, inutile de le nier. Tu sais très bien qu'il y a quelque chose entre nous. Alors je me disais qu'on pourrait passer du temps ensemble, se tenir compagnie ou quelque chose comme ça…

Le visage de Dace reste placide, difficile à déchiffrer. Cependant je constate qu'il ne la repousse pas.

— J'étais en route pour aller en ville et en chemin j'ai eu envie de faire un saut chez toi pour voir ce que tu faisais.

Lentement, elle caresse le bord de la portière du doigt mais, malgré son attirance, Cade ne rentre pas dans son jeu.

— Je sais que tu vis dans cette caravane toute pourrie, Phyre. C'est pas du tout le chemin pour aller en ville. Sans compter qu'il est six heures du matin. Ça t'arrive souvent de passer voir les gens si tôt ?

— Les gens, non. Seulement toi, fait-elle en haussant le menton, souriant sous sa couronne de boucles. Je sais que tu aimes bien aller courir tôt le matin. Je pourrais me joindre à toi, qu'est-ce que t'en dis ?

Cade la regarde de la tête aux pieds, le regard brillant.

— C'est pas vraiment une tenue de jogging.

Phyre hausse l'épaule en tirant sur sa minijupe sans se défaire de son sourire.

— Pourquoi tu me suis partout comme une fan, Phyre ? questionne-t-il à voix basse d'un ton presque bourru.

Mais autre chose se cache derrière cette brusquerie. Est-ce du désir ? Du dégoût ? Va-t-il la pousser à le supplier ? Parce que franchement, elle n'en est pas loin.

— Pas comme une fan. Disons plutôt comme… une admiratrice. C'est pas pareil, tu sais.

Le regard fixe, il dodeline de la tête comme s'il pesait le pour et le contre entre un jogging matinal vivifiant et une petite partie de jambes en l'air avec une superbe fille.

— Je peux te montrer la différence, si tu veux…

Mordillant sa lèvre, elle recule d'un pas et se tient devant lui, offerte, en attendant qu'il se décide.

— Qu'est-ce que tu cherches ? s'impatiente Cade les dents serrées, en l'avisant d'un regard pénétrant.

Elle s'avance vers lui et s'accoude à la fenêtre ouverte.

— Écoute, je vois pas l'intérêt de tourner autour du pot, alors voilà, je te le dis : tu me plais.

Il hoche la tête d'un air de dire qu'il a tellement l'habitude qu'on l'admire qu'il la croit sur parole.

— Et maintenant que Lita et toi avez rompu, je me disais que…

— Tu fais une fixette sur les jumeaux, c'est ça ? la coupe-t-il sans ménagements.

Elle se fige.

— Tu es sortie avec mon frère, non ?

La bouche pincée, elle détourne les yeux.

— C'est ta façon à toi d'honorer sa mémoire ?

— Pas du tout, dit-elle en se retournant vers lui, l'air franche et sincère. Je sais que tu n'as rien à voir avec lui. Je vois bien que tu es différent. Tu es plus mystérieux, plus dangereux. Et c'est justement ce côté ténébreux qui m'attire chez toi.

Les yeux de Cade se plissent comme deux fentes tandis qu'il tapote sur le volant.

— Attention, certains souhaits sont dangereux, prévient-il. Tu t'aventures sur un territoire dont tu ignores tout.

— Détrompe-toi, murmure-t-elle en posant la main sur son bras.

Du bout des doigts, elle lui caresse le bras tout en s'humectant les lèvres.

Et aussi ridicule que ça en ait l'air vu d'ici, apparemment ce petit numéro de charme commence à plaire à Cade.

Ses traits se détendent. Son regard se trouble. Et lorsque je vois ses lèvres s'entrouvrir, je comprends qu'il est conquis.

Phyre se penche davantage, humectant encore ses lèvres brillantes et humides qui n'attendent que lui.

Sans savoir pourquoi, j'éprouve une envie phénoménale d'intervenir, persuadée au plus profond de mon âme que ça ne sera pas un baiser comme les autres pour Cade.

C'est la première étape de son exécution. Elle va le séduire, le rendre vulnérable, puis l'achever sans prévenir, pour pouvoir ensuite rentrer annoncer à son cinglé de père qu'elle a accompli sa tâche.

Sauf que si elle tue Cade, elle tue Dace. Et ça, c'est hors de question.

Chacun penche la tête en se rapprochant, leur bouche tout près l'une de l'autre au moment où le corbeau déploie ses ailes et s'abat sur eux pour les séparer.

Phyre pousse un cri en se frottant le dessus du crâne comme une forcenée, puis hurle de plus belle en voyant une touffe de plumes noires luisantes tomber à ses pieds.

Cade, lui, se réinstalle confortablement dans son siège et porte son attention sur moi.

— Notre union ne semble pas du goût de mon ami le corbeau, raille-t-il en me gratifiant d'un petit signe de la main.

Sur ce, il démarre en trombe, laissant Phyre seule dans la rue.

TRENTE-DEUX

DACE

Respirant doucement, Daire est allongée la tête posée sur mes genoux, ses longues jambes étendues devant elle. Je passe la main sur sa joue en lui chuchotant des mots tendres qu'elle ne peut entendre. À cet instant, elle est comme moi : elle est en vie, elle respire, mais elle n'a pas d'âme. Le véritable pilier de sa force vitale est en voyage et c'est à moi de veiller sur elle.

Toujours caché derrière la remise, j'épie Suriel tandis qu'il entre et sort de la caravane. Ses gestes sont mûrement réfléchis, déterminés, mais nerveux, comme s'il avait avalé mille fois trop de café.

Sauf que Suriel ne boit pas de café.

Il évite toute forme de stimulant.

Tout ce qui crée une fausse impression de bien-être.

Il n'existe qu'une voie menant au paradis, prétend-il. Mais il est clair que si ses mains et ses genoux tremblent autant, c'est directement lié à ses délires mégalomaniaques, à sa conviction absolue d'être haut placé dans ce bas monde.

Cet homme est un véritable psychopathe.

L'exemple même de ce qu'il condamne.

Je le regarde ressortir de la caravane, cette fois équipé d'un sac que je reconnais car il le trimballait déjà lors de notre entrevue dans le Monde Intermédiaire. Après l'avoir posé sur la dernière marche, il s'assoit juste au-dessus, puis plonge la main au fond et en ressort son pieu couvert de sang séché qu'il lève devant ses yeux. L'admiration démente et malsaine avec laquelle il le contemple se voit d'ici malgré la distance.

Après avoir rangé le pieu, il sort ensuite un flacon en verre rempli d'un liquide clair dont il se badigeonne d'abord le front puis le menton.

De l'eau bénite.

Je m'étonne qu'il ne prenne pas feu.

Une fois son rituel terminé, il referme le sac, le laisse sur les marches et disparaît dans la remise, où il se met à faire un tel boucan entre les bruits de charnières qui grincent, d'objets lourds qu'on traîne par terre et d'étranges cris lugubres, que ma curiosité finit par l'emporter. Je m'avance à pas de loup vers la fenêtre carrée crasseuse à l'arrière, en frotte un coin et jette un coup d'œil à l'intérieur.

Au début, j'ai du mal à voir ce qu'il fabrique. Assistée d'une simple ampoule qui oscille au plafond, ma vue met un moment à s'accommoder. Cependant, je ne tarde pas à distinguer la silhouette de Suriel, qui est affairé à assembler des piles de bâtons rouges étroitement sanglés de cadrans numériques. En dépit du mauvais éclairage, il n'y a pas de confusion possible sur la nature du dispositif : c'est une bombe.

Mais qu'est-ce qu'il prépare, bon sang ?

Je me rapproche en essuyant encore un peu le carreau pour mieux voir.

Mais le frottement de mes doigts sur la vitre alerte Suriel de ma présence.

Il lève la tête, braque le regard droit sur moi.

J'ai conscience que je devrais déguerpir mais, l'espace d'un instant terrifiant, je reste cloué sur place, les jambes lourdes comme du plomb.

Il affiche un grand sourire ravi, comme si ma présence de l'autre côté de la fenêtre le rendait incroyablement heureux. Puis il pose le paquet d'explosifs qu'il a dans la main, s'essuie sur son costume et attrape un vieux pied-de-biche rouillé pour soulever le couvercle d'une caisse volumineuse et libérer un animal au regard fou qu'il détient captif pour une raison totalement obscure.

En voyant la bête grogner férocement et montrer des crocs dignes d'un squale assoiffé de sang au moment où il me repère, je repense à la mise en garde d'Axel :

« Fais attention à tes pensées, à tes actions, à toi-même. »

Je l'avais regardé sans comprendre.

« Sans âme, tu es comme une coquille vide. Ça te rend vulnérable aux possessions démoniaques. »

Incrédule, je l'avais dévisagé, persuadé qu'il exagérait.

« Les démons sont partout. Ils revêtent de multiples apparences et peuvent autant apparaître sous la forme d'un esprit que montrer leur vrai visage, tout dépend de la dimension dans laquelle ils se trouvent. Cependant, ils ont tous une chose en commun, c'est l'envie de prendre chair et de vivre sous les traits d'un humain. Sauf que pour cela, ils ont besoin soit d'un volontaire, soit d'un corps sans âme, disponible. Bien entendu, ces derniers sont plus difficiles à se procurer, et pourtant ce sont toujours ceux-là qu'ils préfèrent. Ils seront à tes trousses, Dace. Ils te repéreront à des kilomètres et s'ils veulent t'attraper, rien ne les arrêtera.

— Donc, si je comprends bien, je suis un appât à démon ambulant ? »

Le regard bleu lavande d'Axel s'était assombri.

« Si c'est vrai, alors pourquoi est-ce qu'ils n'ont pas voulu de moi avant ? Quand j'étais dans leur antre ?

— Parce que tu étais affaibli et blessé. Paradoxalement, c'est ce qui t'a sauvé. Mais maintenant que tu es guéri… »

Il m'avait regardé dans les yeux en poussant un gros soupir.

« Prends garde, Dace. Tant que tu n'auras pas récupéré ton âme, reste très vigilant. »

Alors qu'il me disait cela, il était en train de disparaître sous mes yeux, sa silhouette s'estompant progressivement.

« Où est-ce que tu vas ? avais-je demandé, sans trop savoir à quoi ça m'avancerait.

— Il faut que je rentre chez moi. Je me suis déjà trop immiscé dans ta vie, plus que je n'aurais dû.

— Mais si j'ai à nouveau besoin de ton énergie ? »

Il avait grimacé d'un air désolé.

« Assure-toi de retrouver ton âme avant eux et tout ira bien. »

Cet avertissement m'était destiné sur le moment, mais là, je ne suis pas le seul corps désincarné en danger.

Le bois du mur du fond craque sous les violents assauts de la bête enragée et commence lentement mais sûrement à céder. Je n'ai donc plus qu'une poignée de secondes pour me décider.

Est-ce que je me bats ?

Je le roue de coups et le regarde se vider de son sang jusqu'à ce qu'il crève ?

Ou bien j'attrape Daire en vitesse et j'essaie de nous tirer d'ici ?

Étendue de tout son long par terre, elle paraît tellement sans défense et vulnérable que la réponse ne fait aucun doute : je dois à tout prix l'emmener en lieu sûr.

À ce moment-là, je me battrai.

Mais uniquement à ce moment-là.

L'animal possédé continue de défoncer le mur. Il réussit d'abord à passer ses griffes, puis une patte entière sous les encouragements de Suriel qui hurle comme un diable à l'intérieur.

Je me précipite pour soulever Daire dans mes bras et fonce jusqu'à Kachina en me souvenant un peu tard que la jument a peur de moi. Pas sûr qu'elle veuille m'aider.

Moi non, mais visiblement elle est prête à aider Daire.

Elle me rejoint au trot et baisse la tête pour me permettre d'allonger Daire sur son encolure tandis qu'au même instant un énorme fracas retentit dans mon dos et que, d'un pas lourd, le démon s'avance droit sur nous.

TRENTE-TROIS

DAIRE

Alors que Cade est parti depuis longtemps, Phyre est toujours enfermée dans sa voiture, le visage enfoui dans les mains et les épaules agitées de spasmes irréguliers comme si elle pleurait.

Reprenant son souffle, elle jette un œil à son reflet dans le rétroviseur, s'essuie soigneusement les yeux l'un après l'autre et prend un instant pour contempler toutes les larmes qu'elle a versées. Après quoi, elle se sèche les mains sur les cuisses et remet le contact.

Moyennant une légère impulsion de ma part, le corbeau s'envole et suit sa piste le long de chemins de terre calcinés et de virages pris au hasard, apparemment sans destination précise, jusqu'à ce que Phyre fasse demi-tour en vitesse et reparte en trombe vers le territoire indien.

La réserve ?

Qu'est-ce qu'elle pourrait bien chercher là-bas ?

Est-ce qu'elle s'en prendra à Chepi si elle n'arrive à avoir aucun des deux frères ?

Ou bien veut-elle simplement panser ses blessures en revenant sur un lieu de son enfance ?

Le corbeau devient agité, il a faim. Irrité que j'abuse de son hospitalité, il ne tarde pas à m'éjecter. Je me réveille alors en sursaut, surprise de me retrouver étendue dans les bras de Dace sur le dos de Kachina qui galope à bride abattue.

— Qu'est-ce qui s'est passé ?

La vue trouble, je tourne la tête en essayant de reconnaître le paysage qui nous entoure.

— Où est-ce qu'on est ? Où on va ?

Levant les yeux vers Dace, je constate qu'il a l'air particulièrement anxieux et qu'il n'arrête pas de regarder derrière nous comme si on était poursuivis.

— Je t'expliquerai plus tard, répond-il en tirant fort sur les rênes pour inciter Kachina à ralentir.

Mais la jument, qui est dans tous ses états, difficile à contrôler et aussi effrayée que Dace, met un moment à obéir.

— Ça va, tu n'as rien ? s'inquiète Dace en déposant un baiser dans mes cheveux et en me serrant plus fort contre lui.

Je le rassure d'un signe de tête et me blottis de plus belle dans ses bras en jetant un œil dans son dos, mais sans rien remarquer de spécial ou d'alarmant. Quoi que ce fût, apparemment ce n'est plus là.

— Alors, qu'est-ce que tu as vu ? m'interroge-t-il d'une voix tendue et distraite en regardant encore derrière nous.

— J'ai vu Phyre essayer d'embrasser ton frère, mais je suis intervenue avant que ça aille plus loin.

— Cade était intéressé ?

Dace accueille la nouvelle avec une expression que je n'arrive pas à déchiffrer.

Est-ce de la surprise ? De la déception ? De la jalousie ? À moins que ce ne soit simplement moi qui projette mes propres contradictions sur lui ?

— Je pense qu'il était plus amusé qu'autre chose, je finis par répondre. On aurait dit qu'il la faisait un peu marcher. Tu sais comme il adore ce genre de petits jeux.

Dace reste silencieux, la bouche pincée.

— Je peux te poser une question ?

Je m'interromps, hésitante, ne sachant pas trop comment la formuler.

Mais tant pis, il faut que j'en aie le cœur net alors je me lance :

— Ça va sûrement te paraître bizarre mais… est-ce que tu as souvenir que les baisers de Phyre étaient particulièrement mouillés ?

Comme je m'y attendais, Dace me décoche un regard ahuri.

— Je sais, ça a l'air idiot, j'ajoute à toute vitesse, pressée de m'expliquer. Je demande ça uniquement parce qu'elle n'arrêtait pas de s'humecter les lèvres, si bien qu'à la fin elles étaient toutes luisantes et trempées. Et avant, je l'ai même vue cracher dans sa main et contempler sa salive d'un air complètement subjugué. Alors je me demandais si ça pouvait avoir un rapport avec la drôle de fiole qu'on l'a vue boire ?

Dace, mal à l'aise, remue un peu et jette un nouveau coup d'œil dans son dos, même si on sait tous les deux qu'il n'y a maintenant plus lieu de s'inquiéter.

— Si elle faisait une fixette sur sa salive ? Non, ça me rappelle rien, répond-il finalement sans grande conviction. Quant à la fiole… qui sait ? Connaissant Suriel, c'est sûrement de l'eau bénite que ce psychopathe a lui-même consacrée.

— OK, alors cette fille est juste bizarre, je conclus, penaude, en sentant mes joues s'empourprer un peu.

— Ça, je crois qu'on le savait déjà, plaisante Dace avec un sourire en coin, mais son hilarité ne dure pas.

L'instant d'après, il lance un énième regard derrière nous pendant que je scrute les alentours en essayant encore de m'orienter et de comprendre où on est.

— La réserve est loin d'ici ?

— Non, je ne crois pas, pourquoi ?

— Parce que quand j'ai perdu le contact avec Phyre, elle partait dans cette direction. Ça ne veut peut-être rien dire, mais je crois qu'on devrait aller surveiller ce qu'elle fait et s'assurer que Chepi n'est pas en danger.

— Phyre serait incapable de faire du mal à Chepi. Elle était comme une mère pour elle après que la sienne a disparu, conteste Dace, sûr de lui.

Mais je ne suis pas convaincue. Au contraire, je crois que cette fille est capable de tout.

— Oui enfin, elle prétend aussi être follement amoureuse de toi et pourtant regarde ce qui vient de se passer : son père lui a clairement ordonné de te tuer et c'est pas comme si elle avait cherché à te prévenir !

Il n'en faut pas plus pour inciter Dace à talonner Kachina en direction de la réserve. Après avoir découvert que Chepi n'était pas chez elle, on se dirige vers la maison de Leftfoot quand, en chemin, je repère la voiture blanche toute crasseuse de Phyre garée juste devant le bosquet de genévriers tordus.

— Elle connaît l'existence du Monde Souterrain ?

Mon regard oscille entre le vortex et Dace et je remarque son air tracassé. Mais il se contente de hausser les épaules sans répondre.

Rapidement, il met pied à terre et me tend la main pour m'aider à descendre. Puis on se faufile entre les arbres et, d'un bond, on s'engouffre dans le vortex qui nous voit dégringoler dans ses entrailles avant d'atterrir brusquement tout en bas. On prend un instant pour rassembler nos esprits et observer attentivement les alentours. Le paysage est aussi gelé que lors de mon dernier passage ici avec Lita et Xotichl.

— C'est pas normal, murmure Dace en fronçant les sourcils, la mine sombre. Ça fait des années que je viens dans le Monde Souterrain et je ne l'ai jamais vu comme ça.

— Malheureusement, pour ce qui est de la neige, c'est ma faute.

Je grimace, coupable.

— C'était mon dernier souhait avant de mourir… et maintenant on dirait que ça ne veut plus s'arrêter.

Dace m'avise un long moment, puis tourne la tête pour parcourir à nouveau l'horizon du regard.

— Et où est mon cheval ? D'habitude il vient toujours m'accueillir.

— Il hiberne ? je hasarde en me frottant les mains pour essayer de les réchauffer. Je n'ai pas vu mon corbeau non plus, pas depuis le réveillon de Noël. Et je ne m'attends pas à le revoir tant que cette situation ne sera pas réglée. Mais la vraie question, c'est où est Phyre ? Où elle est partie, d'après toi ?

J'observe Dace, son profil, ses pommettes saillantes et son large front tandis qu'il regarde tout autour de lui, les yeux plissés face à la lumière éblouissante.

L'air indécis, il secoue la tête, se passe la main dans les cheveux, mais ce n'est pas vraiment la réponse que j'espérais. J'ai besoin d'en savoir plus.

Alors après m'être éclairci la voix, je me résous à poser cette question aussi indiscrète pour lui qu'humiliante pour moi, au risque de passer pour une petite amie décidément très jalouse et curieuse.

— Dace, est-ce que tu es déjà venu ici avec Phyre ?

Je me pince les lèvres pour me retenir d'en dire plus, tiraillée entre le désir de l'entendre démentir de tout son cœur et la nécessité de trouver un point de départ fiable. Dans l'immensité du Monde Souterrain, le moindre indice qui pourrait nous mettre sur la voie serait d'une aide précieuse.

— Je ne suis jamais venu ici avec elle.

Dace se penche pour me prendre les mains et les serrer d'un geste tendre.

— Daire, il faut que tu comprennes que notre relation – et encore, si on peut appeler ça une relation – n'a été que passagère. Contrairement à ce que tu crois, on est loin d'être sortis ensemble longtemps. J'ignorais totalement qu'elle connaissait cet endroit. Et j'ignore aussi ce qu'elle peut bien fabriquer ici. Cela dit, il y a une chose qui joue en notre faveur.

Je lui lance un regard.

— La neige, confie-t-il, une étincelle dans le regard et des petits plis espiègles au coin des yeux. Toute cette neige est peut-être un atout. Comme les animaux sont reclus, le sol est resté plutôt intact, ce qui va nous aider à retrouver rapidement sa piste.

C'est une bonne hypothèse, du moins en apparence. Mais il oublie que le Monde Souterrain abrite une multitude de dimensions, ce qui signifie que, un, Phyre peut avoir atterri n'importe où et que, deux, on peut très bien errer pendant des jours sans jamais l'apercevoir ni remonter sa piste.

D'un autre côté, ça ne fait pas si longtemps qu'elle est de retour dans la région. Donc il y a encore de grandes chances pour qu'elle n'ait pas dépassé cette première dimension du Monde Souterrain.

Dace me prend par la main et nous partons en exploration, avançant péniblement dans la neige en silence et surveillant constamment du coin de l'œil l'horizon immaculé qui nous entoure. Après avoir parcouru une bonne distance, on atteint finalement un endroit où la neige semble avoir été piétinée.

— On dirait que c'est là qu'elle a atterri.

Dace s'avance en contournant un talus de neige visiblement aplani. Puis son regard dévie jusqu'à une colonne de petites empreintes.

— Et ces traces devraient nous conduire à elle.

Il me reprend par la main, la sienne beaucoup plus fraîche que la mienne, et je ne peux m'empêcher de me demander s'il commence à faiblir ou si c'est simplement dû aux températures glaciales.

— Tu te sens bien, Dace ?

Je l'observe attentivement, parfaitement consciente que si les forces venaient à lui manquer, il n'y aurait personne ici pour m'aider à lui en redonner.

— Très bien, m'assure-t-il en me tirant.

Mais sa mâchoire serrée et son regard fuyant me poussent à croire tout le contraire.

Cependant je n'ai pas le choix, alors je continue d'avancer en silence, refusant d'avouer tout haut la longue liste de questions qui m'assaille.

Ces empreintes sont-elles celles de Phyre ?

Et le cas échéant, qu'est-ce qu'on fera une fois qu'on l'aura retrouvée ?

Est-ce qu'on ne ferait pas mieux de chercher l'âme de Dace ?

Et si en réalité on faisait complètement fausse route… par ma faute ?

Au fond, Phyre est peut-être bel et bien une fille un peu triste et étrange, mais qui n'a par ailleurs rien à voir avec tout ça.

Qui sait si je ne suis pas en train de mettre Dace en danger en l'entraînant dans cette chasse à l'homme absurde ?

Soudain Dace me presse la main et s'arrête net. Son regard alerté suffit à couper court à mes interrogations.

— T'entends ça ?

Il hoche la tête en direction d'une étrange complainte qui résonne au fond des bois.

Un frisson me parcourt, moins lié aux températures glaciales qu'à la sonorité de ce chant qui évoque la tristesse et le regret à l'état pur.

Si le désespoir absolu était une note de musique, ce serait exactement ce son.

Dace s'élance en premier mais je le rattrape vite. Têtes baissées et courbés, on s'approche sans bruit, longeant lentement un bosquet de grands pins saupoudrés de neige. Là, les yeux écarquillés, je découvre une scène qui me laisse sans voix et j'entends vaguement Dace murmurer :

— OK. Je comprends mieux.

TRENTE-QUATRE

DACE

Abasourdi par le spectacle odieux qui s'offre à moi, je me dis que c'est une illusion, un simple tour de mon imagination qui n'est pas sans ressembler aux hallucinations qui me hantaient dans cette dimension infernale du Monde Intermédiaire.

Je suis en train de m'enfoncer dans le confort d'un solide déni quand j'entends Daire retenir sa respiration de surprise et me confirmer par là même que ce que je vois est bien réel.

La sculpture de glace est très élaborée.

Taillée avec minutie et talent en forme de losange géant, sa surface est si luisante et lustrée qu'on pourrait facilement ne voir qu'elle. Mais en y regardant de plus près, on découvre une seconde sculpture en losange beaucoup plus petite en suspens à l'intérieur, abritant elle-même une sphère lumineuse auréolée d'un sublime halo.

Je comprends tout de suite de quoi il s'agit.

Et à en croire son halètement horrifié, Daire aussi.

J'ignore totalement comment elle s'y est prise, mais Phyre a réussi à capturer mon âme et à l'enfermer dans une cage de glace.

Ce n'est qu'après, en levant la tête, que je découvre le pieu acéré qu'elle a fixé au-dessus et qui pend de manière précaire.

Dispositif astucieux, ce piège force le respect et l'admiration et nécessite qu'on s'arrête quelques instants pour en saisir toute la portée et le fonctionnement.

Son exécution est d'une simplicité trompeuse : la glace fond, le pieu s'abat et, d'un claquement de doigts, ma force vitale est anéantie à jamais, emportant au passage celle de Cade.

Une première étape décisive qui lui permettra de réaliser la prophétie de son père.

Il faut dire qu'elle a toujours eu un don pour les mises en scène marquantes. Néanmoins, je suis surpris qu'elle ait trouvé la volonté d'aller jusqu'au bout.

Je commence à m'élancer, pressé de récupérer mon bien, mais Daire me retient par la manche et m'invite d'un regard inquiet à voir ce qu'elle voit.

Phyre se tient à l'écart sur le côté. L'air sombre et rêveur, elle regarde le pieu se tailler peu à peu un passage vers mon âme.

— C'est beau, n'est-ce pas ? nous lance-t-elle, les yeux rivés sur son œuvre. Vous savez, comme avant il ne neigeait jamais ici, je me suis dit que je devrais essayer d'en profiter. Ça a été un vrai plaisir à réaliser même s'il m'a fallu des jours pour en venir à bout. C'est bon, inutile de te cacher.

Elle lance un regard dans notre direction.

— Je sais que tu es là, Dace.

Lentement, une moue espiègle se dessine sur son visage.

— Quand tu es dans les parages, je le sais toujours.

En apercevant ensuite Daire, son rictus s'évanouit.

— Tout comme je sais que tu m'empêches d'approcher Cade. Je ne suis pas idiote. Je sais que tu as quelque chose à voir avec ce corbeau. Je te connais.

Je me risque à avancer avec précaution sans toutefois quitter la sculpture des yeux. Phyre est instable. Elle délire. Mieux vaut éviter tout geste brusque et ne pas la faire sursauter.

Discrètement, je m'apprête à faire encore un pas quand elle me stoppe net dans mon élan.

— J'ai dit que vous pouviez arrêter de vous cacher, pas que vous pouviez approcher ! Je veux te voir, Dace. Comme toujours. Mais désormais, après tout ce qui s'est passé, je préfère que ce soit de loin.

Décidant d'obtempérer, je reste exactement où je suis. Mieux vaut gagner sa confiance plutôt qu'enfoncer le clou et la braquer au risque qu'elle commette l'irréparable.

— Je t'aimais, tu sais, soupire-t-elle en pivotant sur elle-même pour se retourner complètement face à moi.

C'est alors que je découvre ses yeux rougis et ses joues embuées de larmes.

— En fait, je t'aime toujours. Le fait que tu préfères la Chasseuse ne change rien à mes sentiments pour toi.

Sa voix se brise un peu. Pensant que c'est peut-être le moment d'intervenir, je tends le bras vers elle en murmurant son prénom et insiste pour qu'elle saisisse ma main et qu'elle se calme pour qu'on puisse discuter tranquillement de tout ça.

Mais je n'ai pas le temps d'aller bien loin qu'elle m'arrête d'un geste et me conseille de reculer. C'est là que je prends toute la mesure de l'atroce tableau qu'elle a composé. Le fagot de brindilles sèches qu'elle tient dans une main, le bidon d'essence vide renversé à ses pieds (sans doute celui que je l'ai vu mettre dans le coffre de sa voiture) et l'éternel briquet argent et turquoise de Cade serré entre son pouce et son index.

— C'est trop tard, déclare-t-elle d'une voix neutre, l'air étrangement éteinte. Trop tard pour nous tous.

Elle baisse les yeux et, d'une pichenette du pouce, met le feu au fagot.

— Phyre ! Non !

J'ai beau me précipiter, c'est trop tard.

Elle a déjà abaissé la torche.

Déjà enflammé l'arc-en-ciel d'essence qui encercle la sculpture renfermant mon âme.

La structure s'embrase dans une gerbe aveuglante de chaleur et, instantanément, la surface extérieure de la sculpture se met à fondre à une vitesse alarmante. Imperceptiblement, le pieu commence à descendre et à se rapprocher de mon âme.

Sans voix, glacé d'horreur, je regarde Phyre inspirer et expirer inexplicablement en direction du brasier, tour à tour tempérant et attisant les flammes.

— Je sais que tu ne me crois pas, reprend-elle d'un ton léger, nonchalant, comme si elle ne venait pas de signer mon arrêt de mort. Mais le peu de temps qu'on a passé ensemble a incontestablement été la plus belle période de ma vie.

Elle pince les lèvres en soufflant brièvement vers la fournaise qui se déploie de plus belle.

— Ce furent les seuls vrais beaux moments de mon existence.

Elle se tourne, curieuse de voir ma réaction.

— Malgré tout, tu es déterminée à me tuer, je réplique, moins intéressé par sa version utopique du passé que par les événements actuels.

L'incendie fait rage.

La glace se dissout.

Et le pieu s'abaisse de plus en plus.

La torche qu'elle brandit dégage un épais nuage de fumées infectes et difficilement respirables.

— Il ne faut pas m'en vouloir, Dace. Ne me regarde pas comme ça, je ne suis pas un monstre.

Une moue vient chagriner son visage comme si je l'avais profondément blessée.

— Tout ça n'est pas ma faute. Je n'ai pas voulu cette vie. On m'a choisie, c'est tout. Aujourd'hui, je ne fais qu'accomplir mon destin.

D'un grand geste, elle avance la torche dans le brasier, la bouche tordue par un rictus et les joues rouges de plaisir en voyant les flammes redoubler.

— En fin de compte, mon destin était de te tuer.

Elle me jette un coup d'œil furtif. Ravie de voir que je suis passablement horrifié, elle retire la torche et laisse les flammes se dissiper.

— Si ce n'était pas moi, ce serait une de mes sœurs qui serait ici. C'est notre héritage, Dace. Ce n'est pas comme si je pouvais y changer quelque chose. Pour autant, ça ne veut pas dire que ça m'a plu au début, bien au contraire, je t'assure. Mais une fois que mon père m'a tout expliqué et que j'ai fait le choix d'accepter mon destin, j'ai commencé à voir les choses différemment. Tout le monde a un but dans la vie. Et pourtant, la plupart des gens se contentent d'avancer en traînant les pieds dans l'ignorance la plus totale. Toi et moi, on a de la chance, on a compris ça très tôt. D'ailleurs, d'une certaine façon, je trouve ça romantique que nos destins soient imbriqués. Quand je t'ai rencontré, j'ai tout de suite su qu'il se passerait quelque chose de fort entre nous. Raison pour laquelle ça devrait te réconforter que ce soit moi qui mette fin à tes jours. C'est vrai, après tout : tu ne préfères pas mourir aux mains d'une personne qui t'aime ?

— Je préfère ne pas mourir du tout, je rétorque en pivotant vers Daire pour lui lancer un regard prudent, lui conseillant de rester où elle est.

De toute évidence, Phyre a craqué. Mieux vaut que Daire reste discrète et ne s'en mêle pas. Tout ce qu'elle pourrait dire ou faire serait pris comme une provocation. Du reste, c'est moi qui ai entaché mon âme et l'ai rendue vulnérable. C'est donc à moi de négocier sa restitution.

— Tu me déçois, Dace, concède Phyre en poussant un soupir exagéré. La mort n'est pas réservée aux moins chanceux d'entre nous. Elle nous attend tous. On meurt tous un jour. Mais je suppose que j'aurais dû me douter que tu répondrais ça. C'est fou ce que les gens aiment se raccrocher à leurs illusions.

Elle reporte son attention sur le terrible brasier, soufflant dessus à plusieurs reprises pour l'attiser et prenant un malin plaisir à ce petit jeu.

— Tu n'as pas idée du service que je te rends. Au moins ta mort sera rapide et sans souffrance, et tu seras dispensé des atrocités de la fin des temps, qui, pour info, approche réellement. Je crains qu'Enchantment ne s'en tire pas si bien. Cette ville est peuplée d'impies et de pécheurs. Alors tout compte fait, je pense qu'il vaut mieux que tu considères ça comme un ultime cadeau de ma part. Il y a deux ans je t'ai offert ma virginité, aujourd'hui je t'offre une mort en douceur dans un monde rongé par la souffrance.

Elle ouvre la bouche en inspirant à fond, mais cette fois je ne peux pas la laisser faire. La gigantesque sculpture s'est presque entièrement dissoute et bientôt Phyre n'aura plus qu'à souffler encore un peu ici et là pour que sa petite sœur à l'intérieur se désintègre elle aussi et que mon âme se retrouve complètement exposée, à la merci du pieu qui terminera son terrible parcours.

— Je ne vois pas les choses de la même manière.

J'ai la bouche si sèche que les mots ont du mal à sortir.

— Pour moi le monde n'est pas que souffrances. Sa beauté est disséminée un peu partout, y compris en toi.

Je l'observe attentivement, croisant les doigts pour que mes paroles la touchent. Mais je comprends à son air que c'est un échec complet.

— Il faut vraiment que t'élargisses tes horizons, raille-t-elle, mauvaise. Enlève tes œillères et regarde le monde tel qu'il est vraiment !

Je me frotte les lèvres, cherchant désespérément le moyen de me faire comprendre.

— Phyre, je t'en prie, écoute-moi. Contrairement à ce que tu crois, ce n'est pas ton destin.

Je la supplie du regard mais elle se détourne, dédaigneuse.

— Ce n'est pas une affaire de destin, de loi divine, ni quoi que ce soit du genre. Ce sont les délires de ton père qui ont pris une tournure démesurée. Rien ne t'oblige à continuer. Tu peux prendre tes distances avec lui et je veillerai à ce que tu aies tout le soutien nécessaire. Éteins ce feu, Phyre, libère mon âme et je te promets que Suriel n'aura plus jamais l'occasion de t'approcher. Je m'arrangerai pour qu'on t'installe en lieu sûr dans un endroit où il ne pourra jamais te retrouver.

Penchant la tête de côté, elle agite sa torche au hasard, emplissant l'espace d'un nuage de fumée âcre qui m'irrite la gorge et me pique les yeux.

— Est-ce que tu m'aimes, Dace ?

Elle se retourne comme si elle n'avait pas entendu un traître mot de ce que je viens de dire.

Je serre les lèvres, conscient que c'est un test et qu'il vaut mieux que je m'abstienne de mentir.

— M'as-tu jamais aimée ?

Je reste immobile sans répondre.

Elle part d'un rire crispé, las, et ramène sa torche le long du corps.

— Raison de plus pour t'aimer : tu es toujours honnête, toujours très droit. Il faudrait plus de gens comme toi, le monde serait meilleur. La fin des temps serait inutile, ça, c'est sûr.

— Phyre, pour ce que ça vaut, sache que j'étais sincèrement attaché à toi, je finis par répondre les yeux plissés en essayant de ne pas suffoquer à cause des émanations.

— Je sais. À l'époque tout le monde nous harcelait mes sœurs et moi à cause des propos de mon père. Mais pas toi, jamais. Tu ne m'as jamais jugée sur ses actes et ça, je t'en serai éternellement reconnaissante.

— Je tiens toujours à toi. Et je me fais aussi du souci pour toi. Tu as passé ces deux dernières années seule, sans personne à qui te confier. Je comprends, je t'assure. Du coup, tu es sous l'influence de Suriel. Mais ce que tu fais, là... ça ne te ressemble pas. Tu n'as rien à voir avec ton père. Tu as ta vie à toi et la possibilité de faire tes propres choix. Tu as trop de choses à offrir pour te laisser entraîner sur cette voie.

— C'était peut-être vrai avant, mais plus maintenant, chantonne-t-elle en souriant doucement.

Une fois de plus, elle brandit la torche et l'approche dangereusement des flammes.

Elle est en train de disjoncter. À ce stade, elle est si instable et imprévisible que le moindre faux pas, le moindre mot de travers m'anéantira sur-le-champ, comme si je n'avais jamais existé.

Dire qu'il y a encore quelques heures je priais pour ma délivrance et que mon appel restait inlassablement sans réponse. La situation a bien changé.

Attention, certains souhaits sont dangereux, m'a toujours dit Chepi.

Maintenant que j'ai retrouvé Daire, j'ai toutes les raisons de vivre.

Je me risque à avancer un peu, un tout petit pas censé passer inaperçu, mais c'est alors que je suis pris d'une violente nausée et vacille, saisi de picotements et de frissons.

Le regain d'énergie que Paloma et Axel m'ont infusé est en train de s'estomper.

Daire accourt aussitôt pour essayer de me stabiliser. Mais je l'esquive car je sais que ça ne fera qu'irriter Phyre.

La glace fond, mes forces s'amenuisent, et je dois utiliser le peu de temps qu'il me reste pour la convaincre de mettre un terme à cette folie tant que c'est encore possible.

— Qu'est-ce qui ne va pas, Dace ? Tu m'as l'air bien pâle. C'est à cause de ça ? s'étonne faussement Phyre en se mordant la lèvre tandis qu'elle plonge une fois de plus la torche dans le feu.

Elle se laisse aller à un petit fou rire nerveux en voyant la sculpture extérieure s'écrouler et le pieu tomber encore plus bas, son extrémité rougeoyant d'un terrible éclat.

— Non, tout va bien. Je me sens en pleine forme. Mieux que jamais.

Me tenir droit me demande un effort surhumain qui ne la convainc pas pour autant.

— Ton frère a un sens inné du mensonge. Alors que toi, mon ami, pas du tout.

Elle réprime un petit sourire narquois mais son regard brillant la trahit.

— À propos de mon frère, il paraît que tu lui as rendu visite, je lance en m'avançant vers elle.

Rien qu'un pas dans la neige, en douceur. Si je ne commets pas d'impair, un deuxième suivra bientôt. Puis un autre, et encore un autre. Jusqu'à ce que je sois assez proche pour la désarmer.

— Eh oui, qu'est-ce que tu veux ? Tu me manques et Cade est le remplaçant idéal.

— On est jumeaux mais notre ressemblance s'arrête là, je rétorque les dents serrées en m'efforçant de dissimuler mon agacement tandis que je pose le pied gauche devant le droit. Mais j'imagine que je ne t'apprends rien ?

— Pff ! Évidemment, pour qui tu me prends ?

Secouant la tête, elle marmonne tout bas, puis me fait de nouveau face.

— Cade est l'ombre, et toi, la lumière. Il est le yin, toi, le yang. Et exactement comme le yin et le yang, vous êtes indissociables. Deux parts égales d'un tout. L'un ne peut exister sans l'autre.

Lisant la surprise sur mon visage, elle enchaîne :

— Je sais tout. Vous êtes aux antipodes l'un de l'autre, la charge positive et la charge négative de l'univers. Et vos rapports influencent le destin de tous les êtres vivants. Raison pour laquelle je dois te tuer. Néanmoins, cette parfaite symétrie a quelque chose de très beau, tu ne trouves pas ?

— Je n'avais jamais considéré les choses sous cet angle, je concède, histoire de l'occuper pendant que je continue lentement mais sûrement d'avancer.

Elle grimace.

— C'est vrai, Dace ?

Elle baisse les yeux en soupirant.

— Décidément, je te croyais plus visionnaire que ça. Il faut croire que je ne voyais que ce qui m'arrangeait.

— En fait, je viens seulement de découvrir ce lien avec Cade. J'ai pas encore eu le temps d'assimiler. Et toi, comment l'as-tu appris ?

L'air faussement intrigué, je fais mine d'attendre sa réponse tout en effectuant un pas de plus vers elle.

— C'est Suriel qui me l'a dit, explique-t-elle en fixant le bout de ses bottes enfoncées dans la neige. Il s'en est douté très tôt. Il est beaucoup plus malin que ce qu'on croit.

— On dirait que vous vous êtes rapprochés tous les deux.

— Je n'ai plus que lui maintenant, tu vois ?

Elle relève la tête pour croiser mon regard et, l'espace d'un instant, je revois cette fille triste avec laquelle j'ai jadis été intime.

— Je ne suis pas tout à fait d'accord, je nuance non sans mal.

Le simple fait de respirer m'épuise. Mais je suis trop près du but, je ne peux pas renoncer maintenant.

— Arrête un peu, se moque-t-elle en levant les yeux au ciel. Y a pas plus seule que moi sur Terre ! Les autres élèves au lycée ne sont pas vraiment mes amis. Ils me connaissent mal et au fond ils ne s'intéressent pas à moi. Les filles essaient simplement de copier mon look, et les garçons, de me mettre dans leur lit. C'est totalement différent de la relation qu'on avait tous les deux. Mais désormais je t'ai perdu, n'est-ce pas ?

— Bien sûr que non, je susurre d'une voix douce et enjôleuse. On sera toujours amis, Phyre. Et je suis là si tu as besoin de mon aide… ça ne tient qu'à toi.

— Ah vraiment ? Dans ce cas, comment t'expliques que tu aies toujours refusé de m'adresser la parole depuis mon retour ?

Je tressaille en la voyant me dévisager durement. Elle a raison, je ne peux pas le nier.

— Depuis que je suis revenue à Enchantment, tu as passé ton temps à me repousser en me faisant clairement comprendre chaque fois que tu avais hâte de te débarrasser de moi pour pouvoir aller la rejoindre *elle*.

Elle lance un regard noir à Daire, les traits brusquement durcis par un regain de fureur, presque comme si elle avait oublié qu'elle était là. Je me risque à tourner la tête et vois Daire qui regarde droit devant elle, les yeux rivés sur la sculpture qui fond à vue d'œil, l'air de comploter quelque chose. J'ignore ce qu'elle a en tête mais j'espère qu'elle attendra que j'aie fait ce que j'ai à faire avant d'agir.

— Tu te souviens du jour où on a fait l'amour ? relance Phyre en continuant de toiser Daire.

Mais cette dernière l'ignore royalement, refusant d'entrer dans son jeu.

— Je t'ai posé une question, Dace ! *Est-ce que tu te souviens… du jour… où on a fait… l'amour ?*

Voûté, le souffle court, je parviens toutefois à articuler une réponse.

— Oui, je m'en souviens, dis-je doucement en espérant que ça suffira à la calmer.

J'ai toutes les peines du monde à tenir debout.

— OK, et de quoi te souviens-tu surtout ? Si tu devais choisir un adjectif pour décrire ce jour – et c'est bien ce que je te demande – lequel ce serait ?

— Et toi ? je renchéris pour gagner du temps, le pouls faible et la respiration laborieuse.

— Non, c'est pas juste, j'ai posé la question en premier ! s'esclaffe-t-elle comme si toute cette discussion était franchement hilarante.

— Nouvelle… je finis par balbutier.

J'ai la tête qui tourne de plus en plus et la vue qui se trouble.

— *Nouvelle* ? s'étonne-t-elle, méfiante, en donnant un violent coup de pied dans la neige. Comme un livre, tu veux dire ? Comme une scène de roman d'amour ou quelque chose de ce genre ?

À peine ai-je fait non de la tête que je le regrette déjà. Mes vertiges s'accentuent, je me sens de plus en plus partir et de moins en moins solide sur mes jambes.

— Non, *nouvelle* dans le sens nouvelle expérience, je corrige en surmontant un autre haut-le-cœur. J'entends par là que c'était tout nouveau pour moi. À l'époque, je ne savais pas du tout ce que je faisais.

— Mais maintenant si, c'est ce que tu es en train de me dire ? s'impatiente-t-elle en fusillant à nouveau Daire du regard et en se remettant à agiter sa torche dans tous les sens.

Le cercle de feu flamboie de plus belle, crépitant sous les étincelles, tandis qu'un nuage de fumée toxique se répand dans l'air.

Je pousse un cri de protestation que je regrette d'emblée. Ça ne fait que l'encourager.

— Phyre… je retente. Je suis un peu embarrassé par ta question et surtout je ne sais pas ce que tu attends de moi. Tout ce que je peux te dire, c'est que c'était nouveau… inattendu…

Pardonne-moi, Daire.

— … et à la fois merveilleux.

Phyre rabat sa torche, visiblement ravie. Mais ça ne change pas grand-chose pour autant. Les flammes continuent de gagner du terrain, la glace, de se dissoudre, et les parois jusqu'ici complètement gelées de la plus petite sculpture sont bien parties pour se désagréger dans très peu de temps.

Je jette un coup d'œil discret à Daire, désolé de lui imposer tout ça. Cependant, elle demeure plus que jamais stoïque, tellement absorbée par le pieu que je me demande même si elle entend ce que raconte Phyre.

— J'ai trouvé ça merveilleux aussi, sourit cette dernière en baissant timidement la tête.

Elle est tellement perdue dans ses souvenirs qu'elle rate le moment où l'enveloppe externe se dissout pour de bon en ne formant plus qu'une petite flaque.

Daire, elle, s'en est aperçue. Je le sens à sa façon de se raidir dans mon dos alors que je me cramponne tant bien que mal au peu de forces qu'il me reste. Mais j'ai beau tenter d'évaluer combien de temps encore je vais pouvoir tenir, tout ce que je sais, c'est que je serai bientôt à bout.

— Tu sais pourquoi j'ai pris l'initiative, n'est-ce pas ? questionne Phyre, apparemment obsédée par le sujet.

Elle ne veut décidément rien lâcher.

Ma bouche est sèche, ma gorge, serrée, j'arrive à peine à respirer et encore moins à lui répondre.

— Je veux dire, bon, on sait tous les deux que c'est moi qui t'ai sauté dessus. Tu étais si mignon et respectueux que si je t'avais attendu il ne se serait jamais rien passé. Il a été pareil avec toi ? lance-t-elle à Daire en la défiant du regard.

Mais Daire fait comme si elle ne la voyait pas.

— Bref, je savais que j'allais bientôt partir. Mais ce que je ne t'avais pas dit, c'est que je savais aussi que je reviendrais.

Je réponds par un grognement, c'est tout ce dont je suis capable.

— Si je ne t'ai rien dit, c'est parce que je savais que les choses ne seraient plus jamais pareille et qu'un jour on en arriverait là : au cours de ta seizième année, je serais contrainte de te tuer.

Elle marque une pause en regardant le feu, l'air pensive.

— Si tu savais comme c'était horrible de vivre en sachant cela. Et ne crois pas que je me sois résignée facilement. Je me suis disputée avec Suriel tous les jours, du matin au soir. Jusqu'au jour où j'ai compris que de toute façon quelqu'un te tuerait. Alors je me suis dit, autant que ce soit moi.

Elle prend une grande inspiration et se tourne face à moi.

— Mais si je ne t'ai rien dit, c'est surtout parce que je ne voulais pas que tu te sentes obligé de me faire tout un tas de promesses en l'air que tu aurais été incapable de tenir. Ça aurait tout gâché, or c'était important à mes yeux que ce souvenir reste intact dans mon cœur, figé dans le temps, merveilleux, hors d'atteinte – exactement comme ton âme en ce moment.

— Sauf que mon âme n'est pas hors d'atteinte, là. Ce pieu suspendu juste au-dessus va la transpercer d'une seconde à l'autre.

D'un faible signe de tête, je lui montre le losange qui se désagrège et le socle de glace à ses pieds lui aussi grignoté par les flammes. Perplexe, elle découvre enfin l'état désastreux de son œuvre. D'une minute à l'autre, la corde enrobée de glace (à présent presque fondue) qui retient le pieu sera la dernière chose qui me séparera d'une mort rapide et définitive.

Visiblement anxieuse, Phyre commence à s'agiter, ce qui me pousse vaguement à espérer qu'elle se ravise, rongée par le doute.

Mais cet espoir est aussitôt anéanti par sa réplique.

— En fin de compte mon souvenir n'était pas à l'abri non plus…

Un haussement d'épaules désinvolte, c'est tout l'égard qu'elle a pour ma vie et la condition de mon âme.

— … La réalité actuelle l'a terni.

Au même instant, la couche externe de glace maintenant la corde en place commence à céder, provoquant la descente brusque du pieu jusqu'à ce que sa pointe rouge ne pende plus qu'à un mètre à peine du sommet de la sculpture, soit à un mètre et demi de mon âme.

— On ne peut pas ternir un souvenir, je réplique en disant la première chose qui me passe par la tête.

J'avance encore d'un pas, conscient que ce sera peut-être le dernier. D'ici peu, mes jambes refuseront de me porter.

— Les souvenirs ont leur propre autonomie, Phyre.

Elle me lance un regard nostalgique.

— Si seulement c'était vrai. J'aimerais qu'il en soit autrement et ne pas être obligée de faire ça.

— Mais tu n'es *pas* obligée, je t'assure…

— Si ! Il le faut. Bon sang, Dace, tu ne vas pas revenir là-dessus ! J'ai beaucoup tergiversé au début, mais le jour où j'ai vu ton âme partir à la dérive…

— Tu étais là… le soir du réveillon de Noël ?

Je ne me doutais pas du tout de sa présence et qu'elle nous épiait, tapie dans un coin.

Elle penche la tête vers moi, laissant une mèche bouclée rebondir devant ses yeux avec cet air naturellement charismatique et aguicheur qui la caractérise. Dans une autre vie et avec d'autres parents, elle aurait été mannequin, star de cinéma ou peut-être même femme d'État. Mais au lieu de ça, elle s'est retrouvée seule avec Suriel qui a fait d'elle une meurtrière.

— Je n'étais pas là au moment précis où tu l'as perdue. Mais quand j'ai vu cette magnifique sphère s'élever dans le ciel, j'ai tout de suite su que c'était la tienne. Le plus drôle, c'est que j'étais partie à ta recherche. Et tu vois, je t'ai trouvé. Du moins, l'essence même de ta personne.

Elle la contemple avec admiration, comme si ça lui plaisait de voir mon âme si vulnérable et exposée.

— Tu veux savoir comment j'ai deviné que c'était la tienne ? poursuit-elle en me toisant comme si elle me défiait de répondre « non ».

Mais je suis à présent si faible que je n'ai plus la force de parler.

— Je l'ai su à son éclat. Elle brillait de mille feux. Exception faite de cette vilaine petite tache noire juste là, explique-t-elle en pointant sa torche vers mon âme.

Mon cœur, qui ne bat presque plus, se serre violemment.

— Cette partie est un peu abîmée et répugnante. Comment tu t'es fait ça, d'ailleurs ?

En me projetant dans l'âme de mon frère et en emportant une part de sa noirceur en guise de souvenir.

Je tente péniblement d'avancer encore un peu, mais me retrouve plié en deux à agripper désespérément mes genoux, tête pendante, pantelant, essoufflé, comme un chien après une longue course en manque d'oxygène et d'eau fraîche.

— Il faut croire que Cade et toi n'êtes pas aussi différents que je l'imaginais. Manifestement, il y a une part de lui en toi. Mais dis-moi, l'inverse est-il vrai ?

Tanguant de manière précaire, je me laisse tomber à genoux, conscient de l'inquiétude de Daire qui se tient à proximité et du regard de plus en plus indifférent de Phyre.

— Eh bien, ce sera intéressant à découvrir, fredonne-t-elle. Pouvoir vous découvrir de l'intérieur comme ça, c'est vraiment une occasion rêvée, quand on y pense.

Une fois de plus, elle abaisse la torche.

— Phyre, ne fais pas ça ! je m'écrie dans un sursaut de force.

Elle se tourne vers moi, l'air hagard.

— Je t'en prie, ce n'est pas toi !

— Tu ne sais *pas* qui je suis ! rétorque-t-elle violemment.

— Si, je sais, tu es cette fille qui avait trouvé un nid de moineaux abandonné et qui a ouvert un orphelinat de fortune pour les recueillir et les élever… tu te souviens ?

En la voyant se raidir, les lèvres pincées, je sais que j'ai réussi à toucher une corde sensible.

— Tu les as ramenés chez toi, tu les as nourris avec un flacon de collyre et tu as essayé de leur apprendre à voler avec un avion en papier que j'avais fabriqué.

— Deux des moineaux sont morts.

— Mais les deux autres ont survécu.

Elle s'humecte les lèvres, desserre sa prise sur la torche.

— C'est grâce à toi, Phyre. Tu as sauvé ces moineaux. Parce que c'était important pour toi et que tu considérais à juste titre la vie comme un merveilleux cadeau. Tu le penses toujours aujourd'hui. Au fond de toi, tu sais que c'est vrai. Tu n'as pas autant changé que tu essaies de le faire croire.

Les joues luisantes de larmes, un faible sourire sur les lèvres, elle tourne vers moi ses yeux tristes et brillants.

— Tu le crois sincèrement ? demande-t-elle doucement, sa détermination s'étiolant.

— Bien sûr, je murmure en me traînant vers elle. Allez…

Épuisé, je tends la main vers elle et, voyant qu'elle me laisse faire sans me repousser, j'use des toutes dernières forces qu'il me reste pour me relever et lui prendre la torche des mains.

— Rien ne t'oblige à faire ça.

La torche, que je jette par terre derrière moi, s'éteint dans un grésillement, étouffée par la neige.

Je retire mon blouson et m'abrite dessous, me préparant à foncer dans les flammes pour récupérer mon âme, mais c'est alors que Phyre me retient par le bras et me lance d'un ton dur :

— J'espérais pouvoir t'offrir le salut d'un baiser… mais tu t'es tellement entêté à me repousser que je n'en ai jamais eu l'occasion. Maintenant je n'ai plus le choix. Le feu est la seule façon de délivrer ton âme maudite et impure.

Elle inspire à fond puis souffle de toutes ses forces sur les flammes qui redoublent violemment jusqu'à ce qu'un immense brasier éclate, provoquant la désagrégation totale de l'ultime écrin de glace. Projeté en arrière par le souffle de l'explosion, je m'écrase violemment sur un talus de neige.

Mon champ visuel se rétrécit.

Daire pousse un cri strident.

Et le pieu s'enfonce droit dans mon âme.

Trente-cinq

Daire

Dace s'écroule.

Le pieu s'abaisse.

D'un bond, je l'enjambe et fonce vers le brasier avec la ferme intention d'ouvrir une brèche comme je l'ai fait dans la grotte.

Sauf qu'en voyant le bout de ma botte fumer puis l'ourlet de mon jean noircir, je comprends que ce feu-là, je n'ai pas le pouvoir de le maîtriser. Il va me brûler vive. Je ne peux pas courir ce risque.

En me retournant vers le pieu, je constate avec un immense soulagement que le haut de la corde, qui est encore gelé et fixé à une grosse branche sèche, tient – à plus grand-chose mais il tient.

Mais bien sûr, il y a toujours le problème de Phyre. Apparemment, cette folle n'a même pas remarqué que le soi-disant grand amour de sa vie s'est écroulé par terre comme une masse, sans connaissance, ou alors elle s'en fiche. Sans se démonter le moins du monde, elle tente une fois de plus de me déstabiliser.

— C'est plus fort que moi, je suis jalouse de toi.

Son regard est franc, direct. Je sens son poids sur ma joue.

— Mais rassure-toi, ce n'est pas pour cette raison que je fais tout ça. Je ne suis pas en train de te faire le coup du *si je peux pas l'avoir alors personne l'aura.* L'enjeu est beaucoup plus important, mais est-ce que tu sais à quel point, au moins ?

Elle marque une pause pour me donner l'occasion de répondre mais, voyant que je ne la saisis pas, elle poursuit :

— Tu crois sans doute tout savoir parce que tu es une Chasseuse et tout, mais le monde ne tourne pas autour de nous, Daire. Dès que ce pieu s'abattra, les jumeaux mourront et peu après ce sera mon tour. Au début, j'ai eu du mal à l'accepter, j'ai protesté. Mais aujourd'hui je m'y suis faite.

Elle se penche en affichant un sourire forcé. Là, je comprends que c'est la fin. Une dernière rafale de sa part et la corde cassera net, et Dace et Cade seront fichus.

Bien que je sois prête à m'occuper de son cas et à mettre à exécution le plan que j'ai élaboré depuis le début de cette confrontation, j'ai besoin d'encore quelques instants. Alors je fais de mon mieux pour détourner son attention.

— J'ai connu le même problème, je commence à raconter en risquant un petit coup d'œil vers elle pour m'assurer que j'ai réussi à gagner quelques secondes. Au début, quand j'ai appris que j'étais une Chasseuse, ça m'a mise en colère. J'ai même tenté de fuguer. Mais, comme tu vois, je suis pas allée bien loin.

— C'est pas pareil, se renfrogne-t-elle avec mépris avant de se remettre en position.

— Presque ! Reconnais que l'idée est là.

Mon ton est trop nerveux, trop désespéré, il faut absolument que je me calme. Cela dit, mon argument a quand même l'air de faire un peu effet sur elle puisqu'elle se redresse légèrement et referme la bouche avec une moue en coin.

— Comme toi, j'ai moi aussi un destin à accomplir.

La gorge serrée, je me répète que je peux y arriver et essaie de ne pas penser à tous mes récents échecs.

Pinçant les lèvres, je commence à compter dans ma tête.

Un... Je lève lentement la main.

Deux... Je tends la paume et la tourne vers la dague.

Trois... J'implore l'univers en silence : *Je vous en supplie, ne me laissez pas tomber...*

— Mais contrairement à toi, mon destin sert la bonne cause.

— Et pas le mien, peut-être ? s'impatiente-t-elle.

— Le tien...

Les dents serrées, j'écarte les doigts et me prépare à ce qui va suivre.

— Parle, Chasseuse !

Sa voix retentit si fort que les flammes jaillissent brusquement, les branches s'agitent et le pieu descend encore d'un cran, pendillant de manière précaire.

— Et le tien n'est qu'un paquet de conneries inventées par ton psychopathe de père !

Je la fixe droit dans les yeux, histoire de renforcer l'affront que je viens exprès de lui faire. J'espère seulement que j'ai bien calculé mon coup.

Phyre se penche vers la sculpture et souffle si violemment que la corde se rompt aussitôt sous la chaleur des flammes et le pieu plonge droit vers l'âme de Dace.

Je le regarde dégringoler sans oser cligner des yeux.

La main tendue, je prie une dernière fois en silence, invoquant mes pouvoirs de télékinésie qui, ces derniers temps, se sont avérés franchement émoussés, voire inopérants. Mais à cet instant précis je n'ai pas d'autre arme.

Enfin, hormis ma détermination, ce qui, d'après Paloma, est l'ingrédient-clé de la magie.

Mais malgré toute ma bonne volonté et mes ferventes prières, le pieu qui n'est maintenant plus qu'à un cheveu de sa cible refuse de changer de trajectoire.

Et devant mes yeux exorbités, il se plante brutalement au beau milieu de l'endroit où se trouvait l'âme de Dace, m'arrachant malgré moi un cri sinistre.

Mais soudain, en voyant Phyre me dévisager, je me tais et suis son regard qui s'est arrêté sur ma main.

Mon but était de sauver l'âme de Dace et, manifestement, c'est exactement ce que je viens de faire.

La télékinésie a marché.

Simplement elle a renoncé au pieu pour cibler le plus important et, pendant qu'il achevait sa course, la sphère atterrissait dans ma main.

Le regard flambant comme le feu qu'elle ne cesse d'attiser, Phyre pousse un hurlement effroyable et se rue sur moi. La violence de la collision entre nos corps est telle que j'en ai le souffle brusquement coupé et la sphère lumineuse me glisse des doigts.

Chacune essaie désespérément de l'attraper tandis qu'elle plane au-dessus de nous mais, très vite, le vent commence à l'emporter.

Phyre s'écarte et se relève à toute vitesse, mais je me lance tant bien que mal à ses trousses pour la rattraper et l'empêcher de la récupérer.

À cause de l'incendie qu'elle a déclenché, l'épais manteau de neige qui nous entourait fond désormais à vue d'œil, laissant place à une boue épaisse qui compromet la course-poursuite en nous faisant glisser, déraper et perdre l'équilibre mais en aucun cas notre volonté de rattraper la sphère.

— Tu ne pourras pas le sauver ! crie-t-elle en courant devant moi. C'est écrit, c'est trop tard. Tu ne peux rien changer !

J'accélère et me bagarre comme une folle pour la dépasser, et quand enfin mes pieds se posent sur une parcelle de terre sèche qui me permet de prendre solidement appui, je saute le plus haut que je peux… mais c'est finalement Phyre qui s'empare de l'âme la première, juste sous mon nez.

En voyant cette cinglée manipuler et serrer contre elle quelque chose d'aussi fragile et précieux, je reste sans voix, horrifiée.

L'air rêveur, elle la fixe avec de grands yeux ronds, comme hypnotisée, quoiqu'en me sentant approcher elle la resserre contre elle d'un geste protecteur en faisant claquer sa langue.

— À ta place, je ne tenterais rien, m'avise-t-elle.

Levant les bras en signe de capitulation, je m'arrête face à elle et reste silencieuse tandis qu'elle glisse la main dans sa poche pour en sortir le briquet argent et turquoise qu'elle a piqué à Cade.

— Tu savais qu'Oléandre était mon deuxième prénom, en hommage au laurier-rose ?

Nos regards se croisent brièvement.

— Phyre Oléandre Youngblood, c'est ce que j'appelle un nom à coucher dehors, remarque-t-elle d'un air songeur en jouant avec la molette du briquet. Cela dit, je n'ai hérité de ce nom qu'à l'âge de seize ans. C'est à ce moment-là que mon destin a été scellé. Mais tout a commencé quand j'en avais huit. Mon père m'a expliqué que c'était un grand honneur, dont je pouvais être fière. Peu importe que ça ait failli me tuer plus d'une fois. En fin de compte, il avait raison – comme souvent, remarque.

Elle plonge de nouveau la main dans sa poche, cette fois pour en sortir un magnifique bourgeon rose couronnant une petite tige fine qu'elle coince entre ses dents.

Au début je m'imagine qu'elle va l'avaler tout rond mais, l'instant d'après, je la vois ressortir la tige étêtée de sa bouche et y mettre le feu à l'aide du briquet. Le simple contact de la flamme sur la tige dégage aussitôt un énorme nuage de fumée âcre autour de moi qui me fait suffoquer et me pique les yeux à tel point que tout ce qui m'entoure devient très vite flou. Ne pas perdre de vue l'âme de Dace devient quasiment mission impossible puisque tout ce que je vois scintille dans un éclat diffus.

— C'est vraiment dommage que ça doive se finir comme ça.

Phyre prend un air pensif alors que des centaines de sphères brillantes volètent entre nous.

— Dans d'autres circonstances, je suis sûre qu'on aurait pu être amies.

Elle me lance un bref sourire puis inspire à pleins poumons et expire violemment, me visant directement, pour m'engloutir dans un nuage de fumée si irrespirable que je tombe malgré moi à genoux.

Prise de convulsions, étourdie par toutes ces sphères qui scintillent comme un mirage devant mes yeux, je me cramponne à la terre ferme et, après avoir remonté le col de mon pull sur mon nez dans l'espoir que ça filtre un peu la fumée au moins le temps que je la neutralise, je me mets à ramper laborieusement vers elle.

Quand j'émerge du nuage de fumée face à elle, je découvre, stupéfaite, que tout un groupe d'esprits animaux commence peu à peu à sortir de leur cachette.

La neige est en train de fondre, la terre, de se réchauffer, et leur hibernation forcée touche à sa fin.

Parmi eux je repère des lapins, des mouffettes, des écureuils et des moineaux mais, pour l'instant, aucun que je connaisse ou qui soit tenu de me venir en aide.

À travers le nuage de fumée, je continue de surveiller Phyre qui s'approche de moi, si près que c'en est frustrant, l'âme de Dace en équilibre précaire sur sa paume tendue.

— C'est beau, n'est-ce pas ?

Elle fléchit les doigts, les tend, les fléchit encore. Il est clair qu'il lui suffirait de la serrer un bon coup pour la pulvériser.

— C'est fragile, délicat… Un rien pourrait la réduire en *bouillie*.

Elle referme les doigts sur la sphère et me fixe droit dans les yeux.

— Ça fait un drôle d'effet de tenir l'âme du garçon qu'on aime dans sa main. Malheureusement, c'est fini pour lui, Daire. Désormais il n'appartient plus à aucune de nous.

Ses doigts se resserrent.

Ses yeux s'embuent de larmes.

Et j'en profite pour lui foncer dessus, tête baissée. Elle bascule en arrière en faisant des moulinets avec les bras puis s'écrase violemment par terre, et, exactement comme je l'espérais, le choc est si brutal que la sphère lui glisse des mains.

Je repars à toute vitesse en suivant sa trajectoire du regard et en espérant de tout mon cœur que la forme familière que j'ai aperçue au loin soit toujours de mon côté.

Faites qu'il l'attrape, je vous en supplie !

Phyre se relève d'un bond et essaie de me passer devant mais trop tard.

Mon corbeau a déjà piqué droit dessus et l'a attrapée au vol dans son bec béant.

Le temps qu'il la confie au cheval de Dace, je me retourne et m'aperçois que Phyre a déjà pris la fuite.

TRENTE-SIX

DACE

— Comment tu te sens ?

Daire me tient par la taille, le menton posé sur mon épaule de sorte que ses cheveux m'effleurent la joue, nos corps oscillant au rythme de mon cheval qui chemine au pas.

— Bien. Pour l'instant ça va.

Je me dévisse le cou le temps de contempler ses yeux verts pétillants et ses jolies joues roses, fasciné par sa beauté.

— Comme avant ?

Elle plisse les yeux en se mordillant la lèvre, un tic que je lui reconnais bien. Elle essaie de contenir sa joie, de ne pas trop espérer.

Frustré, je me retourne et regarde droit devant.

— Non. Pas encore, je réponds en me préparant à mentir, mais un jour, bientôt. J'en suis sûr.

Je hoche la tête avec assurance mais, en vérité, je n'ai pas la moindre preuve pour confirmer ce que j'avance.

J'ai beau avoir récupéré mon âme, elle porte encore la trace de Cade.

Le jour où je me suis projeté dans l'âme de mon frère jumeau, j'en suis ressorti différent.

Il y a de fortes chances pour que je ne puisse jamais revenir en arrière.

— Dace, tu veux bien me regarder dans les yeux ?

Son ton est à la fois décidé et timide et, une fois de plus, je suis impressionné par cette capacité qu'elle a de dissiper mes craintes comme si elles n'avaient jamais existé et de me persuader de faire justement ce que je préférerais éviter.

Le cœur serré, je laisse mon regard croiser le sien…

Elle tressaille.

— Oh… murmure-t-elle en baissant les yeux.

Elle fixe ses cuisses d'un air de ne pas trop savoir quoi penser ni quoi me dire, comme si elle avait besoin d'un peu de temps pour se faire à ce qu'elle a vu et réfléchir.

La gorge nouée, je pousse un profond soupir et me prépare, pensant que je vais la perdre à nouveau. Sauf que rien ne peut me préparer à ça et je n'imagine pas une seconde ma vie sans elle.

— Je pensais que peut-être…

Elle parle d'une toute petite voix. Inutile qu'elle termine sa phrase, la fin est facile à deviner.

— Daire… je commence, décidant de revenir sur le mensonge que je lui ai servi il y a quelques secondes.

C'était lâche et égoïste. Je lui dois au moins la vérité.

— J'ai peur que ce ne soit pas aussi facile. Maintenant que je me suis approprié une part de Cade, je ne sais pas du tout comment m'en débarrasser.

Elle m'écoute tout ouïe et acquiesce, sérieuse et déterminée.

— Qu'est-ce que je peux faire ? Comment je peux t'aider ?

Je cligne des yeux, pensant avoir mal compris.

Quoi… elle est prête à m'aider ? Alors elle n'envisage pas de me quitter ?

— Il y a forcément quelque chose que je peux faire, non ? Et sinon, peut-être que Paloma aura une idée ou même Chepi, Leftfoot ou Chay. À eux quatre, les anciens sont un peu une mine de solutions et de recettes magiques.

Ma gorge se serre sous l'émotion. Je suis à la fois bouleversé et un peu honteux d'avoir douté d'elle. Daire est une battante. Fidèle à l'excès. Elle n'abandonne personne.

Tendant le bras en arrière, je serre sa cuisse contre moi.

— Cette mission-là n'est pas pour toi, Daire. C'est moi qui me suis mis dans cette galère, alors à moi d'arranger les choses.

— Mais… tu n'as pas changé, *si* ?

Regardant droit devant, je suis des yeux la trajectoire du corbeau.

— Non, je suis toujours le même… mais en un tout petit peu différent. Je ne suis plus la bonté et la lumière à l'état pur. À cause de cette part d'ombre que j'ai désormais en moi, je ressens et je vois les choses différemment…

Je serre sa jambe pour qu'elle comprenne combien je suis sérieux quand j'ajoute :

— Mais il y a une chose qui ne changera jamais…

Elle se raidit, comme si elle se préparait au pire.

— C'est l'amour que j'éprouve pour toi.

Elle soupire doucement et se colle à moi jusqu'à ce que je sois profondément conscient de la rondeur de ses seins plaqués contre mon dos.

Je ferme les yeux et laisse échapper un petit gémissement involontaire. Sait-elle seulement l'effet que ça me fait de la sentir si près de moi ?

Pendant très longtemps, j'ai été dévasté, abandonné dans une dimension infernale et sinistre, hanté par les regrets. Mais maintenant que j'ai récupéré mon âme, que mon corps vibre à nouveau de cette force vitale et que je sens le corps chaud de Daire se coller à moi avec insistance, j'ai toutes les peines du monde à contenir mon désir.

Petit à petit, je remonte les doigts le long de sa cuisse et passe la main dans son dos pour l'attirer encore plus près, partagé entre l'envie de savourer chaque courbe de son corps en le sentant bouger à l'unisson avec le mien et celle de réfréner mes pulsions pour la protéger, doutant de vouloir initier ça alors que je ne suis pas totalement moi-même.

Mais Daire glisse sa main chaude sous mon pull et me caresse d'un geste si fiévreux que très vite je capitule, désarmé. Soudain plus rien ne compte, excepté nous deux et le fait qu'on soit ensemble.

— Daire… je souffle d'une voix rauque, pleine de désir. Avant de rentrer, si on s'accordait un moment pour nous, histoire d'oublier un peu nos problèmes ? Ils ne vont pas disparaître, de toute façon.

— Tu penses à la Source enchantée ?

Je sens son sourire dans mon cou. Ses doigts se faufilent sous ma ceinture, glissant fiévreusement sur ma peau d'un geste sûr et insistant qui me réduit à ses ordres.

— J'ai comme l'impression que mon corbeau et ton cheval y avaient pensé avant nous.

De son autre main, elle désigne ce qui se trouve droit devant nous et alors je découvre qu'effectivement, depuis le début, nos animaux totems nous guidaient vers ce lieu magique.

Tandis qu'ils s'éloignent tranquillement, Daire et moi nous déshabillons en vitesse et entrons dans l'eau. Rayonnante et joyeuse, elle me sourit puis, les mains posées sur mes épaules, m'enfonce sous l'eau jusqu'à ce qu'on soit complètement immergés pour en ressortir quelques instants plus tard en bien meilleure forme, détendus, comme neufs.

— Malgré ce qui s'est passé la dernière fois, je refuse de laisser Cade gâcher les beaux moments qu'on a vécus ici, dit-elle d'une voix douce mais ferme en me fixant de ses sublimes yeux verts. Je refuse qu'il nous dicte nos souvenirs ou notre façon de percevoir les choses.

Je suis on ne peut plus d'accord. Mais le spectacle de son corps nu et scintillant, constellé de gouttes d'eau semblables à des bijoux sur sa peau, m'a rendu muet.

— Je veux qu'on se réapproprie cet endroit.

Elle s'avance petit à petit vers moi mais je ne résiste plus et la rejoins le premier, mourant d'envie de caresser sa peau et de l'embrasser. Notre baiser est intense, notre désir l'un pour l'autre, tout aussi fort, et bien que j'aie attendu très longtemps ce moment, je suis loin d'être rassasié.

Très vite, j'en veux plus, j'ai besoin de goûter la douceur de sa peau, d'unir mon corps au sien.

Cependant, j'attends d'être sûr qu'elle sois prête…

Et quand je l'entends chuchoter mon nom d'une voix chargée de désir, je la prends dans mes bras pour la porter hors de l'eau et la dépose sur un carré d'herbe moelleux. Après avoir pris le temps de contempler son corps svelte, langoureux, et l'ondulation de ses cheveux mouillés, collés à ses épaules, je me glisse sur elle.

— Dace, et si c'était écrit… ? murmure-t-elle en m'effleurant l'oreille de ses lèvres chaudes. Si cette noirceur en toi faisait partie de ton destin ?

Je m'écarte un peu en l'observant attentivement.

— Si la lumière se définit par contraste avec les ténèbres, peut-être que la tienne n'en sera que plus vive maintenant ?

Je ne sais pas trop qui de nous deux c'est censé rassurer, mais son empressement à m'accepter tel que je suis et à mettre en avant mes qualités me bouleverse totalement.

Je me colle à elle, la tête enfouie dans ses bras, brûlant de sentir le parfum sucré de sa peau, de goûter ses lèvres et d'explorer les mystères de son corps.

Comme une invitation à aller plus loin, elle me sourit en me faisant signe de la tête. Alors je me glisse en elle, nos corps plus soudés que jamais.

TRENTE-SEPT

DAIRE

Quand on arrive chez Leftfoot, tous les anciens sont réunis autour de la table de la cuisine d'un air de nous attendre depuis déjà un bon moment.

Enfin tous, sauf Paloma.

Il ne manque qu'elle.

Chepi est la première à réagir. En apercevant son fils, elle se lève d'un bond et se précipite vers lui dans un tumulte de cris et de larmes. Elle l'étreint avec force en murmurant tout bas dans sa langue maternelle, puis elle s'écarte, prend son visage entre ses mains et l'observe au fond des yeux.

— Tu es revenu.

Son ton étonnamment ferme et assuré contraste avec son apparente émotion.

— Mais tu as encore cette part d'ombre.

Dace détourne le regard en se libérant de son étreinte, puis se décrispe, soulagé, en entendant Leftfoot intervenir.

— Viens, je vais t'examiner.

Le vieux chaman l'emmène dans la chambre d'amis pour vérifier sa température, son rythme cardiaque et sa respiration ; Chepi s'empresse de les suivre, me laissant seule avec Chay.

Je prends place à côté de lui.

— Où est-elle ?

Du regard, je parcours rapidement son long nez, ses pommettes saillantes et ses yeux marron aux paupières tombantes avant de m'arrêter sur la queue-de-cheval brillante qui lui arrive aux épaules.

— Je pensais que Paloma attendrait notre retour avec vous.

L'air hésitant, Chay examine la bague dont il ne se sépare jamais, ce gros anneau en argent à tête d'aigle dont les yeux sont ornés de deux petites pierres dorées brillantes.

— Paloma est restée chez elle, finit-il par répondre prudemment.

— Ah bon, pourquoi ?

Instinctivement, je me penche vers lui, alertée par le petit pincement tenace qui me tiraille le ventre, mais aussi par son regard sombre et son sourire sans joie.

Chay est bien trop respectable pour faire un bon menteur. Il n'est pas doué pour donner le change. Mais s'il ne ment pas, une chose est sûre à cet instant, c'est qu'il me cache quelque chose.

— Elle ne se sentait pas bien.

Il pousse un gros soupir et me regarde dans les yeux.

— C'est moi qui ai insisté pour qu'elle reste se reposer et j'ai promis de la tenir au courant dès que vous seriez rentrés.

Les mains à plat sur la table, doigts écartés, je prends plusieurs grandes inspirations pour tenter de rester calme et de réprimer mon inquiétude grandissante. Il n'y a pas que ça. Quelque chose cloche, je le sens. Chay est bien plus soucieux qu'il ne le prétend.

— Bon, maintenant que je connais la version sur laquelle vous vous étiez mis d'accord, dis-moi vraiment ce qui se passe avec Paloma. Je t'en prie, Chay. J'ai besoin de savoir la vérité. Je peux tout encaisser.

— C'est rien de grave, on va la soigner, affirme-t-il, mais là encore, ça sonne faux. Leftfoot s'est occupé d'elle et il retournera à son chevet dès qu'il en aura fini avec Dace. J'irai avec lui et je passerai la nuit là-bas au cas où elle aurait besoin de quelque chose.

Comprenant que sa réponse est loin de dissiper mes craintes, il plisse le front et tente de m'expliquer.

— Écoute, Daire, comme tu le sais, Paloma a traversé beaucoup d'épreuves dans sa vie. Ça a commencé il y a seize ans avec la mort de ton père. Puis à la douleur de perdre son fils unique s'est ajoutée la difficulté de préserver l'héritage des Santos bien plus longtemps que la normale tout en continuant de maintenir les Richter sous contrôle, surtout avec Cade qui s'est mis à faire cavalier seul en s'écartant des objectifs plus modestes de Leandro. Au final, tout ça a contribué à son état de santé actuel. Mais entends-moi bien, ton arrivée à Enchantment a été un rayon de soleil comme elle n'en avait pas connu depuis longtemps. Le fait que tu endosses ton rôle de Chasseuse l'a non seulement soulagée d'un poids mais aussi rendue infiniment fière.

Je reste assise sans rien dire, et prends un instant pour réfléchir à tout ça. Chay a beau mettre des gants, je vois clair dans son jeu. Il sait ce que je redoute le plus concernant Paloma et il essaie de me rassurer en me soutenant mordicus que je ne suis pas responsable de son état de santé actuel. Mais je ne suis pas dupe. Non, malheureusement, je suis plus maligne que ça.

— Je suis devenue Chasseuse malgré moi.

Je fronce les sourcils, rongée par le souvenir amer de ma misérable tentative de fugue.

— À cause de moi, elle en a vu de toutes les couleurs. Ça a retardé tout le processus. À partir du moment où je me suis ressaisie, j'ai eu la conviction que l'avenir serait une course contre la montre… à cause du temps que je nous avais fait perdre.

— Ta réaction n'a rien eu d'étonnant, m'assure Chay en posant la main sur la mienne.

Sa paume est chaude, agréable, mais ce geste ne parvient pas à m'apporter le réconfort souhaité.

— C'était parfaitement normal et compréhensible que tu n'aies pas été d'accord au début. Ton père a réagi de la même façon.

Je secoue la tête pour rejeter cet argument avec force. Pas question qu'il me laisse m'en tirer à si bon compte. Si je veux apprendre de mes erreurs, je dois d'abord les admettre et non pas me cacher derrière un lot d'excuses bien commodes.

— Paloma ne s'est pas rebellée, elle. Dès le départ, elle a accepté son destin. J'ai tout vu. On a fait une passation généalogique, elle m'a transmis tout son savoir et son expérience. C'était incroyable, très impressionnant. Quand j'ai découvert tout ce qu'elle a sacrifié sur le plan personnel pour le bien des autres, ça m'a donné une bonne leçon d'humilité…

La voix nouée, je m'arrête une seconde avant de reprendre.

— Elle a subi tellement d'épreuves et de deuils dans sa vie, alors que moi…

Je n'ai pas le temps de finir que Chay m'interrompt.

— Tout le monde connaît son lot de souffrances dans la vie, Daire. C'est simplement dans l'ordre des choses. Chaque obstacle, chaque combat sert de repère pour nous amener à la conclusion qu'on est tous dans le même bateau. Ce n'est pas chacun pour soi contre le reste du monde. On est tous liés, autant à cette planète que les uns aux autres. Seulement, avant d'apprendre et de comprendre, la plupart d'entre nous commencent par désespérer. C'est quand on est contraint de capituler et d'admettre que les bonnes vieilles méthodes ne fonctionnent pas qu'on accède à un autre degré de discernement. Paloma a toujours été consciente des dangers de sa condition. Elle y a été bien préparée par sa mère, Chasseuse avant elle. Elle a toujours su que les grands privilèges allaient de pair avec de grandes responsabilités. Elle ne s'est jamais apitoyée sur les drames qu'elle a vécus, de la même façon qu'elle ne jubile pas de ses exploits. Elle reste sérieuse, humble et présente, sans jamais perdre de vue les perspectives à venir. Et je ne pense pas me tromper en affirmant qu'elle souhaiterait la même chose pour toi.

Il me presse la main d'un geste rassurant, l'anneau de son animal totem s'enfonçant dans ma peau.

— Elle est plus coriace que tu ne crois. Je suis certain qu'elle va se remettre en un rien de temps. Elle n'est pas trop dans son assiette, c'est tout.

— C'est pas son style, je réponds en retirant ma main.

En équilibre sur les pieds arrière de ma chaise, je laisse mon regard errer dans la pièce et chercher du réconfort dans les tapis navajos tissés à la main qui recouvrent les dalles foncées, dans le plafond en pente douce au-dessus de nous et dans les niches des murs garnies de toutes sortes de croix, de talismans et de figurines taillées à la main, ainsi que d'autres objets de culte très influents que Dace appelle toujours « les outils du métier d'Artisan de lumière ».

— Elle est blindée contre les coups de froid, la grippe et les choses de ce genre. Elle tombe malade uniquement si quelque chose l'a, d'une certaine façon, *diminuée*. Donc il y a forcément une explication. Est-ce que son âme est intacte ? Cade ne peut pas l'avoir volée une seconde fois, si ?

Reportant les yeux sur Chay, je suis soulagée de le voir tout de suite réfuter cette hypothèse d'un signe de tête formel.

— C'est peut-être son loup alors…

Silencieuse, je tente de comprendre pourquoi cette idée me traverse subitement l'esprit.

Chay pivote dans sa chaise pour me suivre du regard tandis que je me lève et me mets à errer dans la cuisine, avant de m'arrêter devant la niche contenant le magnifique talisman en forme de loup sculpté dans une pierre d'un blanc lumineux.

— Ces dernières semaines, le Monde Souterrain était pétrifié dans la glace et la neige, ce qui a obligé les esprits animaux à hiberner, donc ils n'étaient pas là pour nous guider. Alors, si ça se trouve, l'absence de son animal totem a eu un effet néfaste sur sa santé.

Je serre la statuette dans ma paume, surprise par son poids et la chaleur qu'elle dégage, pendant que Chay se laisse aller en arrière d'un air songeur.

— Écoute, je ne sais pas trop si on peut attribuer ça au manque d'influence de son animal... Tout ce que je peux dire, c'est que la semaine où tu avais disparu a sérieusement sapé ses forces. Paloma a entamé une intense période de jeûne et de prières tout comme Chepi et Leftfoot, pendant que je m'occupais de garder le fort. À mon avis ça l'a un peu affaiblie mais je suis sûr que maintenant que tu es revenue elle va commencer à aller mieux. Simplement, n'oublie pas que ton retour est encore récent. Elle va mettre un petit moment à reprendre des forces.

Il hoche la tête d'un air convaincu mais je vois bien qu'au fond il ne l'est pas, pas plus que moi.

Je m'apprête à insister encore quand je remarque qu'une nouvelle ride lui barre le front et rend son regard encore plus creusé et fatigué. Cette discussion n'a pas pour but d'apaiser uniquement mes craintes mais aussi les siennes. Paloma est sa bien-aimée, sa compagne, son amie. La seule idée de la perdre est un poids énorme qu'il n'est pas prêt à supporter.

Je repose la statuette du loup à sa place et traverse la pièce jusqu'à l'évier pour lui servir un verre d'eau que je pose devant lui.

— Changeons de sujet, je propose, pressée d'aborder une question moins sensible.

Reconnaissant, il boit une gorgée et acquiesce.

— Je t'écoute.

— Qu'est-ce que tu sais de l'oléandre ?

— *L'oléandre*… la plante ?

Je fais oui de la tête et le regarde prendre un air pensif pendant que je me rassois à côté de lui.

— Phyre a fait une allusion bizarre à ça. Elle n'a pas arrêté de parler du fait qu'Oléandre était son deuxième prénom, que son père le lui avait donné le jour de son seizième anniversaire en hommage au laurier-rose, tout ça. J'ai trouvé ça très étrange, complètement hors sujet, et pourtant il est clair qu'elle voulait que je le sache. Est-ce que cette plante a quelque chose de particulier ? Ses propriétés, peut-être ? Qu'est-ce qui la rend si différente des autres pour qu'on ait envie d'appeler sa fille comme ça, hormis le fait que le nom en soi ait une consonance assez jolie ?

— Eh bien, je suis vétérinaire, pas botaniste, s'excuse Chay en suivant du bout du doigt les veines rugueuses de la table en bois, mais déjà on peut dire sans trop s'avancer que l'oléandre est l'autre nom pour désigner le laurier-rose, un arbuste décoratif commun mais considéré comme très toxique. Ça tuerait facilement un cheval. Un être humain aussi. Qu'est-ce qu'elle a dit d'autre ?

Le regard brillant et la mâchoire serrée, Chay se redresse, m'accordant toute son attention.

— Sur l'oléandre… rien. Mais je l'ai vue sortir une fleur de sa poche et la manger.

Chay se penche vers moi.

— Décris-la-moi.

— Tu penses que c'était une fleur de laurier-rose ?

— Peut-être.

— Eh bien, étant donné que je n'ai jamais eu de maison fixe et encore moins de jardin, je ne saurais pas trop dire… Je suis pas douée pour identifier les variétés de plantes, mais c'est tout à fait possible. Surtout vu le foin qu'elle a fait à ce sujet. Non, franchement, il n'y a pas grand-chose à en dire. C'était une jolie petite fleur rose, point. En revanche quand elle a allumé la tige avec son briquet, ça a dégagé un nuage de fumée infecte. Maintenant que j'y pense, elle trimballait aussi un fagot de petits bois sec qui produisait le même effet.

— Parle-moi de cette fumée.

Chay se raidit, la voix tendue.

J'essaie de rassembler mes souvenirs.

— Elle, apparemment, ça ne lui faisait rien du tout mais pour Dace et moi, c'était pénible. La fumée était âcre et épaisse. Très vite, j'ai commencé à avoir des vertiges et la vue trouble, à tel point que tout ce que je voyais autour de moi brillait d'une sorte d'éclat diffus très bizarre. Sur le coup, j'ai cru que c'était une réaction du Monde Souterrain. Tu crois que ça pourrait être l'oléandre, toi ?

— Et tu dis que tu l'as vue manger la fleur ? demande Chay au lieu de me répondre en tripotant nerveusement sa bague.

Je me penche vers lui, curieuse de connaître le fond de sa pensée.

— Chay, à quoi tu penses ? Ça t'évoque quelque chose ?

Toujours sans me répondre, il se lève et va passer la tête dans la chambre du fond où Leftfoot est encore en train d'ausculter Dace.

— Chepi, viens voir, s'il te plaît. On a besoin que tu nous dises tout ce que tu sais sur les empoisonneuses.

TRENTE-HUIT

DAIRE

— Ça fait des décennies qu'il n'y a pas eu d'empoisonneuse, commence Chepi. La plupart des gens croient même que ce n'est qu'un mythe. Pourquoi cette question ?

Elle jette un regard méfiant dans ma direction comme si elle me soupçonnait subitement d'en être une.

Je retrouve son fils et récupère son âme comme promis, mais elle ne me fait toujours pas confiance ! Qu'est-ce que je dois faire de plus pour gagner son estime ?

— On retrouve des histoires d'empoisonneuses dans de nombreuses cultures, raconte Leftfoot, qui nous a rejoints avec Dace après avoir eu fini de l'examiner. En Inde, on les appelle les Vishkanyas et elles apparaissent aussi dans la mythologie japonaise sous le nom de Dokufu. Généralement, on raconte qu'une empoisonneuse est choisie dès son plus jeune âge, époque à laquelle on commence à lui administrer des petites doses régulières de poison afin qu'elle y développe une tolérance. Avec le temps, ses fluides organiques sont si contaminés que le moindre contact physique avec elle devient extrêmement dangereux, pour ne pas dire mortel.

— Mais un laurier-rose n'est quand même pas toxique à ce point, c'est bien la plante qu'on voit partout en guise de déco sur les autoroutes de Los Angeles ?

— Oui. Mais je confirme qu'elle est extrêmement toxique, insiste Chepi en passant un bras dans le dos de Dace d'un geste maternel. C'est une des plantes de jardin les plus vénéneuses. Ingérer le nectar de cette fleur ou mâcher une de ses feuilles peut s'avérer fatal.

— Et quand on la brûle, elle dégage des fumées toxiques qui peuvent détraquer la vue, provoquer des vertiges et pire, ajoute Leftfoot.

Dace et moi échangeons un regard. Entre le fait qu'on avait tous les deux la tête qui tournait et la vue trouble alors que Phyre, elle, semblait étrangement fascinée par sa salive et qu'il lui suffisait de souffler sur les braises pour attiser le feu à volonté… tout se recoupe.

C'est forcément ça.

Phyre Oléandre Youngblood est une empoisonneuse.

— Son père, c'est ce prédicateur fou qui manipule des serpents, reprend Dace. Vous vous souvenez de Suriel Youngblood ? Cet homme qui vivait dans la réserve et que tout le monde fuyait toujours comme la peste ? Il manipulait des crotales pour prouver à quel point il était vertueux et prétendait que Dieu ne le laisserait jamais se faire mordre, mais que si par hasard ça arrivait, ce serait uniquement pour prouver sa toute-puissance aux infidèles en le guérissant sur-le-champ…

— Celui qui a pris le nom de jeune fille de sa femme ? se souvient Chepi avec une moue désapprobatrice.

— Alors vous croyez qu'au lieu des traditionnelles compotes de bananes et purées de carottes avec lesquelles on a tous grandi, il a pu donner à manger à sa fille un mélange de venin de serpent et de sève de laurier-rose depuis qu'elle est née ?

Je jette des coups d'œil nerveux aux anciens avant de me fixer sur Dace.

— C'est possible, admet Leftfoot. Cependant, rien que d'ingérer de l'extrait de laurier-rose distillé depuis le berceau serait déjà très mauvais pour quiconque aurait des relations intimes avec elle. Le venin de serpent serait presque de trop. Enfin à mon avis, n'importe comment ça ne change rien. Ma seule certitude, c'est que Phyre est toxique.

En la revoyant en train de s'humecter exprès les lèvres en attendant devant chez Cade et essayer de l'embrasser… je suis convaincue que Leftfoot a raison. Mais c'était avant de me souvenir que Phyre et Dace ont été « intimes » et alors toute cette théorie s'écroule.

Je me tourne vers lui, gênée au plus haut point mais bien obligée de lui poser la question.

— Est-ce qu'il t'est arrivé quelque chose de bizarre après avoir couché avec elle ?

À ma surprise, je constate qu'apparemment j'étais la seule au courant de leur histoire.

Chepi se décompose, fixant son fils d'un air incrédule, tandis qu'il baisse le nez en scrutant les fissures dans le carrelage.

Je suis désolée de les avoir mis mal à l'aise, surtout en pareil moment, mais il faut que j'en aie le cœur net et que je sache si oui ou non le scénario catastrophe que mon esprit est en train d'imaginer est plausible.

— Écoutez, je sais que c'est gênant mais je pense qu'à ce stade on devrait dépasser ça. Dace est sorti avec Phyre, alors même si ça n'a pas duré, il faut que je sache si…

— Non, me coupe-t-il en me fixant de son regard bleu glacier. Ça n'a eu aucune conséquence négative sur moi, si ce n'est que je l'ai longtemps regretté.

La bouche pincée, je tente de comprendre. Mais c'est alors qu'une autre phrase du discours de Phyre me revient :

« Je n'ai hérité de ce nom qu'à l'âge de seize ans. C'est à ce moment-là que mon destin a été scellé. »

C'est probablement cette année-là qu'elle est devenue venimeuse.

L'année de son retour à Enchantment, quand son père lui a ordonné d'accomplir son destin en tuant l'un des deux frères Richter pour que débute la fin des temps.

J'écarquille les yeux, un peu sonnée. Je n'arrive pas à croire que ça ne m'ait pas sauté aux yeux avant.

— Quel jour on est ?

Légèrement paniquée, je cherche une pendule des yeux.

Dans les autres dimensions, on perd systématiquement la notion du temps et je ne sais plus du tout quel jour on est, et encore moins combien de temps on a été absents avec Dace.

— Le 31 décembre, m'annonce Chay. C'est la Saint-Sylvestre.

Non sans mal, je déglutis pour essayer de soulager ma gorge devenue subitement sèche.

— Quelle heure, précisément ? je questionne encore d'une voix si bourrue que je me reconnais à peine.

Je regarde le ciel par la fenêtre et constate, horrifiée, que la nuit est déjà tombée.

— Vingt-trois heures quinze, pourquoi ?

Chay se penche pour poser la main sur la mienne d'un geste qui se veut rassurant mais je suis déjà debout.

J'attrape Dace par le bras et l'entraîne en vitesse vers la porte.

— Phyre s'apprête à tuer Cade, je lance en me retournant une dernière fois. Et elle va le faire de façon très simple : en l'embrassant aux douze coups de minuit !

Le baiser du serpent

TRENTE-NEUF

DAIRE

— C'est quoi, la tradition pour la Saint-Sylvestre au Terrier du Lapin ?

Agrippée aux bords de mon siège, j'essaie de ne pas me cogner la tête dans le toit tandis que le vieux pick-up blanc de Dace aux amortisseurs complètement usés bringuebale sur les chemins de terre défoncés.

— Vu qu'apparemment ici on fête tous les jours fériés, est-ce que les gens du coin ont un rituel particulier pour le réveillon ? Quelque chose dont on pourrait se servir ?

— Non, c'est le même cirque qu'ailleurs.

Dace vire à droite en serrant si fort le volant que ses doigts devenus blancs créent un vif contraste avec sa jolie peau mate.

— Guirlandes, cotillons, chapeaux idiots, musique, buffet, pagaille, ivresse et compte à rebours jusqu'à minuit où tout le monde se jette sur son voisin pour l'embrasser.

À la fin du virage, la voiture se remet à cahoter tandis qu'il réaccélère en s'engageant sur un autre chemin encore plus défoncé.

— C'est là que Phyre va se jeter sur Cade. C'est le délai que son père lui a imposé quand il a dit : « Débrouille-toi pour que ce soit réglé d'ici minuit. Après ce sera trop tard. » C'est la dernière occasion pour elle de prouver qu'elle est digne du destin que Suriel lui a inventé.

Jetant un œil dans le rétroviseur extérieur, je regarde pensivement la poussière qui tourbillonne dans notre sillage.

— Dans ce cas, elle a intérêt à prendre un ticket ! plaisante Dace en me lançant un regard. Les filles ont toujours été attirées par mon frère.

— Uniquement parce que c'est le roi de la manipulation mentale. Il a altéré leur perception, c'est tout, je proteste aussitôt en grimaçant.

— Moi qui pensais que tu allais dire que c'est parce qu'il a ma beauté, se désole-t-il en haussant le front avec un sourire espiègle.

Bien que je sois contente de voir qu'il n'a pas perdu le sens de l'humour, je mets un petit instant à me dérider et à me mettre de la partie.

— Désolée de te décevoir, mais tu ne ressembles pas du tout à Cade, je renchéris en faisant exprès d'éviter son regard pour lui faire croire que je le pense. Tu es mille fois plus sexy ! Il ne t'arrivera jamais à la cheville.

Dace éclate d'un rire grave et franc qui apporte une agréable touche de légèreté à l'ambiance par ailleurs lugubre.

Toutefois, l'effet est de courte durée. Au bout de quelques instants, nos problèmes rejaillissent.

— Tous les ans c'est pareil, sauf que Lita a toujours été là pour tenir ses rivales à distance. Cette année, sans elle, ça pourrait poser problème.

— Les filles n'auront aucune chance contre Phyre. Si notre théorie est exacte, elle va tout faire pour l'embrasser la première. Ce n'est même plus une question de volonté à ce stade. Et ce serait une erreur de la sous-estimer. Elle est maligne, fourbe et désespérée : le cocktail mortel par excellence. Sans compter qu'elle est dans une grosse période de malchance en ce moment. Comme toutes ses autres tentatives ont raté, ce soir c'est sa dernière chance de rendre son père fier d'elle alors elle va se surpasser.

Du coin de l'œil, je regarde la pendule du tableau de bord en fronçant les sourcils. Il nous reste moins de quarante minutes.

— On n'a plus beaucoup de temps devant nous.

Je tapote ma poche, rassurée de sentir l'athamé que j'y ai caché.

— Sans compter que Suriel est persuadé que ce nouvel an va annoncer la fin des temps. Et même s'il a confié à Phyre la mission de tuer Cade, il ne la croit peut-être plus capable d'accomplir sa tâche, donc il se peut qu'il ne veuille pas prendre de risque et qu'il ne lui laisse même pas sa chance.

— Je suis sûre qu'elle va aller jusqu'au bout. Si tu avais vu sa tête juste avant de s'enfuir du Monde Souterrain. Désormais, c'est une affaire de principes. Ne serait-ce que parce qu'elle doit en avoir marre de voir toutes ses plans échouer les uns après les autres. Si on trouve Cade, on la trouvera aussi.

— Lui ou Suriel, avertit Dace en me lançant un regard alarmant.

— Dans tous les cas, à minuit ce sera réglé.

— Et on sera tellement occupés avec eux que je ne pourrai même pas t'embrasser. Dans la série malchance, on peut difficilement faire pire, non ?

Il s'arrête tout au bout de la ruelle, coupe le moteur et pivote vers moi, l'air hagard.

— *Si.* Ça peut toujours être pire. Imagine qu'on n'arrive pas à les arrêter à temps…

Il se penche en posant un doigt sur mes lèvres pour m'empêcher de finir ma phrase.

— On *va* y arriver. Je vais tout faire pour. Maintenant que je t'ai retrouvée, pas question que je te perde à nouveau.

Il hésite un instant, comme s'il avait envie de remplacer son doigt par sa bouche, mais finalement il recule et descend d'un bond du pick-up, alors j'en fais autant.

— Si Cade était quelqu'un de raisonnable, on pourrait se contenter de le prévenir que Phyre est une empoisonneuse, que le soudain intérêt qu'elle lui porte fait partie des visions apocalyptiques tordues de son père, et basta, on poursuivrait notre soirée. Mais les choses ne sont jamais aussi simples, pas vrai ?

— Ça ne ferait que piquer sa curiosité et le pousser droit dans les bras de Phyre. Jamais il ne croirait qu'en réalité je suis là pour sauver sa petite vie minable et sans intérêt. Déjà que j'ai du mal à le croire moi-même…

Je lance un coup d'œil dans la ruelle et aperçois un petit groupe de personnes rassemblées tout au bout.

— Pourquoi tu t'es garé à cette place… ? On a le droit au moins ? Et pourquoi aussi loin ? C'est vraiment pas le moment de se faire enlever la voiture.

— Personne ne va nous l'enlever, fais-moi confiance. Il y a deux ou trois soirs dans l'année où la règlementation est provisoirement mise en suspens. C'est le cas ce soir.

— Et aussi le jour des Morts, je parie ?

— Oui, sauf que la soirée de la Saint-Sylvestre au Terrier du Lapin, c'est la fête du jour des Morts version survoltée.

En voyant ma tête incrédule, Dace me prend par la main.

— J'ai préféré me garer à l'abri des regards pour qu'on entre incognito par la porte de service. Les videurs ne seront peut-être plus là à cette heure-ci, mais autant ne pas courir le risque qu'ils alertent Cade de notre arrivée. Ce sera mieux pour l'effet de surprise, non ?

Tandis qu'on remonte la ruelle au son du brouhaha festif qui filtre du bâtiment, la lueur maussade du réverbère projette une ombre étrange que, sur le coup, je confonds avec un animal.

Un animal de grande taille, comme un coyote, un renard ou peut-être même un loup.

Je m'arrête en clignant des yeux. J'aurais juré que ses petits yeux vifs et perçants venaient de me fixer.

— Tu as vu ça ? je chuchote en battant des cils devant ce qui apparaît maintenant clairement comme un grand espace vide.

Dace me fait non de la tête en m'avisant d'un œil inquiet.

— Tu n'as rien vu du tout ?

Il hausse les épaules pour toute réponse.

— Tout va bien ? s'inquiète-t-il en me serrant la main.

— Oui, oui… je soupire en me frottant les yeux. Ce ne serait pas la première fois que je croirais avoir vu quelque chose. La dernière fois, c'étaient des êtres de lumière et des corbeaux.

— Et là ?

— Je sais pas trop… un coyote, un loup, un renard ou un labrador ?

Appuyée contre lui, je me remets en route en réglant mon pas sur le sien.

— C'était sûrement une illusion d'optique.

— Sûrement.

L'enjeu est trop élevé pour perdre du temps avec ça.

Juste avant d'ouvrir la porte de service, Dace s'arrête et me dit :

— La soirée du nouvel an ici, c'est un peu la mêlée générale. Je te préviens, il faut s'attendre à tout.

Il ne plaisantait pas. On a à peine passé la porte que j'ai l'impression d'avoir franchi un mur du son empestant vaguement le pop-corn, la bière et le vomi. Et encore, ce n'est qu'une première impression depuis le fond du club.

Je n'ose pas imaginer ce que ce sera quand on sera en plein dedans.

Dace, qui a travaillé toute l'année ici et connaît donc beaucoup mieux le chemin que moi, me guide dans le dédale des cuisines. Et lorsqu'on franchit la porte à double battant donnant sur la salle, autour de nous, c'est exactement ce qu'il avait prédit : une pagaille monstre.

Le club grouille de monde. Cornes de brume, sifflets, kazoos, claqueurs, tambourins et maracas créent un concert cacophonique avec le groupe qui joue sur scène. Une pluie de ballons tombe en continu du plafond, tandis que les générateurs de fumée et de bulles tournent à plein régime aux quatre coins de la salle. En jetant rapidement un coup d'œil autour de moi, je comprends que l'âge légal pour consommer de l'alcool a été revu à la baisse et que presque tout le monde en profite. Personne n'a conscience qu'à Enchantment rien n'est jamais gratuit. Les Richter exploitent toujours les gens quand ils sont psychologiquement vulnérables, et surtout quand ils sont ivres. Ils se repaissent des comportements désinhibés, insouciants et irréfléchis que l'ivresse provoque. Il suffit d'avoir bu un petit coup de trop pour se retrouver dans leurs filets.

— Tu ne vas pas me croire, mais c'est encore plus bondé que l'an dernier ! me crie Dace pour se faire entendre dans le boucan en parcourant la foule du regard. À croire que tous les habitants d'Enchantment se sont donné rendez-vous ici, et peut-être même des étrangers aussi !

— Qui aurait idée de venir fêter le nouvel an ici, franchement ? Tu parles d'une soirée déprimante.

Dace et moi échangeons un bref regard, tandis qu'il me serre la main plus fort et m'entraîne au cœur de cette cohue insensée.

Après avoir baissé la tête pour esquiver des nuées de confettis et de ballons en forme d'horloge qui tombent du ciel, on longe des murs placardés de banderoles noires et argentées proclamant BONNE ANNÉE ! tandis qu'un projecteur dissimulé diffuse l'image d'un coyote au néon qui tourbillonne à travers la pièce.

C'est du délire.

Mes sens sont tellement agressés de toute part que je ne sais même plus où regarder. Raison pour laquelle, sans doute, ce n'est qu'une fois arrivée au centre de la salle que je m'aperçois qu'en plus des sifflets et des bâtons lumineux tout le monde porte un masque.

— Qu'est-ce qu'ils ont tous avec leur masque ?

Perplexe, je regarde autour de moi.

Contrairement au jour des Morts, aucun de ces masques n'est en forme de tête de mort, néanmoins ils sont tout aussi élaborés. Certains sont bordés de dentelles, d'autres rehaussés de coiffes en plumes ou bien bigarrés dans le style Arlequin, ornés de rubans et de bijoux, en forme d'ailes de papillon, arborant de gros nez crochus ou des cornes, et d'autres encore sont de simples loups en soie destinés à dissimuler uniquement les yeux.

— Comme si ce n'était pas assez difficile de retrouver Phyre et Cade dans cette foule ! C'est quasiment mission impossible maintenant.

— À l'origine, les masques devaient incarner notre part de noirceur, et le fait de les ôter à minuit symbolisait un acte de purification, une occasion de faire peau neuve. Mais les Richter ne sont pas très attachés aux traditions. Ils ont toujours une idée sordide en tête, c'est ça qui les motive.

Dace se rapproche, sa bouche me frôlant l'oreille d'un contact bref mais plaisant.

— Porter un masque atténue les complexes, ce qui rend ensuite les gens plus réceptifs aux manipulations des Richter.

— Décidément, ils ne font jamais rien sans raison.

Je continue de passer la salle en revue, mais entre le tourbillon incessant des stroboscopes, le vacarme, la brume et les bulles, impossible de discerner qui que ce soit avec précision.

— Comment est-ce qu'on est censé trouver nos amis, et surtout nos ennemis ? Lita a dit qu'ils seraient à la table habituelle mais je n'arrive même pas à voir où on est.

— On les trouvera de la même manière que d'habitude, répond Dace. Fais abstraction du bruit et fie-toi à ton instinct.

Il attrape deux masques sur une table et m'en tend un.

— T'as rien de plus discret ? je ronchonne en avisant le masque noir tout simple qu'il enfile après m'avoir laissé un modèle bleu pétant à plumes argent et or dans les mains.

— Ça te va bien, m'assure-t-il en l'ajustant pour qu'il me couvre correctement les yeux avant de régler la lanière derrière ma tête.

Alors, la joue collée à la mienne, il me souffle :

— Allez Santos, suis-moi.

Dace me fait traverser la mêlée sous une pluie de confettis scintillants jusqu'à la moitié de la salle, où on retrouve finalement Xotichl assise avec Lita dans un coin, tandis qu'Auden, un peu à l'écart et le masque remonté sur le front, est en pleine discussion apparemment animée (à moins que j'aie cette impression juste parce qu'ils crient beaucoup pour se faire entendre) avec un homme que je ne connais pas.

— Je viens de relire ton texto pour la centième fois, lance Lita en levant le nez de son portable. Je suis contente que tu sois toujours en vie et que tu aies récupéré ton âme, ajoute-t-elle à l'attention de Dace, mais je crois que la principale info de la soirée, c'est surtout que *Phyre Youngblood est une empoisonneuse* !

Elle secoue la tête puis rabat son masque de Marilyn Monroe sur son visage.

— Je vous l'avais bien dit, non ? s'égosille-t-elle derrière la bouche en cul-de-poule de l'actrice.

— Quoi donc ? réplique Xotichl qui a préféré la beauté parfaite et naturelle de ses traits à celle d'un masque.

Elle fronce le nez d'un air amusé.

— J'ai pas souvenir que tu aies évoqué cette théorie-là un jour.

— Non mais je vous ai dit que je me méfiais d'elle, insiste Lita en remontant son masque pour nous lancer un regard qui en dit long. Je vous ai dit qu'elle mijotait quelque chose, preuve que j'avais raison !

Xotichl hausse les épaules, pas franchement convaincue, pendant que Dace désigne du pouce l'homme qui discute avec Auden.

— C'est qui ?

— Tu parles du type avec une queue-de-cheval et deux anneaux dans les oreilles ?

On met quelques secondes à percuter avec Dace.

— Xotichl ? Tu… tu le *vois* ? je bafouille, sidérée au même titre que Dace.

Inspirant profondément, elle hoche tout doucement la tête. Mais je n'ai pas le temps de réagir qu'elle s'empresse d'ajouter :

— C'est comme quand on était dans le Monde Souterrain, je distingue les contours de sa silhouette, la couleur des ondes qu'il dégage, ce genre de choses. J'ai supposé que ce qui lui pendait dans le cou et à l'oreille était une queue-de-cheval et des anneaux. Sinon, c'est que c'est un énième démon du Terrier du Lapin.

— Alors la magie de cet endroit t'est bel et bien restée, je me réjouis en l'observant attentivement.

Je n'aurais pas cru ça possible. Mais bon, si j'ai bien une certitude, c'est qu'il me reste encore beaucoup de choses à apprendre de cet univers.

— Je voulais attendre de voir si ça durait avant de vous en parler et qu'on se fasse de faux espoirs, explique-t-elle. Mais maintenant, je me dis qu'une fois que toute cette histoire sera réglée, on pourrait redescendre là-bas pour voir si ça peut encore s'améliorer, non ?

— Carrément, j'acquiesce en souriant, heureuse qu'il y ait au moins une bonne nouvelle au milieu de tous nos soucis.

— Bref, M. Queue-de-cheval, dont Auden a fait la connaissance tout à l'heure, travaille pour un label et aimerait faire signer Épitaphe. C'est génial, non ? !

Devant l'enthousiasme débordant de Xotichl, je fais de mon mieux pour le partager. Mais d'un autre côté, c'est plus fort que moi, je m'étonne qu'un professionnel ait pu avoir l'idée de venir à Enchantment le soir de la Saint-Sylvestre pour dénicher un nouveau groupe. Ça me paraît curieux, et même un peu absurde. Enfin, Xotichl est tellement forte pour cerner les gens que s'il y avait le moindre truc louche dans cette histoire, elle l'aurait tout de suite senti.

— Des nouvelles de Phyre ou de Cade ?

— Ils sont ici. Et Suriel aussi, m'informe-t-elle.

— Ils sont arrivés juste avant moi, raconte Lita. Il y avait une vingtaine de personnes devant moi dans la file pour entrer, du coup j'ai décidé de passer par-derrière.

— Et ils t'ont vue ?

Une idée commence à germer dans mon esprit.

— Oui, mais ils m'ont snobée. Remarque, je m'en fiche.

— Phyre, quel genre de masque elle porte ?

— Un petit modèle en forme de chat qui lui couvre juste la moitié du visage. Ah oui, et aussi un tee-shirt rose moulant qui dit IL EST FORCÉMENT MINUIT QUELQUE PART : ON S'EMBRASSE ? précise-t-elle en levant les yeux au ciel. Crickett et Jacy ont le même. Je vous jure, des vraies chèvres, celles-là.

— Des moutons, tu veux dire, la reprend Xotichl en riant.

Lita se contente de hausser les épaules.

— Bref, quand on sait ce qui pourrait se passer si elle embrassait quelqu'un, c'est hyper flippant.

— Elle a eu des touches pour l'instant ? questionne Dace.

— Le videur a essayé de la prendre au mot, mais elle lui a ri au nez en lui rétorquant qu'il ne fallait pas croire tout ce qu'il lisait.

— Eh bien, au moins comme ça on sait qu'elle a pas prévu de faire un massacre, en déduit Xotichl avec une grimace en continuant de scruter la salle.

— Encore heureux ! On manque assez de garçons comme ça dans cette ville, rouspète Lita. Enfin, quoi qu'il en soit, aux dernières nouvelles, Jacy et Crickett étaient là-bas.

Elle indique d'un geste le mur du fond qui, vu d'ici, a tout d'un nuage de brume, de bulles, de ballons et de confettis.

— Mais Phyre, elle, est partie.

— J'ai essayé de pister son énergie, mais entre le raffut et le monde, je mets un peu plus de temps que d'habitude à me concentrer.

— Quand est-ce qu'Épitaphe passe ? s'enquiert Dace.

— Bientôt, répond Xotichl en jetant un coup d'œil vers Auden.

— Donc à minuit, ils seront sur scène ?

Elle lui fait signe que oui de la tête.

— Et qui s'occupe du compte à rebours avant minuit ? je demande à mon tour. Le groupe ?

— Ça dépend, dit Dace. Parfois Leandro décide de s'en charger – une occasion de plus pour lui de rappeler à tout le monde que c'est lui le boss. Mais parfois il délègue et laisse les musiciens gérer. Ça dépend de son humeur.

— Bon, eh bien, il faut qu'on trouve Phyre et Cade avant. Si jamais elle attend le compte à rebours pour se lancer, ça nous laisserait trop peu de temps pour intervenir.

— Je sais par où vous pourriez commencer, suggère Lita, ce qui retient aussitôt notre attention. Tous les ans, les

Richter organisent une petite fête privée pendant la soirée du club. Cade m'y a emmenée les années passées.

— Et c'est où ?

— C'est ça, le souci, j'en sais rien.

— Tu y étais mais tu ne sais pas ? s'étonne Xotichl les sourcils froncés.

— Ils vous font passer une sorte d'initiation bizarre à base de cigarettes et de bandeau sur les yeux. Quand j'y repense, j'en reviens pas d'avoir fait ça. Mais à l'époque, je trouvais ça si mystérieux et excitant… Bref, c'est soi-disant un grand honneur que d'être invité là-bas. Du moins, c'est comme ça qu'ils le présentent. Et je peux vous dire que ça fonctionne. Personne ne décline jamais l'invitation.

Des cigarettes et un bandeau sur les yeux… Dace et moi échangeons un regard entendu.

— Est-ce que tu te souviens avoir remonté une longue galerie qui débouche sur une superbe caverne très étrange ?

Je connais déjà la réponse bien avant que Lita ne confirme d'un signe de tête.

— Vous y êtes déjà allés ? devine-t-elle.

Un amas de boucles lui tombe sur la joue alors qu'elle nous observe d'un air perplexe.

— Une ou deux fois…

Je lance un regard à Dace.

— Et visiblement on va devoir y retourner. Mais si jamais tu les croises ici, préviens-moi tout de suite par texto.

— C'est tout ? se vexe Lita avec une moue boudeuse similaire à celle sur son masque. C'est ça, mon rôle ? Envoyer un texto ? Vous ne me croyez pas capable de mieux ?

— Tu l'as déjà rempli, ton rôle. À mon avis, tu viens de les localiser.

Je me tourne ensuite vers Xotichl.

— Continue de surveiller la salle. Si jamais tu commences à sentir des ondes étranges, quelque chose qui sort de l'ordinaire, débrouille-toi pour te tirer d'ici à tout prix. Ne t'en fais pas pour Dace et moi, occupe-toi simplement d'embarquer Auden et Lita et tous ceux que tu peux avec toi, et filez loin d'ici, d'accord ?

— Compris, acquiesce-t-elle fébrilement avant d'ajouter, encore plus inquiète, vous ne croyez quand même pas aux délires apocalyptiques de Suriel… *si* ?

Lita écarquille les yeux en nous dévisageant Dace et moi.

Mais je m'empresse de les rassurer :

— Sur le plan mystique, non. Mais ça ne m'étonnerait pas de lui qu'il fasse un truc complètement dingue pour se donner l'illusion de réaliser ses fantasmes mégalos. Alors, quoi qu'il arrive, soyez prudents.

Je lance un regard à mes amis pour m'assurer qu'on s'est tous bien compris.

— Maintenant, une dernière chose…

J'attrape le masque de Lita et lui enfile le mien sur la tête en échange.

— Qu'est-ce qui te prend ? s'étonne-t-elle en contemplant son masque de Marilyn avec regret, visiblement mal à l'aise de le voir dans mes mains.

— Je vais me faire passer pour toi. Phyre sait que Cade a encore un faible pour toi, alors ton masque me permettra peut-être de l'attirer jusqu'à moi et Cade avec. Ça vaut le coup d'essayer.

L'air un peu vexée et surtout peu convaincue, Lita plante une main sur sa hanche en répliquant :

— Écoute, je ne voudrais pas paraître désagréable, mais je doute que tu aies ce qu'il faut pour y arriver. C'est pas si facile d'être moi. Ma personnalité ne s'arrête pas à une simple passion pour Marilyn Monroe. Je me donne beaucoup de mal, contrairement à ce qu'on pourrait penser.

— J'en suis sûre.

Cachée derrière son masque, j'esquisse un petit sourire en coin et commence à tourner les talons au moment de lui lancer :

— Mais tu sais ce qu'on dit : en général, les gens ne croient que ce qu'ils voient.

QUARANTE

DACE

— Tu es sûre de ce que tu fais ?

Un peu inquiet, j'observe Daire tandis qu'elle tripote l'attache pour mieux ajuster le masque sur ses yeux.

— C'est risqué. Ça fait de toi une cible pour Phyre *et* pour Cade.

— Crois-moi, je suis plus vulnérable sans ce masque ne serait-ce qu'en étant une Chasseuse et ta petite amie.

Une fois qu'elle est prête, elle s'avance à ma hauteur.

— Et puis, si ce que tu dis est vrai, je préfère que ce soit moi qui sois en danger que Lita. Moi au moins je peux me défendre. Cela dit, si on en arrive là et que d'une manière ou d'une autre on se retrouve séparés, je m'occupe de Phyre, toi de Cade. Il veut ma peau et elle veut la tienne, alors autant ne leur laisser aucune chance. Et quoi qu'il arrive, n'oublie pas non plus de garder tes distances avec Suriel.

— Je peux me charger de lui.

Mais son bref hochement de tête me fait dire qu'elle n'en est pas du tout convaincue.

— Maintenant que tu as récupéré ton âme, Suriel peut s'en prendre à toi autant qu'à ton frère. Pour lui, peu importe lequel il tue du moment que l'autre suit.

Je pourrais insister encore pour tenter de la rassurer, mais au même moment on arrive devant le bureau de Leandro, dont la porte entrebâillée laisse filtrer des voix assourdies. Je lui fais signe de monter la garde, tandis que je risque un coup d'œil.

La dernière fois que j'étais ici, je me suis projeté dans l'âme de Cade et j'en suis ressorti en lui ayant piqué une part de sa noirceur. Maintenant que c'est fait, je n'arrive plus à m'en défaire. Et d'après la discussion que j'ai eue ce soir avec Leftfoot, je crois que je ne devrais pas essayer.

« Toute chose a ses bons et ses mauvais côtés, m'a-t-il expliqué dès que Chepi nous a laissés seuls dans la chambre. La brise peut se transformer en tornade, l'océan, en tsunami, un feu de camp, en brasier, un flocon de neige, en blizzard… et pour les hommes, c'est la même chose. Contrairement à ce que tu penses, ce qui t'arrive n'est peut-être pas une malédiction. Tu deviens peut-être simplement un humain dans toute sa complexité pour la première fois de ta vie. »

Je n'avais jamais envisagé les choses sous cet angle, ni pensé à considérer ça comme une grosse mais simple erreur de parcours.

Maintenant qu'il m'a présenté sa vision des choses, je ne peux m'empêcher de me dire qu'il a peut-être raison.

Cette part de noirceur que j'ai volontairement assimilée n'est peut-être pas une catastrophe, finalement.

Elle fait peut-être simplement de moi un être normal.

Tout ce que je sais, c'est que maintenant qu'elle est là je dois trouver le moyen d'en tirer profit. Et s'il y a bien un moment où ça doit me servir, c'est ce soir.

La paume à plat sur la porte, je la pousse brusquement, prêt à affronter Leandro selon mes conditions, ma méthode, mais en fin de compte je me retrouve face à un bureau en désordre et un fauteuil en cuir vide. Les voix qu'on entendait proviennent du grand écran plat de télévision.

Après avoir rapidement fouillé la pièce à la recherche de la moindre info pouvant s'avérer utile, je jette un coup d'œil aux écrans de contrôle qui ne font que confirmer qu'il est impossible de distinguer qui que ce soit dans la foule. Alors je ressors, j'attrape Daire par la main et l'entraîne à toutes jambes vers le vortex.

Armés de cigarettes, on s'apprête à dompter l'habituelle escouade de monstres mais là encore, surprise : le voile du vortex oscille, grand ouvert, sans le moindre ennemi en vue.

Pas de démon.

Ni monstre.

Ni coyote.

Ni Richter.

Presque comme s'il nous défiait de le traverser.

Comme si c'était un piège.

J'échange un regard avec Daire et comprends qu'elle pense la même chose.

Est-ce un défi, une ruse ou bien ont-ils simplement l'arrogance de croire qu'on n'oserait pas s'incruster à leur petite fête ?

Quoi que ce soit, on va vite le savoir. On franchit le mur mouvant, puis on remonte la galerie à pas de loup sans toutefois pouvoir empêcher le revêtement d'amplifier nos déplacements en une succession de gros bruits sourds qui ne vont sûrement pas manquer de donner l'alerte.

Ce n'est pas un hasard si les Richter ont tapissé l'entrée d'étain.

Ils ne font jamais rien par accident.

Enfin, sauf moi.

D'après Cade, je suis la plus grosse et la plus regrettable erreur que Leandro ait commise de toute sa vie.

Eh bien, quitte à y laisser ma peau, je vais lui prouver qu'il a parfaitement raison, j'en fais le serment.

Il n'imagine pas à quel point il va regretter la violence qu'il a infligée à ma mère le jour où il m'a conçu.

Je compte bien le lui faire payer.

Machinalement, je serre les poings. Cette seule pensée suffit à réveiller la part de noirceur volée qui m'habite.

Ça commence par une étincelle qui se transforme très vite en une vibration tenace, laquelle continue de prendre de l'ampleur jusqu'à ce que mon corps tout entier vibre d'une telle énergie que je peine à la contenir.

Je m'efforce de me calmer en respirant normalement et relâche les bras le long du corps. Avec Daire à côté, je ne peux me permettre de craquer.

N'empêche, c'est sûrement ce que Cade ressent quand il laisse son moi démoniaque prendre le dessus.

Un sentiment de libération.

De délivrance.

Celui d'être affranchi de toutes contraintes morales et de n'avoir aucune limite sur le plan physique.

— Ça va ? s'inquiète Daire.

Elle a beau chuchoter, j'ai l'impression d'entendre sa voix se réverbérer sur les murs et résonner dans ma tête.

J'inspire un bon coup en m'examinant d'un coup d'œil nerveux.

— Oui, ça va, je marmonne, surpris de constater que mon corps n'a pas changé.

Pull noir, jean noir. Pas de griffes, ni de queue ou de pieds couverts d'écailles et pourtant la présence de la créature qui sommeille désormais en moi est bien là, c'est indéniable.

Daire me regarde, un peu troublée, mais continue d'avancer vers l'entrée de la caverne. Une fois dans le vestibule, on s'arrête pour observer la fête qui bat son plein sans que personne ne remarque notre présence.

Enfin, personne sauf le coyote.

Tous crocs dehors, les yeux rouges brillants, il s'élance en fonçant droit sur moi, sa soif de sang irrépressible attisée par le souvenir des précédents festins qu'il a fait de ma chair.

Non loin, une fille crie.

Une autre pousse un hurlement.

Grognant, l'animal me saute à la gorge dans le seul but de me tuer.

Instinctivement, Daire se précipite pour essayer de s'interposer, surtout car elle sait que, le coyote étant l'animal totem de Cade, les blessures qu'il m'infligerait n'auraient aucun effet sur mon frère.

Mais la noirceur en moi enfle, gronde.

Je me découvre une force insoupçonnée et des réflexes rapides comme l'éclair.

Bien avant que Daire n'ait le temps de s'immiscer dans la bagarre, et le coyote, de me mordre, je l'intercepte au vol et m'ouvre un chemin dans la foule en forçant le passage.

— OÙ EST CADE ? je tonne tandis que le coyote grogne férocement, pendu à mon poing.

La foule ivre s'écarte pour m'offrir une vue dégagée sur Leandro qui se prélasse dans un énorme fauteuil, une femme en tenue légère juchée sur chaque jambe.

Haussant le menton, il me toise de tout son haut en se débarrassant si brutalement des deux femmes qu'elles tombent à genoux.

— Cade n'est pas ici, affirme-t-il nonchalamment en jetant un bref coup d'œil au coyote et à Daire.

Puis il lance un regard à mon sinistre cousin Gabe qui est assis sur la banquette face à lui, pris en sandwich entre deux blondes prévenantes qui lui massent chacune une épaule et une troisième debout derrière lui, qui lui pétrie la nuque. Marliz, sa fiancée, a visiblement disparu.

Devant le regard lourd de sous-entendus de Leandro, il éjecte les filles tout aussi brutalement en les congédiant sans plus de cérémonie, puis il se lève d'un bond comme s'il s'apprêtait à me mettre dehors, mais Leandro lui ordonne de rester où il est.

— Dites-moi où est Cade.

Leandro s'enfonce un peu plus dans les coussins de son fauteuil en croisant les mains derrière la tête et nous contemple Daire et moi d'un air sincèrement intrigué par cette séquence surprise.

— Où est-il ? répète hargneusement Daire. Il a pris sa soirée comme tous ses copains démons ?

Jambes écartées, elle prend position, les poings serrés le long du corps, histoire de bien lui faire comprendre qu'elle a beau paraître fluette et être une fille, il ne faut pas s'y fier, et encore moins la chercher.

Le coyote continue de gémir en se débattant dans le vide, mais c'est tout juste si ça me dérange tant ma poigne est inflexible.

— J'ai pas toute la nuit, alors dis-moi où est Cade et le coyote aura peut-être la vie sauve.

À ces mots, la figure de Gabe, par ailleurs figée, se fend d'un sourire féroce.

— Tu es un comique, toi ! lâche-t-il en me jaugeant avec mépris.

Et d'ajouter en direction de Leandro :

— Je ne savais pas qu'il était aussi drôle.

— Il y a plein de choses que tu ne sais pas sur moi.

Je resserre les poings, étranglant si fort le coyote que sa langue pendante, inutile, lui sort de la gueule, et ses yeux se révulsent à moitié.

— Je commence à le croire, en effet, intervient Leandro qui me regarde avec un regain d'intérêt. Es-tu sûr de vouloir le tuer ?

Il me montre le coyote comme si son sort ne lui importait pas.

Mais il bluffe. J'en suis sûr. Il est forcément conscient du lien qui l'unit à Cade.

En jetant un œil à l'animal, je repense à ses attaques féroces, au fait qu'il m'a abandonné dans la dimension la plus cauchemardesque qu'on puisse imaginer et qu'apparemment il a pris plaisir à le faire.

Bien que j'aie très envie de voir la lueur dans ses yeux s'éteindre définitivement, au final mon bon sens l'emporte.

Mon objectif est de maintenir Cade en vie – du moins pour ce soir. Par conséquent, je ne peux pas courir le risque de tuer son coyote tant que je n'ai pas la certitude que c'est sans danger pour moi.

— Ce ne sera pas pour aujourd'hui.

Laissant l'animal retomber à mes pieds, je le regarde filer la queue entre les jambes pour mon plus grand plaisir.

— Sage décision.

Les mains en clocher sur sa poitrine, Leandro continue de me scruter.

— Alors comme ça toi aussi, tu es revenu d'entre les morts ?

Il dévie son attention sur Daire en la fixant avec une telle animosité que j'en viens à regretter d'avoir laissé le coyote filer. J'aurais pu au moins m'en servir comme moyen de pression. Mais maintenant, s'il tente quoi que ce soit, il faudra que je me serve de ma tête, de mes poings et du monstre qui sommeille désormais en moi.

— D'abord ta petite amie la Chasseuse, maintenant toi. Et pourtant, tu sembles comme neuf. Comment t'es-tu débrouillé, dis-moi ? Je serais curieux de le savoir.

Il croise les mains autour de l'un de ses genoux comme s'il prenait ses aises avant le début d'une longue histoire.

— Il faut croire que votre fils prodigue a échoué. *Une fois de plus*, rétorque Daire en lui lançant un regard haineux.

— Et apparemment, j'ai sous-estimé son frère, concède Leandro en décroisant les jambes pour se glisser au bord de son siège. Croyez-moi, c'est une erreur que je ne commettrai plus !

Il jette un coup d'œil à sa montre en or clinquante, puis se frotte les mains en annonçant :

— L'année touche presque à sa fin…

Il plante son regard dans le mien.

— Mais il n'est jamais trop tard pour prendre un nouveau départ. Alors que dirais-tu de démissionner de ton ancien boulot ? Je t'accorderai même une petite augmentation de salaire. Qu'en dis-tu ?

Si je ne savais pas ce que je sais, c'est-à-dire si je vivais toujours dans la joyeuse ignorance des circonstances de ma naissance, l'offre serait tentante, c'est sûr. J'ai désespérément besoin de renflouer les caisses. Le loyer du trou à rats où je vis va bientôt tomber et je ne sais pas du tout comment je vais le payer. Il n'empêche que je ne peux pas revenir en arrière. Maintenant que je *sais*, c'est trop tard.

— Qu'est-ce qu'on dit, déjà, à propos des amis et des ennemis qu'il faut garder près de soi ? je lui lance par provocation en soutenant son regard un instant.

Puis je jette un rapide coup d'œil derrière lui pour essayer d'examiner les pièces du fond, curieux de savoir si Cade ne s'y cache pas.

— C'est nous que tu traites d'ennemis ? fait mine de s'offusquer Leandro, l'air pensif.

— On n'est certainement pas amis.

À côté de moi, l'air toujours aussi vindicative, Daire ne quitte pas les deux Richter des yeux.

— Mais on est de la même famille, non ? renchérit mon cousin, hilare.

Toutefois, le regard dur que lui lance Leandro lui passe vite l'envie de rire.

— Je suis un Whitefeather, pas un Richter.

— Tu es à moitié Richter, s'assombrit Leandro, le front soudain creusé par un pli sévère. C'est grâce à moi si tu es venu au monde. Ne t'avise pas de l'oublier !

— T'en fais pas, ça fait partie des réalités de ma vie que j'ai tendance à ne pas oublier, je réplique d'un ton menaçant et sans équivoque.

Cette menace, je compte bien la mettre très bientôt à exécution.

— Et puis, cette moitié dont tu parles n'est pas la plus importante.

Les yeux mi-clos, je le dévisage jusqu'à ce que mon regard devienne aussi froid et vide que le sien.

— Tu m'as l'air bien sûr de toi, Dace.

Leandro s'adosse de nouveau dans son fauteuil, visiblement enchanté par cette conversation, ce qui m'agace au plus haut point. Je ne suis pas venu ici pour amuser la galerie mais pour *l'anéantir.*

— Je suis l'erreur que tu vas regretter toute ta vie !

Cette fois, j'espère que mon audace va le pousser à réagir.

Mais je suis incapable de mettre un nom sur la vague lueur d'émotion qui balaie son regard lorsqu'il me répond :

— Là encore, tu m'as l'air bien sûr de toi. Un peu trop, même.

Il me fixe un long moment puis reporte son attention sur Daire qui est en train de se faufiler derrière lui.

— Il n'est pas là-bas.

Elle l'ignore.

— Je viens de vous dire qu'il n'était pas ici, s'impatiente Leandro d'un ton qui trahit son agacement.

— Oui, enfin vous n'êtes pas vraiment l'incarnation de l'honnêteté, rétorque Daire, alors si ça ne vous ennuie pas, je préfère vérifier par moi-même.

— Et vous, vous n'étiez pas vraiment sur la liste des invités et on n'a pas pour règle de tolérer les intrus !

Sentant une menace implicite de sa part, je me glisse entre eux, prêt à intervenir. *Allez, donne-moi juste une raison.*

— Mais pour cette fois, reprend mon père avec un sourire hypocrite, je ferai une exception.

Il plante son regard sur moi.

— Je ne voudrais surtout pas que tu t'énerves davantage. À mon avis, personne ici n'a envie de découvrir le monstre qui sommeille en toi.

Il me scrute d'un œil brillant et alors deux mots se mettent à tourner en boucle dans ma tête : *Il sait !*

Il est au courant de ce que j'ai fait.

Il sent ce qui m'anime.

Et le pire, c'est que ça lui plaît.

D'un coup d'œil, je fais signe à Daire de continuer.

— Cade ne se sépare jamais de son coyote, alors ne me dis pas qu'il n'est pas ici.

— Eh bien, ce soir, *si* ! ricane Gabe d'un ton bruyant et grossier tout à son image. Ton frère a rencard.

Sentant que Leandro ne me quitte pas des yeux, je m'efforce de dissimuler ma panique, mais quelque chose me dit que je ne suis pas convaincant.

Surtout quand je le vois préciser avec une lueur dans les yeux :

— Son coyote a tendance à effrayer les demoiselles. Alors Cade a décidé d'organiser son rendez-vous galant ailleurs.

Je réfléchis un instant, cherchant ne serait-ce qu'un atome de vérité dans cet alibi.

— Et ces demoiselles là n'ont pas peur, elles ? je m'étonne en désignant la gent féminine qui nous entoure et qui commence seulement à revenir dans la salle.

— C'est que, celle dont on parle n'est pas une fille comme les autres, objecte Leandro en me scrutant, les yeux comme deux fentes. Elle n'a pas été, comment dire… ?

Tandis qu'il interroge Gabe du regard à la recherche du terme exact, derrière lui j'aperçois Daire qui inspecte les pièces du fond l'une après l'autre et qui visiblement en ressort bredouille chaque fois.

— *Endoctrinée* ? propose Gabe en se penchant pour boire une gorgée de son verre.

— Endoctrinée, répète Leandro avec une moue, comme s'il n'était pas tout à fait satisfait du terme.

Mais il décide de s'en contenter.

— Bref, tu dois le savoir mieux que moi. Sauf erreur, et crois-moi je n'en commets jamais, vous avez été ensemble tous les deux.

Daire me lance un regard découragé et deux secondes plus tard elle quitte la caverne sans plus tarder.

Alors j'interpelle une dernière fois Leandro d'un ton rageur :

— Où est-ce qu'ils sont ? Parle… tout de suite !

Il m'adresse un sourire creux en guise de réponse, tandis que mon cousin s'étrangle de rire dans son verre.

Sans relever, je m'élance après Daire, poursuivi par la voix tonitruante de Leandro.

— Tu ne pourras pas m'échapper, fiston ! Que ça te plaise ou non, sans moi tu n'existerais pas. Je t'ai donné la vie. Je fais partie de toi. N'importe qui peut s'en rendre compte. Même avec ce masque, ça se voit dans tes yeux !

QUARANTE ET UN

DAIRE

En apercevant Jacy et Crickett tourner dans le couloir et entrer dans les toilettes, je demande à Dace de m'attendre deux minutes et les suis à l'intérieur. Puisque Phyre est leur nouvelle grande copine, il y a de grandes chances pour qu'elles puissent me dire où la trouver.

Campées face au miroir, elles ôtent leur masque pour le poser sur la tablette en métal et commencent à se recoiffer, Jacy ajustant la mèche qui lui balaie le côté du front, tandis que Crickett fait bouffer ses pointes. Je m'approche dans leur dos en tentant de ne pas m'étrangler en sentant les effluves de vapeurs d'alcool qu'elles dégagent.

— Où est Phyre ? je demande d'entrée de jeu pour ne pas perdre de temps en bavardages.

Elles continuent de se pomponner en laissant plusieurs secondes s'écouler sans réagir, ce qui m'amène à la conclusion qu'elles ont décidé de m'ignorer.

— Dites-moi juste où je peux la trouver et je vous laisse tranquilles.

Mais ma tentative de négociation reste elle aussi sans réponse.

Si je n'étais pas si pressée, je serais sans doute impressionnée par leurs talents de comédienne et leur niveau de concentration. Mais en l'occurrence, la situation est un peu critique. Je sais que je ne devrais pas, Paloma m'a toujours déconseillé d'utiliser mes pouvoirs à la légère, car ce n'est pas sans risque, mais là je ne vois pas d'autre moyen de me faire entendre.

Alors à la seconde où je les vois sortir un brillant à lèvres de leur sac – d'un geste parfaitement synchrone, comme si elles avaient répété la scène –, je me concentre, lève la main et fais déraper les bâtonnets sur leur joue pour les peinturlurer de grandes traînées cerise et rose s'étirant de la bouche à l'oreille. Puis je les balance à l'autre bout de la pièce où ils rebondissent contre le mur avant de tomber par terre sur le carrelage crasseux.

— Ça y est ? Vous êtes prêtes à m'adresser la parole et à me dire où est Phyre ?

Je leur laisse deux grosses secondes pour réfléchir.

— Sinon les prochains à y passer, ce sont vos sacs. Et après, ce sera à votre tour.

Après avoir concerté Crickett du regard, Jacy est la première à céder.

— Elle a pris ta place, déclare-t-elle avec satisfaction.

Ma place ?

En jetant un coup d'œil dans le miroir, je découvre avec surprise la fille qui leur fait face. J'avais presque oublié ce masque de Marilyn. Celui de Lita. Elles sont tellement soûles qu'elles me prennent pour elle.

— Elle a rendez-vous avec Cade… Mais bon, ce sont pas tes oignons. C'est vrai, excuse-moi de te le dire, mais c'est quand même toi qui l'as plaqué, non ?

Une main sur la hanche, Jacy, qui titube sur ses talons, tente de se redresser.

— Où ça, exactement ?

Je les observe tour à tour, sans les quitter des yeux.

Elles échangent un regard, l'air de se demander si elles devraient me répondre ou non. Alors histoire de les aider à trancher, je fais décoller le sac de Crickett posé sur le bord du lavabo pour le faire voler jusqu'à moi avec la ferme intention de le garder en gage tant que je n'aurai pas obtenu de réponse.

— Dehors, avoue finalement Crickett en lorgnant avec méfiance son faux sac de marque à présent en ma possession.

— Où ça, dehors ? j'insiste en lui faisant miroiter son sac.

— Près du grillage. C'est soi-disant un endroit romantique et sacré, quelque chose comme ça. Écoute… peu importe. Tu peux juste… Tu veux bien me rendre mon sac, oui ?

Je m'apprête à le lui donner quand je remarque le pendentif en tourmaline bleu qui pend à son cou.

— Où t'as eu ça ?

Crickett souffle en levant les yeux au ciel.

— Bon sang, j'avais oublié à quel point tu pouvais être énervante !

Elle se tourne vers Jacy en cherchant quoi répondre.

— Alors ? J'attends…

Levant son sac plus haut, je le fais osciller à mon doigt par sa petite bandoulière en vinyle.

— Dans la pochette cadeaux, voilà ! Tout le monde en a eu une à l'entrée, OK ? T'es contente maintenant ?

Crickett pousse un gros soupir exagéré et me reprend le sac des mains d'un geste brusque.

— Non, mais c'est toujours bon à savoir.

Cette nouvelle ne me réjouit pas du tout, bien au contraire.

Je ressors des toilettes en vitesse, pressée de raconter à Dace ce que j'ai appris, mais il a disparu.

Jouant des coudes pour traverser la foule de fêtards enivrés, je le cherche parmi eux mais il reste introuvable. Tant pis, je n'ai plus le temps de partir à sa recherche. Croisant les doigts pour qu'il ne lui soit rien arrivé, je sors retrouver Phyre et Cade.

Une fois la sortie péniblement atteinte, je cours vers le grillage orné de mon petit cadenas doré. Phyre avait dû nous espionner le soir où on l'y avait accroché. Sinon je ne vois pas comment elle aurait pu savoir que cet endroit avait une signification particulière.

Et effectivement, je la trouve exactement à l'endroit où je l'imaginais : adossée au grillage, son masque de chat abandonné à ses pieds, tandis que Cade est penché sur elle.

Alors qu'elle est en train de lui passer le bras autour du cou pour l'attirer contre elle et d'incliner le visage vers le sien, prête à l'embrasser, je surgis derrière eux et tire d'un coup sec sur le manteau de Cade pour les séparer.

— Qu'est-ce qui te prend… t'es folle ? s'écrie-t-elle en passant de la surprise à la colère dès qu'elle comprend que c'est moi. Mais fais quelque chose ! lance-t-elle à Cade d'un ton autoritaire. Fais-la partir !

Mais Cade se contente de rester où il est, tout sourire.

— J'aurais jamais imaginé que tu étais du genre jalouse, Santos, raille-t-il en me saluant de la tête avant de se passer rapidement la main dans les cheveux. Malheureusement, j'ai une mauvaise nouvelle pour toi : je ne suis pas vraiment fou de toi.

Gonflant ses joues d'air avec amusement, il marque une pause comme pour me laisser le temps d'encaisser le choc.

— Eh oui, je sais que c'est toi, Chasseuse ! Bien essayé, le coup de l'échange de masques. Tu as peut-être réussi à embobiner les deux autres idiotes là-bas…

Le pouce levé en arrière, il me montre le club, référence à peine voilée à Jacy et Crickett.

Comment peut-il savoir que ce sont elles *qui m'ont amenée ici ?*

Cade ne me laisse pas vraiment le temps de méditer la question et enchaîne :

— Mais avec moi, ta petite ruse d'amatrice ne prend pas, c'est bien trop énorme. Je repère ton odeur de corbeau à un kilomètre, tu sais, et je dois t'avouer que ce petit jeu que tu t'obstines à vouloir jouer devient vraiment lassant. C'est la seconde fois que tu m'interromps en compagnie de Phyre et ça commence vraiment à m'agacer. Si tu veux rester et regarder, ça me dérange pas – au contraire, tu pourrais même apprendre quelques trucs ! Mais immisce-toi encore une seule fois entre nous… et tu es morte, cette fois pour de bon, compris ?

Sur ce, il se retourne vers Phyre qui l'attend, les yeux vitreux et la bouche luisante.

Il se repositionne face à elle tandis qu'elle enroule une jambe autour de son mollet pour l'attirer de nouveau contre lui et qu'il se penche pour l'embrasser.

Alors, en dépit de sa mise en garde, je m'incruste en tirant encore d'un coup sec sur son manteau.

— Si tu l'embrasses, c'est *toi* qui meurs !

Phyre l'agrippe fermement par le col, les ongles enfoncés dans le tissu de sa chemise pour l'inciter à se rapprocher. Mais Cade la tient à distance une main posée sur sa poitrine et me lance un regard.

— Son baiser est mortel. Phyre est une empoisonneuse. Tu ferais vraiment mieux de t'abstenir, je t'assure. Je suis certaine qu'il y a plein d'autres filles avec qui tu pourrais sortir.

— Des centaines, se vante-t-il les yeux brillants, la langue plantée dans la joue avec arrogance. Des milliers, même !

— Si tu le dis, je soupire en roulant des yeux. Sache juste que si tu tiens absolument à embrasser *cette* fille, ce sera la dernière de toute ta vie.

Soudain, les traits plissés par la colère, il se met à pester tout bas en lâchant un chapelet de jurons. Puis il se tourne vers Phyre et, d'une main, la repousse violemment contre le grillage.

Soupirant de soulagement, je m'apprête déjà à repartir chercher Dace quand je vois Cade me lancer un grand sourire cruel.

— Et t'as mis combien de temps, au juste, pour piger tout ça ?

Lentement, il saisit Phyre à la gorge et l'étrangle si fort qu'elle ne peut quasiment plus respirer.

— Parce que pour ma part, je suis au courant depuis le jour où elle est revenue en ville. J'ai senti son haleine d'oléandre à un kilomètre !

Tandis que Cade nous avise tour à tour, je m'efforce de réprimer la panique qui monte en moi.

Il était au courant depuis le début.

Toute cette histoire était un piège !

Songeant à l'athamé caché dans ma poche, j'envisage de m'en servir… mais à quoi bon ? Si je fais du mal à Cade, j'en fais à Dace. C'est une réalité que je ne dois pas perdre de vue.

— Comme je te l'ai déjà dit, Chasseuse, mon coyote a des sens très aiguisés. Mais à tes dépens, tu sembles toujours l'oublier. Et comme tu vas bientôt le découvrir, me sous-estimer est une erreur fatale. J'ai échafaudé ce plan depuis le jour de ce fâcheux incident où j'ai pris feu par ta faute.

Il fait claquer sa langue pour imiter le sinistre tic-tac d'une horloge.

— Ça va être un grand soir pour moi et – attention, *spoiler* ! – voilà comment ça va se dérouler : je te tue pendant que Suriel tue Dace et à la fin, je triomphe !

Il ponctue sa phrase avec un clin d'œil jovial.

— Au cas où tu l'aurais oublié, il suffit que je me transforme pour que la mort de mon frère n'ait aucun impact sur moi.

Malgré ce qu'il a dit entre-temps, je suis encore bloquée sur la partie concernant Suriel qui tue Dace.

Je jette un coup d'œil derrière puis tout autour de moi, mais à part nous il n'y a personne dans les parages.

Dace va sûrement écouter mon conseil et garder ses distances avec Suriel… non ?

Réplique exacte de celui de Dace et pourtant si différent en tous points, le visage monstrueusement beau et calculateur de Cade se dresse face à moi de plus en plus menaçant.

— Il ne se passe rien à Enchantment sans que j'en sois informé. Je suis consterné de voir que tu es toujours aussi longue à la détente. Tu devrais pourtant le savoir depuis le temps. Cette ville et ses habitants sont sous mon emprise et, en fin de compte, toi aussi, Chasseuse.

D'un air très amusé, il serre et desserre les poings en souriant tandis que Phyre crachote à chaque minuscule bouffée qu'elle parvient à inspirer. Finalement fatigué du manège, il la relâche en la regardant avec la plus grande indifférence s'effondrer par terre, prise d'une quinte de toux, avant de reporter son attention sur moi.

— J'en ai assez que tu te mêles de mes affaires et assez de te voir rôder dans mon club et dans ma ville.

Il approche d'un pas, puis d'un autre, jusqu'à ce qu'on se retrouve presque nez à nez.

— J'en ai assez de toi, Chasseuse. Et tu sais ce qui se passe quand j'en ai assez de quelque chose ?

— Je sais pas, tu fais un don aux bonnes œuvres ?

Je le regarde se dresser de tout son haut les bras levés et les yeux rougeoyants, tout à fait consciente de ce qui est sur le point de se produire : son corps va enfler et se recouvrir d'écailles, des griffes vont lui pousser aux orteils et des serpents à deux têtes lui sortir de la bouche à la place de la langue.

C'est le moment pour moi de prendre le large.

Je n'ai aucun intérêt à me battre contre lui. Je ne doute pas une seconde qu'il ait bel et bien l'intention de me tuer, mais je sais aussi qu'il fera tout son possible pour retarder l'exécution. Il voudra prolonger le combat, le faire durer bien plus longtemps que nécessaire, ne serait-ce que pour laisser le temps à Suriel de tuer Dace sans que j'aie pu intervenir.

Mais ça, tant que je serai en vie, ça n'arrivera pas.

Alors que seuls quelques centimètres me séparent de Cade, d'un coup je retire mon masque et le lui balance à la figure. C'est nul, je sais, mais ça a le mérite de me donner quelques secondes d'avance sur lui. Alors j'en profite pour tourner les talons et filer comme une flèche à travers le champ enneigé en suivant les empreintes désordonnées que Phyre a laissées dans sa fuite.

QUARANTE-DEUX

DAIRE

En débouchant dans la ruelle, je m'aperçois que les empreintes de Phyre se perdent dans un désert de gravats et de neige boueuse. Résultat, je n'ai aucun moyen de savoir dans quelle direction elle est partie.

Agrippant la petite bourse en peau qui pend à mon cou, je commence à invoquer la sagesse et la force des éléments, de mes ancêtres et des esprits animaux qui nous guident quand, tout à coup, un fracas de bris de verre mêlé à des éclats de voix perçants me met sur le qui-vive. Une voix en particulier se distingue.

— Les blasphémateurs ne seront pas tolérés ! Repentez-vous maintenant, avant qu'il ne soit trop tard !

Suriel.

Je m'élance à toutes jambes jusqu'à l'endroit où une petite foule agitée est en train de se former. M'approchant tout doucement d'un trio d'ivrognes, je me voûte, tête basse, prenant soin de rester à couvert parmi eux le temps de comprendre un minimum ce qui se passe.

— Ceux qui écoutent les imposteurs le font à leurs risques et périls !

Je me faufile un peu plus près et lève légèrement le nez, le temps d'apercevoir Suriel vêtu de son sempiternel costume noir austère, de ses chaussures éraflées et d'une chemise blanche, en plein sermon derrière un pupitre. Une tribune de fortune en contreplaqué avec estrade assortie, comportant toutes sortes d'images apocalyptiques grossièrement peintes sur le devant et les côtés : des serpents aux crocs acérés et aux yeux avides, des monstres cornus aux queues hérissées, des anges aux halos flasques et aux ailes brisées pleurant des fleuves de sang face à un océan de flammes.

Je parcours la scène du regard en m'attendant à trouver Phyre à ses côtés mais au lieu de ça, le souffle coupé de stupeur, je découvre *Dace*. Ligoté à une chaise placée au centre de la scène, il est encerclé par de larges cierges aux mèches fumantes et chuintantes.

— Il n'est pas trop tard… votre salut est encore possible !

Suriel joint les mains en prière tandis que l'un de ses serpents ondule sur ses épaules et dans son cou.

Mais malgré ce tableau volontairement dramatique et le ton menaçant de son discours appris par cœur, la foule tient plus à boire et à chahuter qu'à prendre son message à cœur.

Quelqu'un éclate de rire.

Un autre braille une grossièreté tandis qu'une bouteille de bière vide file dans les airs en passant non loin du crâne de Suriel.

Mais il ne bronche même pas.

C'est un homme de conviction. Il croit sincèrement que son incontestable vertu le protégera contre les injures que peut lancer une horde de pécheurs.

Je reporte mon attention sur Dace pour essayer de comprendre pour quelle raison il aurait pu décider de monter sur scène.

C'est forcément lui qui l'a voulu, non ?

Il est tellement plus costaud que Suriel, c'est impossible que ce dernier l'y ait forcé.

Mais quand même, qu'est-ce qui lui prend, bon sang ?

L'air très concentré, Dace fixe le gros serpent qui se tortille en sifflant sans tenir compte de la présence de Suriel à côté de lui.

— Ne vous fiez pas aux apparences ! assène Suriel d'une voix retentissante, les bras tremblant de rage.

Pointant un doigt accusateur sur Dace, il incite la foule à approcher pour mieux voir.

Cette dernière obéit aussitôt en se pressant vers la scène, mais pour ma part je ne bouge pas car je n'ai aucune envie de me faire repérer tant que je ne me serai pas fait une meilleure idée des intentions de Dace.

— Les démons se montrent rarement sous leurs véritables atours ! Ils revêtent toutes sortes de masques, c'est pourquoi il faut rester vigilant à chaque instant !

Suriel attrape une dague sur le dessus de son pupitre, qui me rappelle celle dont s'est servie sa fille pour essayer de détruire l'âme de Dace. Portant un violent coup à l'épaule de Dace, il crie :

— Allons, petit, montre-toi à la foule ! Montre à ces pécheurs ton vrai visage démoniaque !

À ma grande consternation, Dace se soumet sur-le-champ en adressant des sourires et des petits signes de la main aux soûlards temporairement dégrisés.

— C'est pas un démon, c'est Dace Whitefeather ! s'écrie quelqu'un, provoquant le soulèvement de la foule pendant qu'un homme balance une autre bouteille de bière vers la tête de Suriel, cette fois en le manquant de peu.

— C'est un démon déguisé en humain ! s'égosille Suriel. Et je suis là pour vous en apporter la preuve !

Avides d'assister à un spectacle digne de ce nom, les gens se mettent à scander : « Des preuves ! Des preuves ! Des preuves ! » Tapie parmi eux, je serre instinctivement la petite bourse à mon cou, voulant à tout prix des réponses.

Mais qu'est-ce que Dace fabrique ? Qu'est-ce qui lui prend ? Et puis pourquoi est-ce qu'il scrute le serpent comme ça au lieu de surveiller Suriel ?

— Un homme intègre, un véritable serviteur de la parole de Dieu est toujours protégé. J'en suis moi-même la preuve vivante. Cela fait trente ans que je manipule les serpents les plus venimeux de la planète et je n'ai jamais été mordu. Mais toi, mon garçon… malheureusement tu n'auras pas cette chance.

Suriel se tourne vers Dace, pose les mains sur ses épaules et le fixe intensément.

— Eh bien, voyez-vous cela !

Suriel hausse le menton en le toisant de tout son haut.

— Tu as récupéré ton âme, on dirait.

Il se passe la langue sur les lèvres dans un sens puis dans l'autre, puis s'essuie les mains sur le devant de son costume en polyester bon marché.

— J'ignore comment tu as réussi cet exploit, mais en ce qui me concerne la récompense est encore plus savoureuse !

— Les démons n'ont pas d'âme ! hurle un spectateur. Vous êtes un imposteur, un…

— Les démons sont des crapules et des abominations ! le coupe sèchement Suriel. Et les démons qui ont une âme sont les plus dangereux de tous, car ils sont libres de se promener parmi nous sous une apparence humaine !

Ravi de leur avoir cloué le bec, il se retourne vers Dace.

— Petit, je viens de t'accuser d'être un démon. Reconnais-tu la justesse de ce jugement ?

Dace hausse les épaules sans jamais quitter le serpent des yeux.

— On verra bien, répond-il, laconique.

C'est le genre de réaction qui emballe les foules. Celle-ci se met à crier et hurler de rire en poussant des acclamations pour l'encourager. Certains se précipitent même dans le bar pour dire à leurs amis de venir voir le spectacle dehors.

— Ne vous laissez pas influencer par ce qu'il fait et ce qu'il dit ! vocifère Suriel pour essayer à tout prix de reprendre le contrôle de la foule. Un démon, un vrai monstre, n'admettra jamais sa véritable identité. Il n'y a qu'un moyen de distinguer les justes des pécheurs…

Déroulant prudemment le serpent de son cou, il le présente à Dace. Cette fois j'en ai vu assez et commence à me frayer un chemin jusqu'au pied de la scène.

Dace n'est peut-être pas là-haut de son plein gré.

Il a peut-être bel et bien été contraint à monter.

J'ignore comment il s'est retrouvé là, mais je suis bien décidée à mettre fin à ce cirque avant que ça empire.

Jouant des coudes à travers les spectateurs assoiffés de sang, j'avance tant bien que mal en me bouchant le nez, écœurée par les vapeurs d'alcool qui leur chargent l'haleine et dont ils suintent par tous les pores. Soudain, je vois Dace baisser la tête de son plein gré pour laisser Suriel poser sur ses épaules le serpent qui s'entortille en sifflant autour de son cou au moment même où une main m'agrippe fermement le bras et me ramène de force au cœur de la foule.

— C'est bientôt le moment pour moi de me transformer !

Cade resserre sa poigne, ses doigts laissant de vives empreintes sur ma peau, tandis qu'il me fixe de ses yeux bleu glacier impénétrables.

— Et comme prévu, mon timing est parfait. Il faut croire que Dace et toi étiez réellement faits l'un pour l'autre. Votre destin commun était de mourir exactement en même temps. Votre histoire aura été d'un romantisme tragique… jusqu'au bout !

De son autre main, il me plante un couteau tranchant et glacial dans les côtes sans que j'aie le temps d'attraper le mien, ce qui ne laisse aucun doute sur son intention de me tuer.

En réaction, je lui rentre dedans en lui assénant un violent coup de coude dans le ventre suivi d'un coup de pied dans le tibia.

Mais la force de Cade est inhumaine. Il se contente de me ricaner à l'oreille en m'empêchant de bouger.

— Fais gaffe, siffle-t-il en tordant la lame qui transperce mon pull, déchire le débardeur que je porte en dessous et s'enfonce dans ma peau.

À cet instant, l'état de ma plaie n'a pas beaucoup d'importance. Vaguement consciente du choc que j'ai ressenti quand le métal glacial m'a transpercée et du filet de sang chaud qui dégouline le long de mes côtes, je continue de me débattre pour essayer coûte que coûte de rejoindre Dace, horrifiée par ce que je vois.

Dace.

Ligoté à une chaise.

Un serpent venimeux sur les épaules.

— Il suffit d'une morsure et il est foutu ! jubile Cade, les mots se répercutant durement sur ma joue. Cette fois, c'est fini, Chasseuse.

Les yeux rougeoyant avec intensité, rivés sur le serpent, il attend le bon moment pour se transformer, enfoncer sa lame encore plus profondément et remporter l'ultime victoire du clan des Coyotes.

Si j'avais la moindre idée de ce que Dace fabrique ou de quelle façon il s'est retrouvé là-haut, je saurais peut-être mieux comment l'aider. Mais bien que je n'y connaisse rien aux serpents, je sais que les animaux ont tendance à mordre quand ils ont faim, qu'ils se sentent menacés ou les deux.

Par conséquent, je dois repenser mon plan initial qui était d'attendre en embuscade au pied de la scène, car je ne peux pas courir le risque de faire peur au serpent, sinon il pourrait s'en prendre à Dace.

Alors, croisant les doigts pour que Dace sache ce qu'il fait, je m'attèle à faire venir mon athamé dans ma main. Bien que je me sois engagée à ne pas tuer Cade, s'il va trop loin, il n'est pas exclu que je l'amoche un peu.

Au fond de ma poche arrière, la lame commence à vibrer et remuer pendant que Suriel fixe Dace d'un air fasciné et que Cade me postillonne dans la nuque, deuxième signe (après les yeux rouges) qu'il est sur le point de se transformer.

Tandis que Cade rajuste sa poigne sur mon bras et m'enfonce de plus belle la lame dans les côtes, je prends un instant pour fermer les yeux et invoquer l'ensemble de mes soutiens et de mes outils, usant de tous mes pouvoirs pour leur demander de m'aider à déplacer l'athamé dans ma poche jusque dans ma main.

Soudain la dague jaillit et glisse brusquement dans ma paume.

Au même instant, j'entends Cade jurer et Dace lancer à Suriel :

— Je crois qu'il m'aime bien !

Hein ?

Je rouvre les yeux et en oublie complètement l'athamé en voyant que Dace est toujours sur scène, toujours ligoté à la chaise mais le visage éclairé par un sourire bon enfant tandis que le serpent venimeux fourre tendrement son museau dans son cou.

— Ça veut dire que je peux le garder ? s'enquiert-il.

Levant les yeux vers Suriel, il se met à rire en sentant le serpent remonter furtivement pour s'enrouler au sommet de sa tête et siffler férocement au moment où Suriel tente de le reprendre d'un geste brusque.

— Vous voyez ? hurle Suriel indigné et fou de rage en se retournant face à la foule. Vous voyez comme il a envoûté ce serpent d'un simple regard ? Son esprit démoniaque s'est emparé de lui… tout comme il s'emparera bientôt de vous tous. Personne n'est à l'abri !

Les yeux exorbités, il pointe son index tout tordu vers le ciel ; sauf que, pour toute réaction, la foule lui lance une bouteille de bière à moitié vide, qui cette fois lui érafle l'oreille.

Mais Suriel est dans son monde, tellement perché qu'il ne se rend absolument pas compte qu'il est blessé et qu'un bout de peau déchiqueté pendille de son oreille ensanglantée en gouttant sur le col râpé de sa chemise. Il se penche vers le grand panier à ses pieds, plonge la main dedans et se redresse, fébrile, face à la foule, des serpents venimeux plein les bras.

— Alors, tu te sens toujours d'humeur aussi brave maintenant ? raille-t-il en faisant osciller le nid de serpents sous le nez de Dace. Tu ne survivras jamais à ça, petit. Eux, tu ne pourras pas les manipuler, ils savent qui tu es !

Dace tressaille. Le sursaut est très léger, presque imperceptible mais je l'ai remarqué, et vu sa façon de ricaner tout bas, Cade aussi.

— C'est l'heure du bouquet final ! claironne ce dernier avec un regain d'assurance, enfonçant encore un peu plus son couteau dans mes côtes. Je n'ai plus qu'à me transformer, et la Chasseuse et mon aberration de frère pourront se dire adieu.

Une lueur rouge intense dans les yeux, il regarde Suriel jeter le paquet de serpents hargneux sur les genoux de Dace. Alors je comprends que je n'ai que quelques secondes pour utiliser mon arme contre lui avant qu'il ne soit trop tard.

— Tu es sûr de vouloir faire ça ? je lance sans quitter Dace des yeux alors que je resserre le manche de la dague. Tu tiens vraiment à ce que tous ces gens te voient sous ta forme démoniaque ?

— Tu plaisantes ? s'esclaffe-t-il d'un rire mi-humain, mi-animal. De toute façon ils sont tellement soûls qu'ils ne remarqueront même pas la différence. Et puis, ils devront bientôt s'y faire. Dès que je nous aurai débarrassés de toi, je compte bien passer le plus clair de mon temps dans la peau de mon alter ego. Je n'aurai plus besoin de me cacher.

Il enfonce encore le couteau, cette fois assez pour m'arracher un cri de douleur qui me surprend autant que lui. Alors je comprends que quelle que soit l'évolution des choses sur scène, le moment est venu de riposter. Cade va finir par toucher un organe et causer de sérieux dégâts, ce n'est qu'une question de temps.

Sans faire de bruit, je prends une grande inspiration, consciente que son corps tremble d'impatience en raison de la transformation qui va bientôt avoir lieu. Mais je ne peux pas le laisser faire, il ne doit pas revêtir sa forme démoniaque. Sinon, dès qu'il se sera métamorphosé, je n'aurai plus la moindre chance. Ni moi, ni personne.

Brandissant l'athamé, je le plante dans son avant-bras histoire de le blesser assez pour le ralentir sans vraiment lui faire mal et profite de l'effet de surprise pour me libérer de sa poigne et foncer vers la scène.

Quand j'atteins l'estrade, Dace, qui est toujours ligoté à sa chaise, est maintenant silencieux et pétrifié, recouvert de serpents. Debout à côté de lui, la bouche entrouverte d'un air avide et une lueur malsaine dans les yeux, Suriel attend la première morsure.

Je m'apprête à crier, mais au même instant Dace tourne la tête vers moi, un reflet argenté dans les yeux, et me conseille du regard de rester où je suis. Problème : je ne suis pas sûre de pouvoir obéir. Je veux bien croire qu'il sait ce qu'il fait mais encore faudrait-il qu'il me le prouve concrètement, et vite. Pour ce que j'en sais, il a très bien pu avoir un énorme coup de veine avec le premier serpent. Sans compter que les cris horrifiés qui s'élèvent dans la foule me laissent penser que son frère a commencé sa métamorphose.

Je monte sur scène, prête à en découdre avec Suriel s'il le faut, quand une voix isolée, plus forte que les autres, se fait entendre et incite la foule à scander en chœur :

— *Imposteur ! Imposteur ! Imposteur !* Vos serpents sont bidons ! Vous leur avez retiré leur glande à venin !

C'est là que je remarque ce que Dace essayait de me faire comprendre.

Comme le gros serpent à sonnette avant eux, au lieu de le mordre en plantant leurs crocs venimeux, ces serpents extrêmement dangereux préfèrent se lover dans son cou et sur ses épaules en dardant affectueusement leur langue fourchue vers son visage.

— On dirait que j'ai encore gagné…

Dace lève les yeux vers Suriel vert de rage.

— Bon, si on arrêtait cette comédie et qu'on retournait tous à l'intérieur fêter tranquillement la nouvelle année ?

Furieuse que Suriel lui ait fait perdre son temps, la foule se met à siffler en lançant plusieurs bouteilles de bière dans sa direction ainsi qu'une nouvelle bordée d'insultes le taxant d'imposteur et d'escroc, puis elle se disperse aussi vite qu'elle s'est formée.

Mais Suriel n'est pas homme à s'incliner facilement. Sans rien avoir perdu de sa ferveur malgré le désaveu du public, il reprend sa dague et s'avance d'un pas décidé vers Dace. Cette fois je m'élance, l'athamé au poing.

— C'est bon, je m'en occupe, Daire ! me souffle Dace d'une voix presque inaudible.

Bien que freinée dans mon élan, je reste sceptique, c'est plus fort que moi. Il est quand même à moitié enseveli sous un tas de serpents appartenant aux espèces les plus venimeuses de la planète, et en dépit des mamours qu'ils lui font à cet instant, ils peuvent très bien décider subitement de l'attaquer.

— Fais-moi confiance, insiste-t-il, les dents serrées. Je sais ce que je fais.

Décidant de le croire sur parole, j'abaisse mon athamé mais en restant sur le qui-vive tandis que Suriel fonce sur lui.

Fou de rage que ses serpents se soient retournés contre lui et que son public l'ait abandonné, il est sourd aux cris désespérés de sa fille qui le supplie d'arrêter.

— Arrête, papa ! Arrête… laisse-moi faire !

Sa voix semble dangereusement proche, ce qui n'est pas pour me rassurer. Suriel arrive peut-être à l'ignorer mais pas moi.

Je me retourne vers la ruelle déserte où se tenait la foule il y a encore quelques instants et découvre Phyre, flanquée de Cade.

— Les justes s'élèveront… la fin des temps est arrivée !

Armé de son poignard, Suriel se dresse, menaçant, au-dessus de Dace.

C'est alors que ce dernier se débarrasse de ses liens avec une étonnante facilité et lui répond d'une voix calme :

— C'est peut-être la fin pour vous, mais pas pour moi.

Et sur un bref signe de tête de sa part, les serpents se jettent violemment sur Suriel.

Phyre hurle.

Cade se contente de regarder, un éclat rouge luisant dans ses yeux.

Suriel s'écroule à genoux, la tête renversée en arrière, persuadé qu'il va triompher. Jusqu'à ce que les serpents le mordent tous en même temps à la gorge comme d'un commun accord, laissant leur victime suffoquer et fulminer contre cette ultime trahison. Poussant un hurlement à vous figer le sang, il s'écroule comme une masse, pétrifié de peur, tandis que les serpents continuent d'attaquer. Ils le mordent à plusieurs reprises pour lui injecter leur dose mortelle de poison, puis finissent par se lasser du manège et s'éloignent en ondulant. Tout ça sous les yeux écarquillés de Dace, qui brillent toujours d'un éclat argenté. Il frissonne, tremble de la tête aux pieds, comme s'il était en proie à une transe d'une force inouïe et totalement inconcevable.

Phyre accourt en pleurs et se jette sur son père pour l'envelopper dans ses bras maculés de sang.

Du sang… ?

Mais à qui est-ce ?

Bien qu'elle soit inconsolable, sur le plan physique elle a l'air d'aller bien.

C'est alors que j'aperçois la dague trempée de sang qu'elle tient dans la main.

Et que la voix de Cade qui hurle me fait sursauter.

— Mais qu'est-ce que tu m'as fait, Chasseuse ? Tu vas me le payer ! Je vais te tuer !

Il s'avance d'un pas lourd vers l'estrade, toute la partie gauche du corps ensanglantée.

— Transforme-toi !

Je cours vers lui, horrifiée de voir qu'hormis la lueur de folie dans son regard Cade ne réagit pas.

— Mais vite, bon sang ! Transforme-toi !

Désemparée, je lui crie dessus comme si j'avais vraiment le pouvoir de lui donner cet ordre, mais soudain Cade secoue la tête et tombe à genoux. Pour une raison ou pour une autre, il est incapable de se transformer.

— Je ne sais pas ce que tu m'as fait mais… mais arrête ça tout de suite…

Le son de sa voix s'affaiblit au même titre que ses forces. Sauf que je n'y suis pour rien. S'il y a bien une fois où je voulais le voir se transformer en démon, c'était maintenant.

Je me retourne vers Dace, terrifiée à l'avance par ce que je vais peut-être découvrir, mais en fin de compte il est encore plongé dans cet étrange état d'hypnose, les yeux toujours voilés d'un reflet argenté.

Il reste étrangement immobile, indemne. Comme s'il était sur le point de se transformer en quelque chose dont je n'ai même pas idée.

Reportant mon attention sur Phyre, je m'approche d'elle à grands pas, déterminée à lui prendre sa dague de force au cas où elle aurait la mauvaise idée de vouloir s'en resservir.

Elle la lâche sans résister.

Vraiment trop facilement.

De sa main libre, elle fouille dans la poche de costume de son père pour attraper le détonateur qu'il y avait caché.

Il me suffit d'un coup d'œil à ce petit boîtier électronique pour que tout devienne clair.

Les explosifs que Dace m'a expliqué avoir vus dans la remise de Suriel sont maintenant planqués quelque part au Terrier du Lapin.

Je fais volte-face vers Dace en criant pour le tirer à tout prix de sa transe :

— Dace, le club ! Il va exploser ! Va dire à tout le monde d'évacuer !

Dace secoue la tête en me regardant d'un air hébété, ses grands yeux luisants recouvrant lentement leur couleur habituelle. En voyant le détonateur dans la main de Phyre et son frère en sang, à moitié écroulé contre le bord de l'estrade et respirant à grand-peine, il tourne les talons et part à toutes jambes vers le Terrier du Lapin. Alors je me jette sur Phyre pour la plaquer au sol mais trop tard : le bouton clignote déjà.

Elle l'a déjà enclenché, initiant son propre compte à rebours de la Saint-Sylvestre.

— Tu aurais dû m'écouter quand tu en as eu l'occasion, déplore-t-elle.

Son cou est encore marqué par les strangulations que Cade lui a infligées.

La rangée de cierges désordonnée qui continuent de vaciller autour de nous éclaire le message absurde de son tee-shirt, tandis qu'à l'intérieur du club un autre compte à rebours a commencé, ponctuant chacune de ses phrases.

— Dix !

On entend d'ici l'excitation monter.

— Neuf !

Phyre me regarde, des coulées de mascara et de larmes sous les yeux qui la font ressembler à une méchante reine de dessin animé.

— La fin des temps est arrivée.

Elle hausse les épaules comme si elle n'était absolument pas responsable de ce qu'elle venait de faire, à savoir mettre des centaines, voire des milliers de vies en danger.

Derrière nous, le décompte de la foule passe de huit à sept.

— Résigne-toi, ça vaudra mieux. On ne peut plus reculer. Il n'y a plus de rédemption possible !

— Six !

Plus par frustration qu'autre chose, je la frappe en plein visage, un violent coup de poing qui lui écrase la joue contre le plancher de l'estrade. Un geste que je regrette aussitôt quand je la vois sourire pour toute réaction.

— Cinq !

Je la repousse brutalement, mourant d'envie de courir rejoindre Dace pour l'aider à évacuer la salle, sauf que je ne peux pas me permettre de la laisser seule avec Cade et prendre le risque qu'elle l'achève. Maintenant que Dace a retrouvé ses esprits, je ne suis pas sûre qu'il en réchapperait.

— Quatre !

En un rien de temps, la ruelle est envahie, grouillante de monde, les joyeux fêtards à présent affolés cherchant par tous les moyens à s'écarter le plus possible du club. Personne ne remarque le corps de Suriel étendu face contre terre. Ni l'état critique de Cade. Ils prennent la scène d'assaut, si bien que dans la bousculade je les perds de vue. Mais subitement un espace se dégage et j'aperçois Cade qui suffoque alors que Phyre se dresse au-dessus de lui, l'attrape par le col en approchant son visage et plaque sa bouche sur la sienne.

Le compte à rebours à l'intérieur du club a beau s'être arrêté, dans ma tête il continue.

— Trois !

Je lui saute sur le dos et l'arrache à lui en lui mettant la lame de mon athamé sous la gorge.

— Deux !

— Fais-le ! hurle-t-elle, le cou tendu en offrande. Abrège mes souffrances ! Je t'en prie… je n'ai jamais voulu tout ça !

J'hésite, pas certaine de vouloir aller jusqu'au bout, quand quelque chose un peu à l'écart retient mon attention. Le même animal que celui aperçu tout à l'heure à notre arrivée. À sa fourrure blanche, soyeuse et à son regard bleu vif, je comprends immédiatement qu'il s'agit du loup de Paloma.

C'est un signe.

Mais de quel genre ? Qu'est-ce que ça signifie ? Qu'attend-elle de moi ?

Le souffle court et sifflant, Cade s'écarte insensiblement en se traînant sur le côté tandis que Phyre, étendue à plat ventre sous moi, attend que je la délivre.

Je l'attrape par son tee-shirt et la retourne sur le dos.

Pardonnez-moi. Mes mots s'adressent au loup, à Phyre, à l'univers tout entier.

— Un !

Je fais glisser la dague vers sa poitrine et pointe son extrémité contre les lettres de l'inscription de son tee-shirt, EMBRASSE-MOI. Phyre ouvre grands les yeux en souriant doucement.

— Elle est là, chuchote-t-elle.

— Qui ça ? Ta mère ? Elle est venue te voir ?

Phyre fait non de la tête en me fixant et me souffle tout doucement :

— Tu en es incapable, n'est-ce pas ?

Nos regards se croisent, et on comprend toutes les deux qu'elle a raison, j'en suis incapable. Phyre n'a rien d'un monstre. C'est juste une fille un peu triste et paumée qui n'a jamais eu de chance dans la vie.

Lentement, elle se relève puis part, chancelante, vers le club. Et au moment où je m'apprête à la rattraper, Dace surgit devant moi et me tire par le bras en criant :

— Il faut partir !

Je lui montre Cade du doigt, qui gît à moitié mort et en sang par terre. On le relève et file se mettre à l'abri en le traînant entre nous.

À peine a-t-on tourné à l'angle de la ruelle que le Terrier du Lapin explose.

QUARANTE-TROIS

DACE

À la première déflagration, je plaque Daire à terre et me jette sur elle pour essayer de la protéger des jets de flammes et des projections de débris. La série d'explosions qui s'enchaînent, tout juste entrecoupée de brèves accalmies, semble ne plus en finir.

— Et nos amis, où sont-ils ? s'écrie Daire. Tu as pu les faire sortir à temps ? Ils vont bien ?

Elle lève la tête en plissant les yeux face aux tourbillons de fumée noire.

— T'en fais pas, ils sont en sécurité.

Je m'assure qu'elle ne bouge pas tant que je ne suis pas sûr que ce soit fini.

— Avant même que j'arrive, Xotichl était déjà en train de faire sortir tout le monde. Elle a dû sentir qu'il se passait un truc.

Je me hisse et l'aide à se relever.

— Ils sont sortis par-devant. Je leur ai donné rendez-vous à ma camionnette.

— Et les autres ?

Daire me regarde, les yeux rougis, une trace de cendre sur le menton et les cheveux lui tombant en bataille sur les joues, mais à mes yeux elle est plus belle que jamais et à cet instant je dois réprimer une forte envie de l'embrasser.

— Tu penses avoir réussi à faire sortir tout le monde en si peu de temps ?

Je me frotte le menton, un vieux tic dont je n'arrive pas à me défaire.

— J'en sais rien.

Le poids de la vérité pèse sur cet aveu.

— Je peux rien affirmer avec certitude. Je me fiche pas mal des Richter, mais il y avait aussi tous ces gens à la soirée privée de Leandro qui, à part avoir été manipulés, n'ont rien fait de mal. Seulement, entre la pagaille monstre et le manque de temps, je n'ai pas pu aller jusqu'au vortex pour les prévenir.

Daire acquiesce d'un air grave et lève le menton en me disant avec sérieux :

— Tu as quand même fait de ton mieux.

Elle hoche la tête pour m'en convaincre, mais je suis trop accaparé par le nombre de victimes éventuelles pour accepter ses éloges.

— Tu as fait tout ce que tu pouvais. Sans toi, ça aurait été pire.

Je hausse les épaules et détourne les yeux, hanté par l'air déterminé qu'affichait Phyre quand elle est passée devant moi en me bousculant et qu'elle s'est précipitée à l'intérieur même de l'endroit que tout le monde fuyait.

Bien qu'elle ait essayé de me tuer peu de temps avant, j'ai tenté de la retenir et de la dissuader. Mais elle a fait comme si elle ne me voyait pas, comme si c'était de toute façon trop tard.

— Ce qui est arrivé à Phyre n'est pas ta faute, m'assure Daire en devinant que je culpabilise. Tu n'es pas responsable. Si quelqu'un doit s'en vouloir, c'est moi. Elle m'a suppliée d'abréger ses souffrances mais j'en étais incapable. Je n'ai pas pu l'empêcher de se ruer dans le club, elle était trop déterminée.

— Tu as bien fait.

— Dans ce cas, pourquoi je me sens aussi mal ?

— Parce que personne n'est censé se réjouir d'assister à la mort de quelqu'un. À moins de s'appeler Cade Richter.

Ou Dace.

Bien que je me garde de l'avouer à voix haute, je ne peux pas nier le sentiment de puissance que j'ai ressenti quand les serpents ont sauté à la gorge de Suriel.

Ni cette onde de plaisir qui m'a parcouru quand je les ai vus s'acharner sur lui.

Et impossible aussi de nier que ces sensations étaient en lien avec l'étrange métamorphose qui s'opérait en moi.

Néanmoins, je ne lui dis rien de tout ça.

Serrant Daire contre moi, je commence à marcher vers la camionnette quand on tombe sur ma brute de frère toujours blessé et en sang, qui me dévisage en me lançant avec hargne :

— Tu étais censé mourir ! Qu'est-ce que t'as fait, bon sang ?

Je le toise d'un autre œil et souris en le voyant s'écarter de moi, tremblant de peur.

Il s'efforce de se relever, pressé de s'enfuir, mais d'un rapide coup de pied Daire le repousse à terre. Elle s'agenouille à côté de lui, l'attrape par le col et le soulève face à elle. Bien que ce soit son combat, je prends quand même position à côté d'elle au cas où elle aurait besoin de moi.

— Je t'ai sauvé la peau ce soir, siffle-t-elle en lui crachant presque les mots à la figure, preuve qu'elle aurait vraiment aimé qu'il en soit autrement. Mais c'était uniquement pour que Dace soit épargné. Considère ça comme une faveur exceptionnelle, coyote. La prochaine fois, t'es un homme mort.

Ses mains tremblent de rage et je sais qu'à cet instant ce n'est pas l'envie de l'achever qui lui manque. Je ne peux cependant pas la laisser faire. Le monstre est en train de prendre possession de moi, mais il n'est pas dit qu'il se réveillera encore pour me protéger.

Une vague de véhicules de pompiers, de police et de secours de toutes sortes commence à déferler dans un tourbillon de sirènes hurlantes et de gyrophares.

— Daire…

Tendrement, je tente de lui faire oublier sa fureur.

— La police d'Enchantment est là. La plupart des agents sont des Richter. Il est temps qu'on s'en aille.

Visiblement écœurée, elle finit par lâcher Cade. Le regard brillant de colère, elle le regarde se relever tant bien que mal et disparaître derrière les ruines fumantes du club.

— Suriel, les serpents… tu avais tout prévu, hein ? s'emporte Daire, reportant sans raison sa colère sur moi. Pourquoi tu ne m'as rien dit ?

Les détails ne l'intéressent qu'à moitié ; ce qui la met hors d'elle, c'est surtout l'impression d'avoir été dupée et c'est ce sentiment-là que je vais d'abord chercher à apaiser.

— C'était loin d'être aussi planifié ou stratégique que tu le crois.

Je la presse vers la camionnette pour qu'on file avant que les autorités ne nous tombent dessus avec leurs questions et trouvent finalement le moyen de nous mettre ça sur le dos.

— J'ai compris que Suriel préparait un gros coup et je voulais être là le moment venu. Si je ne t'en ai pas parlé, c'était uniquement pour ne pas que tu t'inquiètes. Mais, Daire, à aucun moment ma vie n'a été en danger, il n'a jamais été question que je me fasse tuer.

Je fais un geste vers elle mais elle l'esquive. Plantée devant moi les bras croisés d'un air obstiné et accusateur, elle me dévisage.

— Tu te crois si vertueux que ça ? rétorque-t-elle avec colère.

Mais au fond je sais que ce qui l'anime, c'est surtout la peur d'avoir failli me perdre après tout ce qu'elle a enduré pour me retrouver.

Daire mérite de connaître toute la vérité.

— Je l'étais, je soupire en la regardant dans les yeux. Avant j'étais fait de l'énergie la plus pure qui existe. Mais je crois qu'on sait tous les deux que ce n'est plus le cas aujourd'hui.

La gorge visiblement nouée, elle baisse les yeux vers le sol et continue à me questionner tout en ayant l'air de s'adresser au bout éraflé de ses chaussures.

— Alors pourquoi les serpents ne t'ont pas mordu ? De toute évidence, ils avaient encore leur glande à venin.

Elle regarde au loin vers l'endroit où gît le corps sans vie de Suriel, à présent dans un état épouvantable après que la foule paniquée l'eut écrasé et piétiné dans son exode frénétique.

Je pose la main sur son bras pour l'éloigner doucement de ce spectacle macabre.

— Suriel bataillait seul contre le reste du monde. Pour lui, tout existait séparément. Alors que dans ma vision de l'univers tout est lié, on fait tous partie intégrante de la même source unificatrice. Autrement dit, je suis lié à ces serpents autant que je le suis à toi. Mais pour que ça marche, il faut y croire du plus profond de son âme.

— Dans ce cas, pourquoi Suriel a-t-il tenu aussi longtemps sans se faire mordre ?

Sa façon de hausser le menton d'un air résolu me fait dire qu'elle n'est pas encore tout à fait rassurée.

— Parce qu'il était la main qui les nourrissait. Le problème, c'est qu'il espaçait trop les repas. Ces serpents étaient affamés et ils se sont finalement vengés.

— En parlant de lien… dit-elle une fois que je l'ai amenée à se remettre en route. Cade n'a pas réussi à se transformer.

Sa voix s'emballe tandis qu'elle presse le pas en apercevant nos amis qui attendent près de ma camionnette.

— Il n'a pas dépassé le stade des yeux rouges et apparemment il était le premier étonné. Il a même essayé de me mettre ça sur le dos, mais je me demandais si par hasard tu n'y étais pas pour quelque chose…

— Pas du tout. Du moins, si c'est le cas, ce n'était pas volontaire. Le truc étrange, c'est qu'à l'inverse de lui j'ai ressenti un début de mutation.

Elle me lance un regard, l'air pas du tout surpris, alors je prends le risque d'avancer la main vers elle pour lui montrer le petit bout de serre qu'il me reste à un doigt, et en voyant une touffe de plumes blanches soyeuses s'échapper de ma manche, elle écarquille les yeux.

— C'était ça, tu crois ? dit-elle à voix basse à la fois intimidée et hésitante.

— J'en sais rien. Mais c'était très puissant.

— Ça t'était déjà arrivé ?

Je lui fais signe que non.

— Ça t'inquiète ?

Je me frotte le menton sans trop savoir quoi répondre.

— Je t'avoue que je ne sais pas trop. Ce qui est sûr, c'est que ce n'était pas désagréable. Au contraire, en fait. C'était assez dingue. J'ai dû faire appel à toute ma volonté pour stopper la transformation, mais uniquement parce que je ne savais pas comment ça allait finir. Je suis sûr que c'est ce qui m'a permis de ne pas connaître le même sort que Cade, mais je ne pouvais quand même pas prendre le risquer d'aller jusqu'au bout. Daire…

Je prends son visage inquiet entre mes mains.

— Tout ce dont je suis sûr, c'est que j'ai eu l'impression d'avoir été frappé par la foudre. De toute ma vie, je n'ai jamais ressenti une force aussi colossale. C'est difficile à expliquer…

En voyant Daire me dévisager, je me tais subitement.

Inquiet d'avoir dit quelque chose qui ait pu l'effrayer, je commence à partir, pressé d'aller rejoindre nos amis et d'oublier cette gaffe, mais elle me retient par le bras.

À son tour, elle prend doucement mon visage entre ses mains.

— J'ignore ce que c'était, mais la nature de cette force a forcément quelque chose de bon puisque, pour la première fois depuis longtemps, je vois mon reflet dans tes yeux.

QUARANTE-QUATRE

DAIRE

— Dieu merci, vous n'avez rien !

Je me précipite vers nos amis, heureuse comme jamais de les retrouver, et les serre l'un après l'autre dans mes bras.

— Tu l'as senti, n'est-ce pas ? je lance à Xotichl.

Elle acquiesce en se blottissant contre l'épaule d'Auden.

— Mais j'ai mis le temps… beaucoup trop. J'ai réagi à la dernière minute. Et même trop tard pour certains.

— Tu as fait de ton mieux, ma belle, s'empresse de la rassurer Auden. Sans toi, aucun de nous ne serait encore en vie.

— Il ne faut pas oublier Dace, ajoute-t-elle en tournant la tête vers lui.

Mais ce dernier esquisse aussitôt un geste gêné, préférant lui laisser ce mérite.

— Ça a été une soirée mouvementée, dit-il en haussant les épaules.

— Comme tu dis, acquiesce-t-elle. Et pour certains, c'est pas fini.

Son regard dévie jusqu'au bout de la ruelle tandis qu'elle enfouit la joue contre le torse d'Auden.

Je m'apprête à lui demander à qui elle fait allusion quand Lita y va de son commentaire.

— Même si elle ne veut pas l'admettre, Xotichl est une véritable héroïne. Pendant que je sautais sur scène pour dire à Auden de crier « au feu ! » pour faire sortir tout le monde, elle a canalisé toute son énergie vers les portes et les a fait sauter ! Ça a été un énorme gain de temps pour évacuer.

— Tu as vraiment fait ça ?

Je la contemple avec une admiration non dissimulée.

Lita confirme d'un hochement de tête tandis que Xotichl remue la mâchoire, le regard toujours tourné vers la ruelle.

— Qu'est-ce qu'il y a, Xotichl ? je demande, inquiète de la voir faire cette tête.

Xotichl n'a jamais l'air effrayée ; ce n'est pas tout à fait le cas à cet instant mais pas loin. Je suis la trajectoire de son regard sans parvenir à distinguer grand-chose hormis une équipe d'urgentistes qui s'affairent autour du cadavre de Suriel.

— Le prédicateur est coincé.

Sentant nos regards déconcertés, elle ajoute :

— Son esprit rôde près de son corps et il est sacrément furax. Il n'arrive pas à croire ce qu'il lui est arrivé. Il va vouloir se venger, ce n'est qu'une question de temps. J'espère que son guide spirituel le trouvera avant.

— Ne restons pas plantés là, alors ! s'exclame Lita en filant droit vers le break d'Auden. Entre l'autre illuminé dans les limbes et le Terrier du Lapin qui est encore plus sinistre maintenant qu'il est en ruine, pour ma part j'ai jamais eu de meilleure raison de me barrer !

Après s'être donné rendez-vous chez Paloma, on se dirige chacun vers nos voitures et, une fois à bord de la camionnette de Dace, je me glisse au milieu de la banquette en cuir élimée, pressée de sentir son corps rassurant contre moi.

Il enclenche la marche arrière et s'engage dans la rue à reculons. Lorsque le Terrier du Lapin est enfin à bonne distance, je lui lance un coup d'œil en disant :

— Je ne voudrais pas paraître intéressée mais…

Il tourne la tête, les yeux plissés d'un air curieux.

— Tu crois qu'il est trop tard pour réclamer mon baiser de la Saint-Sylvestre ? Il paraît que ça porte malheur de le rater et je crois que ni toi ni moi n'avons besoin de ça.

Sans autre mot, Dace se gare sur le bas-côté, le long d'un chemin de terre plongé dans l'obscurité. On se tourne l'un vers l'autre avec le même empressement.

Au début, les yeux grands ouverts, je prends un instant pour contempler ce beau visage et ces lèvres qui se penchent vers les miennes. Puis, lentement, mes paupières se ferment et je m'abandonne à son baiser, savourant la chaleur de nos corps pressés l'un contre l'autre et enfin réunis après avoir été séparés pendant ce qui me semble être une éternité.

Sa bouche se promène sur la mienne tandis que nos langues se rejoignent avec la même force passionnée et je savoure cet instant pour ce qu'il est : un répit providentiel dans une vie remplie de soucis, la juste récompense d'une bataille durement gagnée, une tradition de la Saint-Sylvestre censée porter bonheur, une façon de célébrer la vie malgré l'absurdité de la mort.

Mais par-dessus tout, ce baiser, c'est la promesse que l'on se fait de ne jamais renoncer l'un à l'autre.

Ses bras me procurent un refuge, et ses lèvres, le genre de stabilité rassurante dont j'avais toujours été privée avant de le rencontrer.

Ma vie est ici, avec lui, dans ses bras.

Un gémissement grave s'échappe de ses lèvres tandis qu'il se colle encore plus à moi, de sorte qu'il n'y a plus un millimètre d'écart entre nous. Ses caresses sont de plus en plus pressantes et passionnées à mesure que nos cœurs palpitent à l'unisson.

Je me blottis contre sa peau chaude, m'attarde sur la douceur délicieuse de sa langue, prête à céder au désir brûlant qui monte en moi quand il s'écarte pour me souffler :

— Écoute, c'est la pagaille dans mon appart mais… si ça ne te dérange pas.

Son regard mi-clos en dit long sur l'intensité de son désir.

— À mon avis, je ne remarquerai rien.

Je l'embrasse encore. Je voulais faire court mais, une fois ma bouche sur la sienne, j'ai du mal à en décoller.

— On passe d'abord chez Paloma. S'il le faut, je repartirai en douce mais à mon avis ce ne sera pas nécessaire.

Plantant un dernier baiser sur ma joue, il se réinstalle face au volant et redémarre en direction de chez ma grand-mère. Durant tout le chemin, ce loup d'un blanc lumineux aux yeux bleu vif n'a de cesse d'apparaître devant nous, sa silhouette fantomatique dodelinant sous l'éclat aveuglant des phares presque comme s'il nous guidait vers la maison.

— Rassure-moi, tu le vois aussi ? je finis par demander à Dace, rongée par la crainte que les hallucinations qui m'ont valu d'atterrir ici me reprennent.

Mais en le voyant hocher la tête à contrecœur et serrer le volant si fort que ses phalanges deviennent toutes blanches, la panique me gagne.

— Quoi ? Qu'est-ce que ça signifie d'après toi ?

Sans répondre, il accélère brusquement.

— Dace…

Je pivote complètement face à lui.

— Qu'est-ce que ça veut dire ? !

Gardant une main sur le volant, il se frotte le menton.

— Je… je suis pas sûr, bafouille-t-il en évitant exprès mon regard. Mais… on est presque arrivés. Je vais aussi vite que je peux. Tiens, regarde… on arrive…

Toutes les lumières de la maison sont allumées et le portail bleu de Paloma est grand ouvert. Dace n'a pas le temps de s'arrêter convenablement que je saute de la camionnette.

J'ai à peine posé le pied par terre que le magnifique loup blanc aux yeux bleus réapparaît pile devant moi. Les oreilles dressées, le regard brillant, il renverse le museau en arrière et pousse un long hurlement lugubre qui dure jusqu'à ce qu'il me fixe et trottine vers la porte avant de disparaître dès que ses pattes franchissent le seuil.

Je me précipite et, une fois à l'intérieur, mon champ de vision est envahi par des images floues de Chay, Leftfoot, Chepi, Cree – et Jennika et Harlan ? – qui accourent tous vers moi.

Chay, qui m'atteint le premier, me prend solidement dans ses bras en chuchotant mon prénom.

Mais c'est la figure baignée de larmes de Jennika qui s'approche ensuite qui me révèle ce que j'aurais voulu ne jamais entendre.

— Où est-elle ?

Je crie en repoussant les mains qui tentent de m'agripper pour me réconforter. Ces mains qui essayent de m'empêcher de voir ce que je ne veux pas voir.

— Dites-moi où elle est ! Qu'est-ce qui s'est passé ? Je veux la voir… *tout de suite* !

Je parcours des yeux cette multitude de visages accablés de chagrin, et en entendant un nouvel hurlement plaintif qui semble provenir de la chambre de Paloma, je fonce dans cette direction. Je prie pour un miracle, prie pour avoir tort en dépit de ce que je sais au fond de moi. Cette vérité que je me suis évertuée à rejeter dès l'instant où j'ai croisé ce loup pour la première fois au Terrier du Lapin.

Quand j'arrive dans l'embrasure de la porte et que je vois mon *abuela* paisiblement étendue sur le dos, les yeux fermés, les mains délicatement croisées sur la poitrine, je me laisse sombrer dans le déni.

Je fais comme si tout allait bien.

Comme si elle faisait simplement la sieste.

La voix étranglée par l'émotion, Dace m'appelle mais je ne suis pas encore prête à lui répondre.

— Apportez-lui une couverture ! je crie en attrapant la main glacée de Paloma.

Je la frictionne comme une forcenée pour essayer vainement de la réchauffer.

— Elle est complètement frigorifiée ! Pourquoi vous ne faites rien ? Qu'est-ce qui vous prend, tous ?

Je leur lance des regards mauvais, accusateurs, mais en vérité je ne les vois pas vraiment. Je ne distingue plus grand-chose.

J'ai juste vaguement conscience que Dace se tient, impuissant, à côté de moi tandis que Jennika me caresse doucement les cheveux d'un geste réconfortant tout en marmonnant un flot incohérent d'explications et d'excuses.

— Je suis vraiment désolée, ma chérie…

Sa voix me fait l'effet d'un bourdonnement léger et lointain, sans importance réelle.

— Je voulais te voir, les vols étaient tous complets, alors on est venus en voiture avec Harlan. Et le temps qu'on arrive, on a trouvé Paloma comme ça.

— Comment *comme ça*, endormie ?

Accablée, ma mère se mordille la lèvre et essuie d'un geste nerveux les deux poches fraîchement rougies qui lui cernent les yeux, soutenue par Harlan qui se tient tête penchée derrière elle.

Pas un instant elle ne m'a quittée du regard.

— Daire, Paloma n'est pas… endormie.

Je la fixe un long moment, puis reporte mon attention sur Paloma. La réalité de la situation commence à m'apparaître, et le voile de déni devant mes yeux, à se soulever. Alors je plonge tête la première dans l'obscure folie du chagrin, qui pour moi ne ressemble en rien à ce que j'aurais imaginé.

Au bout de plusieurs minutes, je me redresse en m'écartant du corps sans vie de Paloma et replace doucement sa main sur sa poitrine.

— Elle était dans quel état exactement quand vous l'avez trouvée ? je questionne d'une voix lointaine, presque d'automate.

Je regarde ma mère, en accordant à peine un bref coup d'œil à Dace qui se tient près d'elle.

— Elle était étendue par terre, inconsciente. J'ai tenté de la réanimer, mais c'était déjà trop tard alors j'ai appelé Chay.

— Vous l'avez déplacée ?

Tripotant le petit diamant qui orne l'aile de son nez, elle s'efforce de masquer les trémolos dans sa voix pour me répondre calmement.

— Je ne supportais pas de la voir comme ça… et comme a priori il ne s'agissait pas d'une scène de crime, on l'a hissée sur le lit.

— Donc elle se serait évanouie dans cette pièce ?

Jennika acquiesce en me montrant les effets personnels de ma grand-mère.

— Apparemment elle était en train de se préparer pour sortir, quelque chose comme ça. Je l'ai trouvée étendue par terre devant la penderie.

Je fais volte-face vers Chay, incrédule.

— Vous aviez rendez-vous ? Mais je croyais qu'elle était souffrante !

— On avait prévu de veiller ici en attendant de tes nouvelles. J'étais déjà en route quand Jennika m'a appelé.

Je parcours la pièce du regard en évitant l'endroit où repose ma grand-mère. J'essaie de me rendre à l'évidence, de me faire à cette idée mais en vain, tout ça ne tient pas debout.

— On a essayé de t'appeler, explique Jennika. Et ensuite, quand on a appris pour le Terrier du Lapin, j'ai voulu à tout prix aller te chercher mais Chay a insisté pour que je t'attende ici.

Passant une nouvelle fois la chambre en revue, je vois les espadrilles de Paloma abandonnées devant la penderie et ses bottes fourrées debout l'une à côté de l'autre, prêtes à être enfilées. Le gilet rouge que Jennika lui avait offert pour Noël traîne sur le dossier de sa chaise alors que son gros manteau d'hiver attend posé au pied du lit.

Elle était souffrante. Elle attendait la visite de Chay. Et pourtant elle avait décidé de sortir.

Quelque chose avait dû se passer.

Quelque chose dont elle était pressée de me parler.

Sans un mot, je quitte brusquement la chambre, traverse le séjour et remonte en vitesse la rampe qui mène au bureau de Paloma.

À première vue, tout est bien rangé comme toujours. Chaque chose à sa place et une place pour chaque chose. Exception faite du livre qu'elle a laissé ouvert sur la table et de la tourmaline que je lui ai confiée pour qu'elle l'examine et qui est posée dessus comme pour marquer la page.

Je pousse la pierre de côté et parcours rapidement le paragraphe en dessous.

Mes genoux sont les premiers à flancher.

Ils se dérobent et je dois me cramponner au bord de la table pour ne pas m'écrouler.

Ma lucidité est la prochaine sur la liste mais je lutte comme une folle pour m'accrocher au peu d'emprise qu'elle a encore sur moi.

À peine quelques secondes plus tard, Dace est à mon côté. Il lit le texte par-dessus mon épaule et lâche un juron tout bas, bien avant d'avoir terminé.

Apparemment, Xotichl avait raison.

La tourmaline dégage bel et bien une énergie négative.

D'après le livre, certaines pierres sont maudites.

Elles sont serties dans une sorte d'hameçon psychique qui permet à la personne qui l'offre d'exercer un contrôle total sur celle qui la reçoit et de la manipuler corps et âme.

Et dans bien des cas, de mettre fin à ses jours.

Je me raidis.

Un seul nom tourne en boucle dans mon esprit.

Cade.

Depuis le début, c'était lui.

En faisant preuve d'une patience que je ne lui aurais jamais soupçonnée, il a rendu Paloma lentement mais sûrement vulnérable.

D'abord en lui volant son âme.

Ensuite en lui faisant croire que j'étais morte.

Et enfin en veillant à ce que la tourmaline se retrouve entre ses mains, car depuis le début ce cadeau empoisonné lui était destiné.

Lita et Xotichl n'étaient que des pions sur l'échiquier.

Il savait que Lita n'en voudrait pas et que Xotichl percevrait son énergie étrange.

Tout comme il savait qu'elle me convaincrait facilement de la donner à Paloma pour qu'elle l'examine.

Tout le temps que j'ai passé à lui sauver la peau – pour sauver celle de Dace –, Cade complotait contre moi.

Il s'est emparé de Paloma corps et âme grâce à une jolie pierre bleue.

Je ferme les yeux sur le voile de larmes brûlantes qui gonfle mes paupières. Et bien que j'aie très envie de les laisser se répandre, de m'écrouler à genoux la tête en arrière et de pleurer jusqu'à épuisement, je n'ai pas le temps pour ça.

Aujourd'hui plus que jamais, je dois garder la tête froide. Je ne peux pas me permettre d'être affaiblie par le deuil.

Refusant de céder au désespoir, de le vivre de l'intérieur, je canalise mon chagrin vers le monde extérieur, pressée de m'en débarrasser.

Alors le vent se met à fouetter les vitres et mugir sous les portes, et le feu, à jeter des étincelles en crépitant si fort dans la cheminée que je l'entends d'ici malgré les deux pièces qui nous séparent.

Et pendant ce temps, la terre tremble, agitant les bocaux sur les étagères et les tableaux aux murs.

Un violent déluge s'abat sur la toiture plate en adobe.

L'ampleur même de mon chagrin suffit à manipuler les éléments et pourtant je n'ai pas pu empêcher Cade de me manipuler.

— Daire, je t'en prie, arrête, me souffle Dace d'une voix tendre en posant doucement la main sur moi.

Mais je ne peux pas m'arrêter.

Je ne *veux* pas.

Pas tant que je n'aurai pas éliminé Cade.

— Daire.

Cette fois-ci, c'est une autre voix, une que je n'avais pas entendue depuis longtemps.

Dace maugrée tout bas.

Lita retient son souffle.

Les autres les regardent sans comprendre.

Alors que son regard mauve intense croise le mien, il me montre d'un geste le chaos que j'ai déclenché. Et il suffit qu'il hoche tristement la tête en m'implorant du regard pour que je me décide enfin à arrêter.

— Tu es venue l'emmener ? je demande, ne voyant pas d'autre explication à son retour.

— Non, répond-il.

À lui seul ce mot renferme un mélange de tristesse et de regret aussi indescriptible qu'infini.

— Paloma est entre de bonnes mains. Elle est déjà passée de l'autre côté. Quant à moi, malheureusement j'ai fait mon choix. Je n'ai plus ma place là-bas.

Je devrais m'en vouloir, mais non. Comme il dit, c'est lui qui a fait un choix. À mon tour d'en faire un.

Le regard las et le cœur lourd, je me tourne vers ma famille et mes amies en ayant l'impression d'avoir pris plusieurs dizaines d'années en l'espace d'une nuit.

— Elle voudra être enterrée près de Django.

L'autorité durement gagnée avec laquelle je m'exprime ne m'étonne même plus.

Jennika chuchote mon nom en s'avançant vers moi, mais je lève la main pour la tenir à distance.

— Je ne vois pas de raison d'attendre. Paloma ne voudrait pas d'une cérémonie en grande pompe. Tous les proches qui comptaient pour elle sont déjà là. Et puis, j'aimerais que ce soit fait avant que la nouvelle se répande et que les Richter l'apprennent. Je ne veux pas leur laisser l'occasion de s'immiscer ou de trouver le moyen de souiller sa mémoire avant qu'on ait pu correctement l'honorer.

— Daire, tu es épuisée, il est tard. Il existe des professionnels à qui on peut faire appel pour gérer ce genre de choses, suggère Chepi en s'adoucissant vis-à-vis de moi pour la toute première fois peut-être depuis que je la connais.

Finalement, c'est Chay qui intervient. Lui et moi sommes désormais unis dans la douleur.

— Daire a raison, confirme-t-il en me regardant. C'est ce qu'aurait souhaité Paloma. Il n'y a aucune raison d'attendre.

QUARANTE-CINQ

DAIRE

Au bout du compte, le temps que la tombe de Paloma soit creusée et qu'on se retrouve rassemblés autour, les premières lueurs de l'aube commencent à poindre. La coquille de la nuit se lézarde d'une profusion de couleurs qui ruissellent au-dessus de nos têtes, tandis que nous mettons en terre le corps de ma grand-mère afin qu'elle y trouve le repos éternel auprès de son fils unique.

Les yeux secs, la gorge desséchée et rêche, je la regarde partir en me remémorant ce qu'elle m'avait dit la première fois que j'étais venue dans ce cimetière : je ne devais pas confondre ce tombeau avec mon père. Je ne le trouverai plus ici. C'est simplement un endroit où repose le corps. Mais l'âme, elle, a poursuivi son chemin.

« Ton père est partout, disait-elle. Son âme a été libérée, délivrée d'ici-bas afin de ne faire qu'un avec le vent qui souffle dans tes cheveux et la poussière qui voltige sous tes pas. Il est la pluie du nuage orageux qui plane au-dessus de ces montagnes au loin… l'éclosion de chaque fleur. Il ne fait qu'un avec l'énergie de la terre. Il est partout où ton regard se pose. Alors tu peux lui parler ici comme n'importe où ailleurs. Et si tu écoutes attentivement sans faire de bruit, il se pourrait bien que tu l'entendes te répondre. »

J'avise les montagnes Sangre de Cristo dont les sommets ressemblent à des meringues couronnées de neige, hantée par le souvenir du regard respectueux que Paloma avait posé sur elles ce jour-là. Puis, parcourant mes amis des yeux, je vois Xotichl se réfugier tant bien que mal dans l'amour solide que lui porte Auden, tandis que Dace me surveille de près tout en soutenant Chepi, sa mère. Le visage luisant à force d'avoir creusé, Leftfoot et Cree essuient la crasse qui perle sur leur menton et prennent quelques instants pour se recueillir. Lita et Axel se tiennent à une distance respectable l'un de l'autre, quoique l'étincelle qui grésille entre eux soit indéniable. Quant à Harlan, il tente d'apporter un peu de réconfort à Jennika qui sanglote, et Chay, stoïque comme toujours, se tient à mon côté.

Ma famille, mes amis, tous comptent sur moi pour ne pas connaître le même sort que ma *abuela*.

Mais comment est-ce que je pourrais les protéger alors que la personne sur laquelle je comptais justement le plus pour ses conseils n'est désormais plus là ?

« Et si tu écoutes attentivement, sans faire de bruit, il se pourrait bien que tu l'entendes te répondre… » La voix de Paloma résonne dans ma tête.

Si c'est vrai pour mon père, alors je suppose que ça l'est aussi pour elle. Et maintenant plus que jamais, j'ai besoin de l'entendre.

J'ai besoin d'avoir la preuve qu'elle est toujours à mes côtés.

Voulant à tout prix des réponses, je contemple le ciel.

Je cherche un conseil, un présage ou tout au moins un signe de reconnaissance.

Les nuages s'amoncellent et s'étalent.

Non loin, un oiseau gazouille pour saluer le jour naissant.

Puis, apparemment sortie de nulle part, une nuée de corneilles apparaît soudainement, montant en flèche et décrivant lentement des cercles au-dessus de nous.

— Ta naissance a été annoncée par des corneilles, me rappelle Chay, tandis que Jennika renifle et se mouche dans son mouchoir tirebouchonné, puis confirme d'un hochement de tête.

Continuant de scruter les oiseaux, je remarque qu'une silhouette noire solitaire se dégage du vol.

Celui-ci est plus gros.

L'envergure de ses ailes, plus large.

Son bec, nettement recourbé.

Et lorsqu'il pousse un long croassement plaintif, le son est rauque et grave.

Un corbeau.

Confirmant cette idée, une plume noire poussée par le vent tombe du ciel et atterrit à mes pieds.

— C'est un signe, me souffle Chay alors que je me baisse pour la ramasser.

La gorge serrée, je m'apprête à lui demander ce qu'il signifie mais, en fin de compte, la réponse est évidente.

Maintenant que Paloma est morte, je suis la dernière de la lignée Santos.

Il est temps pour moi de prendre sa place et de faire cavalier seul.

QUARANTE-SIX

DAIRE

Une dernière poignée de terre est jetée sur le cercueil et avec elle vient le moment de tourner la page. Bien qu'il soit tentant de s'attarder ici, les paroles de Paloma étaient on ne peut plus vraies : je ne dois pas l'associer uniquement à cet endroit. Elle est revenue à son état originel. Dorénavant, elle est partout.

On se dirige vers nos voitures, Chepi agrippée à Dace et Jennika à moi. Et même si je sais qu'elle est épuisée par son trajet en voiture et accablée de chagrin, même si je sais qu'elle a très envie de me réconforter, je ne suis plus la fille qu'elle a quittée il y a seulement deux semaines. Maintenant que Paloma est partie, mes responsabilités viennent de décupler et celui dont j'ai le plus besoin, c'est Dace.

Il est peut-être temps pour moi de voler en solo, mais Dace et moi affronterons ça ensemble.

Je serre fort ma mère contre moi, rassurée de savoir qu'Harlan est là, qu'elle lui a laissé la chance qu'il méritait. Puis je m'écarte en promettant de la retrouver plus tard dans la journée et suis Dace à sa camionnette.

— On peut faire un saut au Terrier du Lapin ?

Il me tient la portière et m'aide à grimper.

Bien que je meure d'envie d'aller chez lui et ne demande pas mieux que de passer la nuit blottie dans ses bras, avant, une dernière halte s'impose.

Il me lance un regard intrigué en prenant place derrière le volant et, à force de tourner la clé de contact avec insistance, sa camionnette finit par démarrer dans un vrombissement.

— J'ai juste besoin de voir cet endroit une dernière fois avant de dormir.

À un peu plus de la moitié du chemin, la scène dans les toilettes avec Jacy et Crickett me revient en mémoire. Il s'est passé tellement de choses depuis que j'en avais presque oublié le pendentif en tourmaline étincelant que Crickett portait au cou. D'après elle, il y en avait un dans chaque pochette surprise donnée à l'entrée du club.

— Dace… je commence à dire d'une voix plus frêle que voulu pour lui faire part de mon inquiétude. Tu ne crois quand même pas qu'il va essayer de tuer tout le monde, si ?

Dace me fixe les yeux mi-clos et le front plissé.

— À quoi ça servirait ?

Je secoue la tête en regardant au loin, admettant intérieurement qu'il a raison. Mais soudain je repense à l'étrange lueur dans les yeux de Marliz chaque fois qu'elle contemplait sa jolie bague de fiançailles.

— Non, je ne pense pas qu'il essaie de les tuer, mais plutôt qu'il a trouvé un nouveau moyen de les contrôler. Comme c'est écrit dans le livre de Paloma, la tourmaline sert d'appât et permet aux Richter de contrôler l'énergie de la personne qui l'a reçue.

Dace me regarde d'un air si épuisé que je comprends que ni lui ni moi ne serons à même de gérer quoi que ce soit si on ne se repose pas un peu avant.

En arrivant devant le Terrier du Lapin, il ralentit et se met à rouler au pas en passant devant les restes fumants d'un bâtiment réduit à un tas de décombres calcinés.

— Tu crois qu'il y a eu des victimes chez les Richter ? demande-t-il en scrutant du coin de l'œil les trois voitures de police garées dehors.

Tous les autres véhicules d'urgence sont partis depuis longtemps.

— Ou tout au moins le coyote enragé de Cade ?

— Je sais pas si on aura cette chance un jour.

Fronçant les sourcils, je cherche nos ennemis du regard, mais ne distingue principalement que des ruines.

— Tu crois qu'ils vont reconstruire ?

Dace se tourne vers moi en posant une main sur mon genou.

— J'en suis sûre, j'affirme en esquissant un sourire sardonique qui me laisse un goût amer sur les lèvres. Ils sont peut-être vaincus pour l'heure mais ça ne va pas durer. S'il y a bien une chose que je sais, c'est qu'ils vont se ressaisir, ce n'est qu'une question de temps. Et cette fois-ci promet d'être pire que toutes les précédentes…

Ma voix s'estompe en même temps que les derniers vestiges de la nuit.

Le ciel déploie ses couleurs à l'aube d'une nouvelle année.

Alors quand Dace me serre le genou et bifurque pour s'éloigner du club, je me glisse sur la banquette en cuir craquelée pour coller ma cuisse à la sienne, puis je pose la tête sur son épaule et me laisse tomber dans un profond sommeil sans rêve.

GUIDE DE LA SYMBOLIQUE ANIMALE

LE JAGUAR

Puissant, gracieux, furtif, le jaguar nous enseigne les bienfaits du silence, de la concentration et de la méditation. Doté de grandes capacités physiques, qu'il a développées pour détecter ses proies, ainsi que d'un regard pénétrant et perspicace, il nous apprend à être plus attentifs aux êtres qui nous entourent et nous permet d'accéder à un niveau approfondi de discernement et de connaissance de soi. Capable de terrasser des adversaires de plusieurs fois sa taille, il incarne la puissance au-delà de l'individu, une puissance accrue par un lien étroit avec l'univers, par le courage et la renaissance.

LE SINGE

Symbole de persévérance, d'agilité et d'équilibre mais aussi formidable métamorphe, le singe nous montre comment adapter rapidement notre parcours en cas d'imprévu ; il nous incite à développer notre personnalité et à décider qui nous voulons être. Parce que le singe est intelligent et accommodant, son esprit nous apprend à rejeter les pensées étriquées et à nous ouvrir à des perspectives, des approches et des expériences nouvelles. Curieux et sociable de nature, cet animal nous incite à résoudre ingénieusement les problèmes et à communiquer de façon concise et franche.

LE RATON LAVEUR

Créature évoquant le camouflage, la dextérité et la faculté d'adaptation, elle nous apprend à jouer habilement des nombreuses facettes de notre personnalité. Comme le raton laveur se dissimule derrière son masque, son esprit évoque non pas le voleur mais plutôt le mystère, un outil de transformation qui nous permet de parvenir à des états seconds pour guérir ou accomplir un tour de magie. Doté de griffes agiles et puissantes, il nous encourage à faire preuve de créativité avec nos mains, et sa faculté à vivre n'importe où nous pousse à rester flexibles en toute situation.

L'ÉCUREUIL

L'écureuil représente la confiance, l'esprit d'économie et la capacité de réaction. Très actif et énergique, il nous incite à rassembler nos ressources pour préparer l'avenir sans s'encombrer des tourments et des craintes du passé et nous rappelle que, durant notre quête d'épanouissement, nous devons prendre le temps de nous faire des amis et de nous ressourcer. À l'image de l'écureuil qui emploie la majeure partie de son temps à faire des réserves de nourriture, son esprit attire notre attention sur le fait qu'il est important de trouver un équilibre entre donner et recevoir. Capable d'escalader le tronc d'un arbre à toute allure pour échapper à un prédateur, il nous pousse à prendre de la hauteur pour mieux esquiver le danger.

LE RENARD

Symbole de sagesse, d'invisibilité et de discrétion, le renard nous apprend à être en harmonie avec notre environnement en nous fondant dans le silence et l'immobilité, presque au point de devenir invisible. Doté d'un flair très développé, il nous pousse à étudier de près chaque situation et chaque personne afin d'éviter celles qui ne nous inspirent pas confiance. Comme le renard est armé d'une vue perçante qui lui permet de chasser à la faveur de la nuit, son esprit nous incite à voir au-delà de la situation en question et à examiner le domaine spirituel. Malin, il nous aide à nous fier à la solidité de notre instinct et à faire appel à notre force créatrice.

Composé par Nord Compo Multimédia
7, rue de Fives, 59650 Villeneuve-d'Ascq

IMPRIM'VERT® PEFC 10-31-1510

Imprimé en France
par Corlet Imprimeur
14110 Condé-sur-Noireau
Dépôt légal : février 2014
N° d'imprimeur : 160376
ISBN : 978-2-7499-2163-1
LAF 1633C